有一个梦想

张炜文集

作家出版社

张炜，1956年11月出生于山东省龙口市，原籍栖霞县。1975年发表诗，1980年发表小说。山东省作家协会主席、专业作家。发表作品一千余万字，被译成英、日、法、韩、德、瑞典等多种文字。在国内及海外出版单行本四百余部，获奖七十余项。

主要作品有长篇小说《古船》《九月寓言》《外省书》《柏慧》《能不忆蜀葵》《丑行或浪漫》《刺猬歌》及《你在高原》（十部）；散文《融入野地》《夜思》《芳心似火》；文论《精神的背景》《当代文学的精神走向》《午夜来獾》；诗《松林》《归旅记》等。

1999年《古船》分别被两岸三地评为“世界华语小说百年百强”和“百年百种优秀中国文学图书”，《九月寓言》与作者分别被评为“九十年代最具影响力十作家十作品”。《声音》《一潭清水》《九月寓言》《外省书》《能不忆蜀葵》《鱼的故事》《丑行或浪漫》等作品分别在海内外获得全国优秀小说奖、庄重文文学奖、畅销书奖等多种奖项。

大河小说《你在高原》获得华语传媒年度杰出作家奖、鄂尔多斯奖、出版人年度作者奖、中国作家出版集团特等奖、第八届茅盾文学奖等十余奖项。

自 序

这是我三十多年里写下的散文和随笔，几乎是虚构作品之外的全部存留文字。更早的丢失了，上世纪80年代至今的部分文字也找不到了。因为生活匆忙而沉重，人渐渐都像迎风奔驰的老马，背上的一些驮载难免要在路上飞扬四散，再也无从寻觅。

从头看这大大小小的篇章，让我时而激越时而黯然，难以平静。这分明是树的年轮，是履痕和足迹，也是由远及近的心音。比起用力编织的那些故事作品，这些文字好像更切近现实生存也更有灼疼感。

许多篇目写在青春时段，那时的稚嫩和面红耳赤的冲动，今天看非但不尽是羞愧，而且还引起我多多少少的钦羡。单纯直撞的勇气与昨日紧紧相连，如今这一切却随着时间的推移，渐渐潜在了心底，只更多在夤时、在倾听扑扑海浪和漫漫市声的无眠之夜，才缓缓地升腾起丝丝缕缕。是的，我仍然为当年人和文学的承诺而激动不已。

我的出生地在半岛地区，即那个东部海角。那里曾经有无边的丛林，有大片的松树，离河的入海口不远，又在重要的古港之侧，于是被命名为万松浦。一个人由此地起步远行，就近的比喻是一条船从这里起航，缓缓驶入了风雨之中。如果留有一部长长的出航志，那么从第一页到最后一页，都必定连接着万松浦、开始于万松浦。

人是一条船，并且始终是独自一人的水手兼船长。这部出航记录未免颜色斑驳，腥咸汗泅，但唯其如此，也才称得上一本真实的书。

记得有一次回到故地，一个辛苦劳作的下午，我疲惫不堪地走入了万松浦的丛林。当时正是温煦的春天，飞蝶和小虫在洁白的沙土上舞动蹿跑，四野泛绿，鼻孔里全是青生气息。这时我的目光被什么吸引住——那是正在冒出沙土的一蓬蓬树棵嫩芽，它们呈深紫色向上茂长，四周是迎向春阳的新草与灌木……我一动不动地站定。大野熏蒸之气将我团团笼罩，恍惚间又一次返回了童年。置身此地此情，好像全部人生又在从头开始，兴奋与感激溢满全身。我仿佛接受了冥冥中的昭示，在心里说：你永远也不要离开这里，不要偏移和忘却——这就是那一刻的领悟、感知和记忆。

那是难忘的瞬间感受。也就是类似那个春天下午的一种莫名之力、一种悟想，时不时地在心底泛起，提醒我，并用以抵御生命的苍老、阴郁和颓丧。多少年来，万松浦一直伴我吟哦，伴我长旅——它的意义，它与我、与我一生劳作的关系，若以传统诗歌中的比兴手法而论，那么更多的是“兴”，而不是“比”。它总是明亮着和激励着我的整个劳动。

这些文字是系列的短章编年，更是一部丝绺相连的心书，一部长长的书。它们出生或早或晚，都一概源发于万松浦的根柢之上。

目　录

一　辑

二　辑

三　辑

四　辑

五　辑

六　辑

一　辑

凝望（上篇）

——47 幅图片的故事

自然的温馨

她是一位悠闲的母亲，读过很多书，能够欣赏高雅音乐。她似乎并不缺少什么。她唯一的女孩多么可爱，她们在 起多么可爱。

她拥有自己的花园，园里布满各种花草：松、鸢尾花、杜鹃，还有一片郁金香、一棵很大的玉兰花树。

他到别处去了，她显得很孤单。有时候，她心里的爱变得非常盛大，不得不把更多的时间消耗在室外。她与自己的孩子进行着非常有限的对话，内容既单调又丰富，却同时获取了巨大的幸福（也包括了稍稍的遗憾）。伤感的心情、长久的喜悦、若有若无的思念，都融化在自然的温馨之中。

在这空无一人的花园里，母女二人都像刻意打扮过，看上去很像在上演一出歌剧，处于被人想象的绚丽之中。其实这只是她平常的生活：悠闲的、雍容华贵的、若有所思的。她也有自己的痛苦，虽然这痛苦常常让其他人感到可笑。她在这种痛苦中美丽着、欢乐着、发展着自己的故事。

她太累了，也太闲了，成熟而稚嫩，是母亲又是永远的孩子。她不得不编造出许多有趣的童话，给孩子也给自己。她在这种讲叙中感受了微微的陶醉。幸福像天上的流云一样，远远近近，舒舒卷卷。她那个微胖的、肚腹有点腆起的女孩，仿佛已经过早地成熟了；她在与母亲不厌其烦的对话中，变成了一个小大人。

有时候，母亲觉得自己也是一个孩子，并不由自主地回到了那种烂漫、天真无邪的孩提时代；她幻想着在那个时期所看到的原野、河流、天边流动的红云；那时听到的苇荻中扑扑跳动的河鱼的声音，至今响彻耳边。她曾经注视着河对岸那童话一般的耕牛，戴斗笠的农人，还有他们散布在原野上的稀稀疏疏的歌声，头顶上一同吟唱的百灵，渠畔上奔跑着的野兔、草獾、各种各样的野物……她在春天的白沙上寻找着四蹄动物留下的痕迹，以及顶着暖融融的春阳出来奔走的各种小虫。星星点点的绿色被指点、辨认，任何新鲜稚嫩的生命都让她爱不释手。原来长长的母爱从很久以前就开始生长和萌发，直到今天——她拥有了一个真实可感、咿呀学语、有能力与自己对话的孩子。

这片花园太大了。这片花园比起她童年的那片原野显得规整多了。这是人手搭起来的一处大自然的布景，色彩艳丽、浓烈，有着显而易见的高贵气和一丝丝浮华气。它洗却了昨日的朴素和自然，就像她失却了自己的童贞一样。那像溪水一般欢蹦跳跃流畅自如的童年，只会存留于记忆之中了。自己的孩子无法重复自己的童年，正像她的命运也很难重复母亲的命运一样。

郁金香很像高脚酒杯，它们纹丝不动，静静的，盛满酒浆。是的，她在它的旁边饮用了那么多，有很长时间差不多永远是醉着的，长醉不醒。甜蜜的醉，痛苦的醉，她在长长的宿醉中发出了絮语。那个人听到了，他听到了，于是长时间地看她。他那双多疑的眼睛让她稍微有点惧怕。他说：我爱你。她点点头。后来他在她的额上吻了一下。

好像这个美丽的、不可思议的硕大空旷的花园，就是为了挽留她而存在。好像另一个人对这一切并不在意。她寻找着对话者，和孩子一起，寻找新的生命。

有一只鼹鼠掘出了长长的凸起的洞穴，她们蹲在那儿看了许久；她们甚至幻想着它在某一刻里能够破土而出，以便欣赏它那一对几乎透明的粉红色的外翻的巴掌，还有缎子一样的灰蓝色皮衣。于是她给孩子讲了鼹鼠的故事。它没有出现，她们不得不走开。

离那棵很大的玉兰花树不远有一棵白杨，树干光滑得像人的肌肤。有很长时间她靠在那儿，微微闭上双眼。这时候孩子老实得像一只绵羊倚在身侧，一动不动。她的小手抓住她的手掌，似乎在和母亲一起回忆。是的，母亲在回想那一片白沙上的、常常让她像现在这样倚靠的那些白杨。春夏秋冬，任何一个季节里，白杨树都那么可亲。有一年夏天，她记得一些打赤膊的人，扛着长长的木杆和网具，踏着白杨树旁的小路往北走去。这是一些渔人。他们走开很远，她的目光还停留在他们那黑红的身躯上。小路被他们踏出了脚印，有好几次，她真想顺着这条路径到海上看鱼市、听号子。终于没有。她不敢。今天想一想多可笑——她当时怕什么呢？

她睁开眼睛，伸手抚摸孩子暖煦煦的头发。她发现这头发像她的一样，呈现出微微的紫黑的颜色。她一遍遍亲吻孩子的头顶，问：“我怕什么呢？”孩子微笑着看她，喃喃重复：“我怕什么呢？”她抱起她，“我们什么都不怕！”

她抱着她往前走，“多么好啊，一切都多么好啊！我那么爱你。大概大家……都是最寂寞的……”

“你说什么？妈妈？”

她亲吻她，终止了她的询问。

有一只乌鸦，不，是一只喜鹊，在不远的枝丫上发出了粗糙的鸣叫。她因为这粗糙的声音而爱上了这只鸟儿，一直向它行着注目礼……

依　赖

春天，玉兰花开放了。你终于走出来——从病榻上，从阴暗潮湿的那间屋子。它锁闭了太久，使你脸色苍白。厚厚的呢裙、棉衣，还有颈上黑色的围巾，帮你抵御初春的余寒。更重要的是，你的身边有一位搀扶你的老妇人，她给你温暖，为你遮风挡雨。

玉兰花树旁是一把木椅，上面有棉垫；它的旁边是矮小的一个木凳，那是老妇人坐的。她与你非亲非故，一生历尽沧桑。她曾经有过的年华，仿佛已在过去的冬天里耗尽，再也不能从春天的枝头上闪烁。她又厚又重的黑色头巾，裹住了满头银丝。她额上是深皱。她皮肤松弛的苍手，正紧紧攥住你那苍白的、没有血色的手。你走路艰难，不得不紧紧依偎。

她是你的依靠，你肉体和心灵的依靠。无言的倾诉，低低的自语，轻声的相告，都不得不面向这位老人。她比你的母亲更重要，她几乎成为你的全部。那些屈辱像铅一样压在心头，你不愿回想它们，因为惧怕。

你多么美丽，太美丽了。你那像汉白玉一样的长颈，应该得到多么好的维护。老妇人用自己不愿提起的辛酸去安慰你。她什么都理解，她经历了无数个这样的春天，对一切都习以为常了。她把一切都沉在心底。

可爱的孩子，你长得如此丰腴美貌，又如此地稚气单纯。你的热情像春天，像春天的花朵以及围绕着花朵不停旋转的蜂蝶。前一个季节留下的落叶在刚刚泛绿的草地上，被微风推动，踩在上面发出阵阵破碎的响声。生命有时也这样褪色和消失，这样新生和苍老。它们不断地交错、汇拢、重逢。

我的孩子，我的梦中和臆想里的孩子，你多么不幸，又是多么有幸。

老妇人在这儿做了多半生的仆人，已经完全是这个家庭中的一员了。她比任何人都更为了解这个家，这里的一切：每一棵草，每一株树，孩子的母亲、父亲，她的先人，他们的嗜好以及鲜为人知的一切。是的，一切都不能逃脱老人的眼睛。

春天来了，这个孩子变得如此虚弱，轻盈。让那一切都随之褪去吧，你可以在春天里长成一个新的生命。繁花似锦的季节来到了，接着就是更为丰硕和热烈的夏天。在那个水汽充盈、火热拥人的季节里，你将进一步地改变自己。夏天的雨水很盛，它可以冲刷这片土地上的一切污浊。是的，好好地冲刷吧，重新洁净，重新生长，把滋生疾患的毒菌洗得一干二净。忘记那些不好的故事，那些梦魇，它们总是对你的长夜造成不安的惊扰。这一切我全部经历过，没有什么，痛苦是短暂的，它会化为养料。你已经比我幸福得多，多少人对你痛怜、爱抚。还有，你一定会拥有一个比昨天和今天更好的未来。那时候你回想我的话，将会感谢我。而我只是孤单的一个人。先是沦落，后来才找到这个归宿。我心里掩下了说不出的感激，我有了自己操心的地方、牵挂的人了。我的孩子，相信这一切吧。我的话就像这个春天里的玉兰花一样，是经历了严寒之后才得以吐露的。

她有着多么优裕的童年和青年。她差不多不懂得什么是贫穷。这样的生活培育了她。像任何一个少女一样，她多思、热情、向往，愿为那种浪漫的冒险付出一点什么；不，愿付出很多。当那一天真的到来时，她稍稍犹豫地接受了它。于是，就有了后来的故事。

而老妇人的多半生都在经历贫穷。她有一个完全不同的人生。她虽然压根就不相信那么多的浪漫，可也同样要经受它，这也是迫不得已：就像四季总要迫不得已地轮换一样。

她依赖着老妇人，就像富裕要依赖着贫穷，自豪要依赖着羞愧，青春要依赖着苍老，欢乐要依赖着痛苦。在经验的泥土上可以萌发希望的嫩芽。没有休眠就没有苏醒，没有寒冬就没有春天。

我们再往前走吗？往前走。我们可以走出这个庭院吗？可以。我们能够到阳光灿烂、吹拂着南风的大街上去吗？还有，到河边，到蓝天白云下面……能的，我的孩子，什么都能。我似乎听到了奶牛的叫声，哦，还有云雀。有人在不远的地方拉响了小提琴。这些都和春天一样，都融在一起了。

她差一点流出了泪水，可是她忍住了。泪水已经流得差不多了，它流淌了多久，只有身旁的老人知道。最困难的时刻，只有这位老人了。她守在旁边，不停地抚摸；老人从来没有像另一个人一样，贪婪地亲吻她的额头；老人只是攥紧她的手，给她掖紧被角，端来一碗热汤；还有，老人把桌上的插花洒上几滴清水。她不敢想象有一天老人会离她而去。在病榻上，她拭去眼泪，猛地就想起了前不久对老人的那一次喝斥。她浑身颤栗了一下。她猛然发觉了自己的不可饶恕之罪。那种粗暴的声音如在眼前……她明白了，她正在经受自然而然的惩罚。这是神灵，冥冥中的神灵所施与的。想到这儿，她再无声息。

我讲得太多了。而你从来恪守一个仆人的本分，不愿说出更多。可是你如今能告诉你的心中，你的眼角，还有那一蓬白发中藏下的故事吗？

你的故事就是我的故事，我愿意品尝全部苦涩和欢乐。

我唤你什么好呢？我能把你叫成春天的母亲吗？

葡萄与靴

这是一片坡地上的葡萄园，几乎没经过多少侍弄。它们大概很少修剪，没搭架子，没有篱笆，葡萄棵显得那么散乱，自由地茂长；可是它们却结出了如此甘甜的葡萄。它们完全与这片未加雕琢的田野融为一体。秋天一来，它们就成熟，就甘美，就迎来收获的女人。

这是一片贫寒而富丽的葡萄园，就和她们一样。

她们摘下一篮篮的葡萄，倒在旁边的木桶里，很快就要拉去做酒浆。这个季节的太阳不再那么火烈逼人了，多少有点像春天里的阳光。不过吹来的风，在傍晚总有一丝凉意。她们围上头巾，那一头浓旺的头发只有被扎束起来，才能够专心地劳动，不然它们就常常垂在额上。

她沉默的时间越来越长了，简直半天不吭一声。她们喊她她也听不见。她常常若有所思地抬起头，看着远方：运送葡萄的马车，孩子，跑来跑去的狗，乡间的小路……

许多人都记得，她这长裙和上衣都穿了很久，打满了补丁。这衣服有点小了，紧裹在身上；不过这使她看上去更苗条。那变得越来越短的衣袖，做活的时候都不用挽。她把外边的长裙撩起，扎在腰上，这就更利索一些。她没有穿袜子，而是赤脚踏着一双蒲和麻做成的草靴。

这是一双引人注目的、破旧而古怪的草靴，它硬邦邦、鼓胀胀，靴面上只用布胡乱包裹了一下；靴子的最前端，还可笑地裹了一块蓝布。这样，整个靴子的前部就让人想起老式航船的船头。不知是多么陈旧的一双靴子，也不知为什么会穿在她的脚上；这与她俊美的面容、婀娜的身姿，显得极不协调；可是与她的衣着，与这丰硕朴素的原野、正在收获的葡萄园，又显得那么和谐。

她这一双草靴弥散出一种特异的美。它让人觉得踏实而稳固，那么厚重、有力。这笨模笨样的靴子甚至让人心生怜悯，让人觉得可笑复可爱。它稚拙、古怪、亲切，是十足的乡间宝贝、泼辣少女的爱物。当她在园中奔跑的时候，它就会重重地摩擦她的脚，可是那双生满茧花的脚对这些已经浑然不觉，满不在乎了。草靴镶了皮底，这使它非常耐用，以至于穿了好多年。最早它是很大的，大得让她不得不拖着脚走路。只是从去年，从前一个秋天开始，她才觉得有点合脚了。她甚至爱上了这双笨头笨脑的靴子。

这双靴子太美了，是因为她太美了。她是不为人知的骄傲，是留给未来和时间的最好的母亲。她的青春会凝固在这片葡萄园里、这片田野中、这个乡村的记忆中、这所有异性的目光中。

围绕你该发生多少故事；可是任何故事都不能诠释你概括你。你那双美丽的、同时又是严肃的，令人有点畏惧的眼睛，那微微抿起的倔犟的嘴角，火热微红的面庞，让人想起一个葡萄的精灵。

你脚踏的那双鼓鼓囊囊、怪模怪样的靴子，该摆放在千古不朽的博物馆里，去供人猜测和欣赏。谁想得到就是这其貌不扬、怪里怪气的一对草靴，曾经负载和承受了那样的一个灵魂、一个躯体。它随她移动，不，它驮着她移动，移动在茅草和荆棘丛生的田野上、葡萄园里。它染过葡萄颗粒的糖汁和茎叶的绿色，它被她的手抚摸过、拍打过，揩去一点泥污；她注视着它。她那双手不知几百次握住它、触动它，把它脱下又穿上，放下又拿起。葡萄园里那叽叽喳喳的声音，朗朗的笑、粗野的笑，各种各样的吆喝，都与她无关。她没有参与，她仿佛永远只是她自己。只有那牛的哞哞声，羊的咩咩声，还有鸟的欢歌，能够吸引她的目光。她常常抬起头，瞥一眼心事重重的葡萄园。

这个秋天，这个香气慢慢潜伏到土壤中去的秋天，竟让她感到不知如何是好。她做活又快又利落，几乎没人比得上。她提着盛满葡萄的篮子，往木桶旁边走去，脚下的靴子发出嗑嗒嗑嗒的声音，显得多么沉着。离得老远，这靴子声就告诉别人：我来了。噢，她来了，他们稍稍躲开，让她把葡萄倒进木桶。有人故意嘲笑她的靴子——实际上是羡慕，是难言的什么掺在其中。她垂下眼睫，看也不看。

最寒酸最富有的姑娘啊，像这个秋天，这个葡萄园。

又有人取笑她了。她刺了对方一眼。

他们夸张地躲开。

据他们自己讲，他们不是怕这目光，而是怕那一对靴子：那是一对钢硬浑圆的靴子，踢在腿上一定非常痛。

他们这样说，心里却非常渴望让她踢上一下。

美额之链

你身上的装饰太多了，而你顽皮的、故作倔犟的面容，也不可能将别人吓退；你没法拒绝投向你的那些目光。

你的颈部垂挂了两串珠子，还有银亮的大耳坠；不可思议的是，你鼓鼓的额头上还缠了一条锁链。那是一个非常聪明的、其智慧足以抵御一切诱惑的额头。天知道这鼓鼓的额头里装了些什么。人们只能从那双明亮、生动，又是极为勇敢的目光中去猜测；还有，从你那微翘的鼻梁、挂着一丝微笑同时又显得纯稚的嘴角……去猜测。

你好像在疯狂的旋动之中，在一瞬间的停歇，留下了这幅让人难忘的肖像。黛黑色的衣装使你平添几分英武，看去像一个夜行者，一个佩剑侠客。你在注视着所有的人，无论是老年、中年和少年，都在你大胆的注视下、在你明澈的目光下。你让他们怦然心动。

你是一场随时都要展开的旋舞，是扑面吹来的热风，是滔滔不息的春浪，是灵魂栖息的岛屿，是一束百合、一棵罂粟、一道夜山里的闪电。

即便是装饰，为什么要把额头捆上锁链？这或许可使你稍稍拉长的脸庞变得适中。可是开阔的额头——那一片耸起的高原呢？那在太阳下散发着温热的煦暖之地呢？谁这般无知而任性地打扮了你，或者往你的脑瓜内撒进了一些奇怪的念头？

你分了笔直的头缝，削了男孩般的短发，一件宽大的衣衫使你乐不可支。你在风中痴唱，用各种姿势走路，感觉着这个世界对你的全部娇惯和恩惠。无论是坦途还是坎坷，都在你这种癫狂的游走之中变得微不足道了。你似乎在用这一切回告那些为你担忧的人：友人、亲人和爱人。你告诉他们，美丽、纯情，再加上顽皮，足可以战胜一切。只有不可言喻的倔犟藏在心中，它是不挂锁链的。什么故事都不在乎，因为你自己就可以亲手制作各种故事。对你而言，生活就是一场旋舞、痴唱，就是一段岁月。潇洒就是故作疯癫，嘲笑一切人、事、动物、准则、规范、庄重的面容、慈善的心情以及其他……只是在漆黑的午夜，在你一个人的时刻，你才为这一切感到稍稍的痛楚。

你轻轻抚摸，抚摸自己发冷的肌肤和乌黑的夜色。你睁开那双一贯明亮的眼睛，盯视这深不见底的黑夜，悄悄发问，一个惊讶压上心头。无边的夜海，那个声音在哪里？它太遥远，它大概沉落到了远方。可是你需要听到这隐隐的呼唤，这声音，这沉沉的声音——由于它饱含了重量而变得让人向往，让人寻觅和珍存。

这个小小的空间如此空旷，人像一粒尘埃一样游荡。她闭上眼睛，幻想那一粒尘埃飘出斗室，走向更加苍茫的夜晚、高空、宇宙；她挨近了那片闪烁的星辰，感受着它们寒冷的光。这光刺伤了她的眼睛；还有，当这光与她额头上那个锃亮的锁链碰触的一刹那，溅出了蓝色火花。她嘴里轻轻吟哦道：我爱你，星光。你从哪里来，孩子？我从泥土里来，我是一粒尘埃，我飞升，就像蒲公英的种子。星光用沉沉的声音询问，还用沉沉的目光盯视。她那对明亮的眼睛再不像往日一样骄傲地闪烁了，而是回避着，左右顾盼；它唯独不敢迎视星光。“我爱你。”她嗫嚅着，轻轻后退一步，开始了漫无目的的飘荡。

在遥远的东方，在太阳升起之地，她停住了脚步。回头去看星光，还是那么明亮，还是沉沉地注视过来。她胆怯了。滴滴露水打湿了衣衫，她觉得这是天神的潺潺泪水。在它的浸濡下，她再也无力飞升了。她匍匐在地，幻想着自己可能的选择：她把自己想象成一株幼芽、一棵银杏树、一束鸡冠花；还有，一个尼姑、一个流浪女孩、一个飞行员、一个洗面奶推销员、一个卖烤红薯的；最后她又把自己想象成一个纯白色的、没有一丝杂毛的小兔子。这样，她才满意地微笑了，蹦蹦跳跳地走开了，向着她的居所——那个天一亮似乎就要消失了的小小居所、宝贝摇篮里走去了……

她睁开了眼睛，一切幻想全部消逝。她笑了，有点苦涩，有点甜蜜。这一夜过了大半，天要亮了，曙光闪烁。那是她的幻觉。她总有那么多幻觉。抚摸着自己开阔温热的额头，又像弹西瓜一样轻轻地弹了两下。她如果能吻到自己的额头多么好啊。“我爱你。”她一次又一次自语。可是这一次，她却不知在爱什么、要爱什么。

我应该非常美好，非常非常美好——难道不是吗？她问这漆黑的夜色，听不到回答。后来，在想象中，是那个沉沉的声音告诉她：正是这样，我亲爱的、永久的孩子！

她与顽皮

这是她在乡间的三个学生，三个调皮鬼。他们每个人都有自己的高招。在开阔的野地里，他们就像三只田鼠，任何角落都有他们留下的痕迹。他们简直不可以驯化，没有人能够教导他们。他们尤其厌恶书上的东西，只喜欢穿登山鞋、牛仔裤，小小年纪就崇尚牛仔。他们的T恤衫上印满了一些神奇的图案：马，赛车，虎和豹。他们三个都长了金色的头发，面对照相机时擅做各种各样的怪相。

她现在却因为他们三个而自豪，露出了满意的微笑。她穿着紫红色的上衣，上衣的下摆掖在蓝色的条绒裤里；不施脂粉，连淡淡的口红都不搽。她像施展魔法一样，使这三个狂放不羁的顽皮鬼相信读书是必要的；相信除了嬉戏、田野、恶作剧之外，也的确还需要写写字，还需要读读课文，听听故事，听听音乐，以及文明世界里很多很多等待他们学习的东西——那都不是坏东西。

三个家伙就在这种近似于游戏的、愈来愈浓的母爱的气息中，进入了一种生活轨道。他们的野性稍稍收敛了一点；可是有一些把戏，她却仍然愿意他们进行下去；有一部分野性，她却始终希望他们加以保留。所有的人都认为这个年轻的女教师实在是具有一种魔力——有人曾经向她授课的那几间小平房窥视过，想看看她拿出什么令人惊奇的魔法。没有，她只是微笑着，向他们讲授，或者与他们一起游戏。他们三个都像小猫一样，乖乖地待在旁边；他们簇拥在她身边的那副模样，真的让人想起一只大猫和三只小猫，而且都毛茸茸的。四个微微垂下的头颅都闪动着光亮，漂亮极了。窗上的光线透过去，正好照在他们闪闪的头发上，让人生出一片羡慕。

她非常爱他们，就像他们非常爱她一样。这是姐弟的关系或母子的关系，是至为奇特和美好的关系。她有时对他们很严厉，这严厉让他们一半儿惧怕，一半儿期待。总之他们有时候真希望让她动手揍一顿；当然，她从来没有那样，而顶多是用手轻轻地拍一下他们的后背，抚摸一下他们乱蓬蓬的、吐放着香味的头发。那时她觉得这手掌就像抚过了一片玫瑰花，手上长期存留着那种奇特的香味。这是怎么回事呢？深夜里，她闻闻自己的手掌，生出这样的疑惑。三个多么好的孩子，“这三个家伙。”她自语一句，睡着了，两眼夹出了长长的睫毛。

一个九岁，一个八岁；那一个十三岁了，个子高一点，爱戴一副眼镜。他每一次到野外去，都戴上这副变色镜，自愿充当她的小保镖。

生活当中的确有一部分没法教导的人，而其中的绝大部分是从童年开始的。于是我们也就需要很多教育家、道德家、女性、母亲和兄妹。当诸多角色集于一身的时候，她就变得平凡而神圣起来了。平凡是指她愈加朴素与温和，神圣是指她那高贵的心灵，指她散发出的无所不在的人性的光芒。她的纤纤身躯之中如何蕴藏着那么高的热情、那么大的能量，使任何艰难在她那里都悄悄地化为平易。她甚至对惊人的繁琐都毫不畏惧，好比一个有高超本领的人面对了一团紊乱的线球，先从容不迫地取在手中，一会儿就找出了头绪，微笑着慢慢将它解开，并重新加以归拢。

她会弹钢琴，还会演奏手风琴。她的嗓子稍微有点嘶哑，可是却具有巨大的磁性。她的歌声，除了迷住他们三个之外，还有乡村里的其他人：矿工、流浪汉、形形色色的人；有小官僚、收税员、警察、魔术师。有一个流浪汉伏在窗口听她歌唱，整整听了半天，也许是凝了神，忘记了一切，嘴角拉下了长长的涎水——三个孩子一转脸看到那个穿着破衣烂衫、满脸灰尘的流浪汉，不禁喊了一声。流浪汉却不为所动，仍在倾听——这时候她才转过脸来，明白是怎么一回事后，就轻轻地在他们后背上拍打了一下，然后继续唱下去——这时她有一半内容是唱给那个流浪汉的了。最后，那个年过半百的流浪汉满含泪水离去。他走了很远很远还回头遥望田野上的这间小屋。

春天，阳光和暖、没有风的时候，她就领他们三个走出来。在牧场旁，他们久久地看着满身是美丽图案的、垂挂着一对硕大乳房的奶牛，或者是一群洁白的羊。他们看着在篱笆旁不停地嗅来嗅去的狗，伸懒腰的猫，还有树梢上蹦蹦跳跳的蓝鸟。渠畔上到处都是绿色，他们问她这是什么、那是什么，她笑着告诉他们这些植物的名字。其中有一多半她也搞不懂，然后她就提议来一个比赛，看谁在更短的时间内能从书本或其他人的嘴里，弄清它们的来历。

最小的那个孩子是个孤儿，他需要更多的照顾。夜晚，有时她和他待在一起，要为他做饭，做洗洗涮涮的事情。这孩子还记得母亲最后那一年里为他做的所有事情：讲故事，做一种甜羹；还有噩梦惊来时的饲喂、怎样紧紧搂抱……这一切他不自觉地要她也重复一遍。她极力模仿孩子的母亲，为他做那一切。有一次，孩子紧紧伏在她的身上，用力地、不停地吻她，泪水打湿了她的胸部。她叹息着、抚摸着孩子的头发，把他圆圆的脑壳按在自己胸前。后来，她也哭了。这是幸福得不知如何是好的泪水。她觉得自己幸福极了。她为自己的职业、为自己的工作、为这三个孩子，特别是这个孤儿，感到幸福。

她对他们深深地致谢；还有，对这个乡村，这片土地。她希望他们长成她心目中的男子汉，地地道道的三个英雄。不知这个愿望能否实现，但她期待着，就像失眠的夜晚期待天明一样。某一天，当他们到了一定年龄的时候，就要转学，到正式的合堂教室去度过他们的求学生涯。那一天多么可怕又多么可喜，但他们三个没有任何一个希望那一天早早到来；他们也许会坚决拒绝那一天的。可是她会用目光为他们送行，会告诉他们：曲折的乡间小路总是通向一条大路；而大路，又总是通向天际……

勇敢地走吧，三个男子汉。

是的，那一天会到来的。

宏　巨

令人难以想象的是，19 世纪的俄国著名画家列宾，整整用了十年时光画出了这幅巨作。

在15世纪中叶到16世纪初，土耳其奥斯曼帝国不断向欧洲扩张，并且写信威胁屯垦在库班大草原的哥萨克部落，要他们俯首称臣，让开通向莫斯科的道路。大草原上的哥萨克狂放不羁，都是一些大碗唱酒、大块吃肉的角色，他们尽情地嘲笑了那个土耳其皇帝，并一块儿琢磨着给他写一封回信——这样的回信将有怎样的内容也就可想而知了。当年哥萨克的好汉们装束奇怪：他们有的喜欢在刮得光秃的脑袋当心留下一撮毛发，像一簇小辫，不愿驯服地翘在空中；他们高兴的时候干脆把帽子抓在手里，露出那一缕可笑的毛发。这有点像今天的朋克们，不过他们比朋克更朴实，也更粗犷。

一群哥萨克在野地里摆开一张木桌，用一支鹅毛笔煞有介事地、无比认真地给土耳其皇帝写一封信。这是显示、炫耀和发泄的绝好机会，而且也是一件相当庄重的事情。他们不得不反复商讨，集各种各样的意见和智慧。数位哥萨克领袖都在倾听一位打着赤膊的琴师吐出的妙语，大笑不止……

列宾活画出这一宏巨场面，即为《萨布罗什人写信给土耳其苏丹》。在一群愤怒、狂欢、诙谐、豪放的人群背后，是密不可数的哥萨克战士，他们分布在辽阔的大草原上。天际，则是熊熊的火焰和浓烟，分不清是烧荒的烟火还是硝烟。

这些哥萨克部落的头领们装束不一，性格不一，心情不一，打扮极其怪异。他们挎刀背枪，不停地豪饮，有酒壶、烟斗、巨大的烟荷包；最引人注目的还是那个伏在案儿前不停地说着笑话的琴师。这些人似乎个个都有怪异的举止和面貌，每一张脸上都凝聚了深邃的人生内容，让人得以窥视大草原上的哥萨克们难言的粗粝和孔武。这些人仿佛天生就是为这片辽阔的土地准备下的永不驯服的角色。他们是不可征服、不可驯化的野马，永远做不成皇帝的好臣民；他们不懂得纳贡，不懂得守法，不懂得诸多清规戒律。他们是一群自由自在的生命，只晓得烈酒和骏马，晓得好的刀剑和火器。他们又厚又结实的脏腻腻的皮袍，猎枪子弹都打不穿；他们那个巨大的皮筒帽，再大的风沙也可以抵挡。几乎每一张脸的神情，都写就了狂放的经历。他们已经迎接了许多，还准备经受更多。他们当中的每一个人都懂得嘲笑胆小鬼，都愿意率先用行动去表达自己的血性和勇敢。

描述这样宏巨场面的艺术品，也只有19世纪的艺术巨匠才行。那些现代主义的能工巧匠们已经丧失了这种能力。在这里，无论怎样先进的世界观、高超的技法，都无从补救。因为他们失掉的不仅是一种强劲的腕力，还有其他。他们再也没有了19世纪的艺术巨匠们所拥有的心灵、血脉、目光、无比宏阔的视野，特别是他们的史诗气度。所谓的现代主义艺术，已经不适合于绘制伟大的画卷了，而只能用来记述和阐释现代充满魔力的、谜语般的生活。现代艺术家们不约而同地涣散了心力，再不能把自己的心灵镌刻到漫长的历史上，镌刻到辽阔的土地和旷远的天宇中。而19世纪的艺术巨匠们却拥有独步大地的勇气。那是一个没有被光纤和集成电路带进神奇的进步和可怕的污染的时代，是一个朴拙、勇敢、开拓和生气勃勃的时代；这个时代，英雄主义的乐章仍然是其强劲的主旋律。他们仍然在崇尚古典的英雄。

这一幅画卷让人想起另一幅用文字绘成的画卷，那就是《战争与和平》。他们处于同一个时代，都出自同样的巨匠之手。他们灵魂的性质都差不多，足踏的土地也差不多。生命与土地的奥秘原来如此。

在一片变质的泥土之上，很难再寻觅那样的生命了。只有他们留下的画卷是永恒的。人类在任何时候都需要在这画卷面前追溯、回忆、自豪、懊丧，对各种各样的心灵进行一次检索。它跨越时空的意义就在这里。因为无论如何，没有任何一颗正常的心灵、健康的心灵，会在这样的巨制面前无动于衷。在这里，那些渺小的忧伤、纤细的情感、怯懦的争斗、庸人的恩怨、小人的沾沾自喜……都变得失去了分量，变得无足轻重了。

这幅画卷等于是重量级艺术家留给后代的一枚永恒的图章，它镌刻和标示了事物的极限，诉说着灵魂、历史、艺术，以及伟大的从前。

动 之 余

作为一个飞行的精灵，你此刻如此安静地停靠在一道栏杆上。一身戎装把你打扮得英武利落，透着一种简洁的美。

在匆忙的旅程之中，在风驰电掣的航行之中，你很少这样安然、恬静，目光里、嘴角边，有那么多的微笑。我注意到，你身旁的栏杆上落了一只蝴蝶，那恰像是你的一个浓缩的灵魂、飞动的象征。这是大自然一次最绝妙的组合与描绘。

不知命运为什么要把你投放到这种军旅生涯中，也许长期的和平年景，使一个时期充满了幻想和憧憬。战争离不开女性，可是战争有时候又不得不让女人离开。女性在浴血的战场上无论如何还是一些身份特异的人。她们应该是一些被保卫者；可是，她们却参与了保卫，并且成为一道纤细而又坚韧的、不可摧折的纽带。她们可以出击、开火、传达严厉的命令，甚至可以做将领，高举殉道和搏杀的旗帜。但在安静下来的时刻，在她们不由自主地流露出女性的温柔的时候，又立刻可以唤回许多美好的回忆。运动与驰骋之美，军旅之美，有时候可以被她们悉数囊括。

她们走进那个世界之前，很少想到那种惨烈的场景，至少不愿化入那个场景。可是当它来临的时候，她们又往往表现出特异的英勇和无敌的气概。那一支队伍因为有了她们而变得锐不可挡，她们也因为投入了那个世界而化为生命奇迹。她们的美几乎不可抵御，人们常常在很久之后回忆起她们奔突的身影，仍会产生出阵阵惊讶。人们难以理解那些纤弱、柔情、充满了幻想和浪漫的女性，如何在一瞬间变成了那样。每一个人的行为都紧密地联结着往日故事，可是她们的故事呢？少女的故事，爱的故事，思念与告别的故事……

此刻，她停靠在这个栏杆上，文静如一朵兰花。她的眼睛注视着，充满自信，若有所思，温柔中透着刚毅，让人想起在这个安静的瞬间，她又沉浸和回返到了自我的世界。那是女儿的世界，是月光下的潺潺流溪。可是在另一个时刻，这溪流又将汇成瀑布大川，汹涌滔滔，一泻千里，可以卷进一场风暴，化为风暴的飞溅和卷波。那种水不是温情的水、可以抚摸的水，而是暴力之水，可以涤荡荒原，可以摧毁岩石，可以冲溃万里长堤。那是重塑江山的水。

谁也想不到这个停靠在栏杆上的女性，曾经那么着迷于稚嫩可笑的童话，曾经为饲养的一只小鸟的绝食而流下了眼泪。她那么容易欢欣和绝望，笑声直冲云霄，泪滴洒遍衣襟，发辫在风中飘荡，一天扮十二个鬼脸。只是后来，她的身姿才在春风里渐渐丰腴、苗条、挺拔，亭亭玉立。就在这爱怜铺天盖地卷来的时刻，她被另一种事物所吸引；几乎在猝不及防的时刻，伸手接过了一套戎装。

你可以飞了吗？可以。飞到高空，与云彩结伴，去抚摸星星。她从一个神话走进了另一个神话，从一个童话王国遨游到另一个童话王国，这对于她几乎都是真实的，是放在手边的梦境，是激活了的童年彩绘。她像电影图片上的人物那样双脚并立，身躯挺直，举手行礼，报告首长，行操、口令、唰唰列队，篝火、操练，开阔的广场，汗水，浑身尘土，星夜行军……这一切全都来到了面前，疲劳、困顿，甚至有一种经受磨难的感觉。但是这一切都被悄悄地忍受下来。慢慢地，她习惯了，筋骨强壮，浑身都是力量。她敢于迎视男人热辣辣的目光，同时也有了各种各样的打算。她的设计渐渐变得比过去坚实可行，她的预想既大胆又非常现实。所有的人生坎坷，都在她军人的步伐下被踏平，被跨越。对于她和她的姐妹们，往往是最为重要也最为麻烦的事情，那就是爱情——它如今也变得触手可及了。它在机声隆隆的工厂，肃穆的机关大楼，或者就在广瀚的民间。明天简单、平坦、充实，秩序井然。她们准备在有一天向自己的爱人骄傲而顽皮地展示这一件又一件簇新的和陈旧的戎装，用那些惊险的回忆，刺激他强大的爱情和浪漫的情怀。那种生动的情节、跌宕的述说，可以从午夜延续到黎明。她要把她的战地笔记送给他看，让他男子汉的傲然神情从脸上一扫而光。

谁想到她还有过人的温柔呢，她的不可匹敌的女儿家气质，只有在这道安静的栏杆上，才一丝不漏地显现出来。

他该看到这一帧图片，看到她的未来、昨天和明天。她安然羞涩得像旁边的一只蝴蝶似的。是的，她是它幻化的身躯。

人生的确应该书写不同的章节和段落，它们起承转合，互相映衬，从开篇到终结，色彩斑斓，声情并茂。就是昨日生涯使她练就了一副娇小而强劲的身躯，柔细而粗犷的性格；她低声细语，冷不防暴怒中还会吐出个把粗话。他将睁大惊讶的目光看着她，发出一声惊呼。

她将会意地一笑。她笑起来多么妩媚。特别是她微微上翘的右嘴角，藏下了多少奥秘、多少可爱的东西。

你有点胖，胖得像个布娃娃，一个做坏了的雪人，一个常常涌出很多坏念头的女孩，一个抹成了粉鼻梁的越剧演员，一个走运的傻乎乎的歌手，一个大胆的女护士，退役的电视播音员，美丽的女二百五，或者是转业到地方的女首长。你还有一双柔软的手，（经历了那么多粗粝，为什么还有这样一双手？）你将要走向何方？

她用古板的眼睛告诉他，我有你永远诠释不尽的隐秘，我是一块让你绝望的顽石，我是一方浓得化不开的胭脂——你随便把我看成什么都行，只要你爱我；但是，你爱我，要爱我的全部，要爱我的呼啸和飞翔。

乡　菇

这样一幅图片出现在眼前，让人感到亲切：一种暖融融的喜悦从心底泛出，余味悠长，历久难消。

……水流明净的渠边，一个又一个麦草垛子，像蘑菇一样破土而出，倒映水中；旁边，则是一株株不大的榆树。

这幅图片使人的脑海马上涌现出两个字：乡村。是的，这是它永恒的徽章；它们真的是一片肥硕的、永远采摘不完的乡间蘑菇，给远行人以心灵上的极大滋养。

当火车奔突在辽阔的原野上，路边突然出现这样几顶“蘑菇”，旅人心头就会一动，一丝温煦油然而生。远逝的故事重新出现在眼前：童趣、乡情，温柔的大婶，慈祥的老人，在春阳下冒着淡淡烟气的长杆烟斗，还有翘着尾巴嗅来嗅去的花狗，嬉戏和追逐，不为人知的小心翼翼的童年……这一切都被越来越严厉的成人生活给阻隔和打碎，而只有在这乡间的镜子——渠水前重新得以映现；它那么明亮、清晰。

这种情感不仅是来自乡野的东方人的感怀，而且也是西方人、甚至可以是有完全不同文化和血统的一个伯爵的感怀。人们似乎还记得托尔斯泰在《复活》里所写的那个著名的冬夜，主人公在冬天的大河旁，在这蘑菇一般的草垛旁，那些让人感激的经历——月光下伴着冬末初春大河咔咔的冰裂声，他们追逐、嬉闹、深深地沉浸和爱恋……

给人温暖记忆的草垛，蓄满了春阳气息的草垛，柔柔南风不断抚摸的草垛，贮藏了多少回忆：金色的童年，昨天的笑声，一切的冲动、欢娱、隐秘；再没有比它更能引发一个人的怀念和回想的了。它们就是这样永远未能绝迹地出现在平原、山区、乡野，像真正的乡菇一样清香扑鼻——那种生鲜的气息使人如此迷醉，回味不尽。

它的旁边常常是那些无家可归的流浪汉和天真浪漫的童年，世界上最神奇最有趣的人物皆来此欢聚。这儿也是那些可爱的生灵徘徊之地，是思念和爱怜之地，是经过漫长的冬天之后，春天的太阳最先光顾之地。没有了它们，生命将失去多少庇护、多少机会、多少可爱的盼念。它们是一次丰足的收获之后留下来的余甘，是生活中品咂不完的香甜的后味。就在这里，那些从遥远旅途上跋涉而来、贫穷无望同时又是自由欢畅的流浪汉们，舒服地仰卧下来歇息，获得一份力量、一种安宁。这是他们长途跋涉的驿站。儿童跑上村头，奔向这里，猫、狗，甚至是其他动物，也都不约而同地奔向这里；这里有着不可理解的吸引力——这一切，都在回忆中一次再一次地被认定。它的确是一个耐得住推敲的事实。

我相信，艺术、思想，以及一切伟大的创造，都源发于一种强大的回忆的根柢，滋生于一片肥沃的土壤。失去了这土壤，她们就枯萎、苍白、羸弱，以至于最后死亡。关于美好的回忆、生命的最初冲动、与它连在一起的各种图片、意象、细节、动植物、场景，都会生气勃勃。它们被赋予了生命，生发了思维，滋养出第一片叶芽。它的韧长的联结之线往往不为人知，可是它在很长的时空里都用力牵引那个移动的生命，决定和影响着他(她)的一举一动。

这些“蘑菇”有时也是质朴和贫穷的象征，它会不断唤回你所拥有的各种记忆，让你想起呼啸的北风冬雪、风雨交加的夜晚、荒凉之地的神秘呼唤，以及各种各样的昨日经历——也正是这一切糅合在一起，才构成了它夺人的魅力。

如果这些“蘑菇”非常瘦弱矮小，就证明它所处的那片土地是如何贫瘠；如果它们高大肥硕，那么就在回告一片土壤的厚实肥沃。在春天，每当南风把田野上的一片绿色催发得蓬蓬勃勃的时候，一个秋冬的风雨会把它们吹打得更为朴素。这会让你产生强烈的季节交换的感觉，给你增添多少昨天和今天的衔接所带来的妙不可言的想象……

总之，拥有关于它们的记忆，获得关于它们的感动的，肯定是一个有力的健康的心灵。

美 生 灵

暮色中，河湾落满云霞，与天际的颜色混合一起，分不清哪是流云哪是水湾。

也就在这一幅绚烂的图画旁边，河湾之畔，一群羊正在低头觅食。它们几乎没有一个顾得上抬起头来，看一眼这美丽的黄昏。也许它们要抓紧时间，在即将回家的最后一刻再次咀嚼。这是黄河滩上的一幕。牧羊人不见了，他不知在何处歇息。只有这些美生灵自由自在地享受这个黄昏。这儿水草肥美，让它们长得肥滚滚的，像些胖娃娃。如果走近了，会发现它们那可爱的神情、洁白的牙齿，那丰富而单纯的表情。如果稍稍长久一点端详这张张面庞，还会生出无限的怜悯。

没有比它们更柔情、更需要依恋和爱护的动物了，它们与人类有着至为紧密的关系，它们几乎成为所有食肉动物的腹中之物，特别包括了人类。它们被豢养，被保护，却要付出生命的代价。它们只吃草，生成的却是奶、是最后交出的全部。它们咩咩的叫声，可以呼唤出多少美好的情愫。它们那不可理解的互相倾诉和呼唤，那由于鸣叫而微微开启的嘴巴、上皱的鼻梁，都让人感到一个纯洁生命的可爱。

它们像玉石一样的灰蓝色眼睛，有时会一动不动地看着你，直到把你看得羞愧，看得不知所措。

它们还很幼小时，就长出了一撮胡须，甚至还长出两个可爱的肉坠；你抚摸这胡须这肉坠，似乎看到它在向你微笑，向你无声地询问：你的来路，你的归路。可是它唯独不谈自己，不触及那无一例外的凄惨命运。人在这种美生灵面前，应该更多地悟想。人一生要有多少事情要做，要克服多少障碍，才能走到完美的彼岸。这遥遥无期的旅程，折磨的恰是人类自己的灵魂，而不仅仅是这一类生灵。人类一天不能揩掉手上的血迹，就一天不会获得最终的幸福。这是人类未曾被告知的一个大限、一个可怕的命数。在这个命数面前，敏慧的心灵应该有所震栗。

温柔和弱小常常被欺辱，可是生命的无可企及的美却可以摧毁一切。它最终仍然具有威慑力和涤荡力。

三只小羊跟在它们母亲身边，那种稚声稚气的咩咩声至为动人。它们的母亲只顾寻找食物，几乎对它们的呼叫充耳不闻。它需要抓紧时间摄取更多养料，以便生成奶水来饲喂它们。它知道这些撒娇声，这嗲声嗲气的求告和呼喊没有多少要紧。三个孩子没能使母亲注意它们，最后就自觉无聊地在一块儿戏耍起来，像赌气似的，离母亲尽可能远一点，用有些笨拙的、粗粗的、像木棍一样的前腿去踢踏绿草，或者是瞅准了一个踽踽前行的小甲虫，用毛烘烘的嘴巴去触碰，打一个不为人知的小喷嚏。它们有时候也干架吵嘴，甚至拳脚相加，额头顶在一起比赛角力，甚至故意伏在另一个的背上，让它一边报怨一边驮着往前走……这样的把戏玩了一会儿又觉得无趣，它们就一块儿向着远方奔跑，一蹿一蹿的，那是学着大羊们奔跑的样子。它们一口气跑到了河边，最后返回；它们从几只大羊的空隙中站直——它们想起了母亲，立刻惊慌失措地呼叫起来。它们的母亲也在寻找孩子——她一抬头发现孩子们不见了。母亲的叫声比小羊的叫声要粗重有力多了。这遥遥相对的呼应此起彼伏，渐渐惊动了群羊。所有的羊都昂头发出了叫声，帮一个母亲寻找三个孩子。后来它们三个重新回到母亲身边，羊群才开始寻找食物。

荒原、草地、开阔的原野，好像最适合放牧，天生就该是羊的世界。羊们几乎毫无侵犯性，全身都蓄满了阳光。它们把这温暖和热量分赠人类，人类却对这宝贵的馈赠毫无感谢之情。他们已经习惯于从弱小的生命里索取和掠夺，因为他们自己在同类中也常常这样去做。在不同的物种之间、不同的动物之间，比人类更无知更野蛮更荒谬的，并不是很多。比起很多弱小的生命来，人类几乎不懂得羞愧。他们也曾编造和制定出一些道德的规范和准则，却对自己的不道德视而不见。他们更多的时间像羊一样吃草，有机会却要放下草吃羊。他们常常奢谈自然界的所谓“食物链”，却从来不研究自己与其他动植物所构成的“食物链”。在整个宇宙的生命链条中，人类构成了多么可怕的一环。作为某些个体，他们不乏优秀的悟者；作为群体，他们却是无知的莽汉。他们在把整个星球推向毁灭的边缘，却又沾沾自喜地夸耀和骄傲……

暮色苍茫中，这一群美生灵被霞光勾勒出一片剪影。它们驮着所剩无几的光明踽踽而行。它们大概也会有关于黄河岸边这美好一天的记忆吧。

每一天对它们大约都是珍贵的。灿烂的阳光，绚丽的黄昏，无边的阔水和碧绿的草地——大概它们心中都会留有这美好的印痕吧。

从它们灰蓝色的眼睛里，从那种默默的注视中，似乎可以感受它们那潜在的灵性、温柔的本色、善良的心情。在这生命进化的历史上，它们的确是一些跨过了漫长世纪的苍老的生命；它们也许懂得太多太多：关于这个星球、关于漫漫时光、关于生命的秘密。

原来它们颌下垂挂的那一缕胡须，远远不是什么滑稽的标志，而是深刻的象征。它们正因为对这个世界知晓得太多，才这样听天由命。

它们从来都没有停止去做的，就是每天用自己弱小的身躯，驮回最后一缕阳光。

未知的命运

少男少女——两个贫瘠地区的儿童，放学归来的路上，倚在粗粝的石垒上谈笑。

女孩一手抱着板凳，一手捂着嘴巴，看着男孩。男孩笑得同样甜美，他把手压在身后，也像女孩一样，背着黄帆布破旧书包。他小小的年纪，笑容里却有了那么多的慈祥。

大约是半下午时分，放学很早；可能是一个周末，他们还有时间享受很好的阳光。所有的农村孩子，特别是那些贫穷地区的孩子，他们的食物极其简单，差不多都处于营养不良的状态；可是对他们最大也是最重要的馈赠却是阳光。是丰足而温暖的阳光使他们长得那么茁壮、健康。

两个孩子的头发都有点稀疏和发黄，就像他们脚踏这块土地上的禾苗和草一样。他们的服装让人想起久远的年代和最艰苦的岁月。这些衣服都不太合体，女孩的显得太小，男孩的则又显得过大。很可能这些衣服都在别人身上穿过。他敞着衣怀，露着胸脯和肚皮。女孩看着他，像注视生活中的一个主心骨似的，目光甜甜，微笑甜甜，稍稍地羞涩；她的手不仅掩住了嘴巴，还掩住了鼻子。她的诉说我们不得而知，但我们可以从男孩略带腼腆的温顺驯良、彻底愉快的笑容之中，体味一点什么。

我们可以想象他们的学校是多么贫寒，就像他们的山村和家庭一样。他们上学还要自带板凳，那可能只是一个空旷的大石屋子，墙上只有一块涂黑了的石板；或者干脆就是在场院上办起的一所野外小学——在辽阔的山区和平原，在一片广袤的土地上，不知有多少难以想象的艰难和困苦在等待着人们。他们与整个前进中的现代生活既丝缕相连，又似乎隔绝。他们仿佛只有自己独特的苦难、独特的生活，还有独特的未来。他们时时刻刻被人关注，为人提起，却又时时刻刻都在遭受遗弃。

乡村学校，关于它的记录，可以反映出一部辛酸痛苦的历史。形形色色的办学方式，形形色色的学校，简直令人眼花缭乱；有时甚至是让人惊心动魄、心惊肉跳。你如果看过了马背小学、船上小学、帐篷小学，并为这些顺应特异的地理环境和独特的生计而设计的办学方式表示赞同和认可的话，那么你对那些更为奇特的"学校"，也只有洒下一掬同情的泪水了。

在一片平原上，一片贫穷得不可思议、贫穷得毫无来由的土地上，我却见到了一生都不会忘记的"学校"。那是一片平坦的原野，土质很好，灌溉条件也很好。但这里的人一律住泥屋、草房，整个屋子里没有一件像样的木器家具，到处破破烂烂。这里的孩子大半失学。如果听到一句"孩子上学去了"，会让人感到多么高兴——你不由自主要去看看他们的学校。你去了，这才发现所谓的"学校"原来是一个破得不能再破的草棚，地上挖了一个个土坑，孩子们坐在里边，像一群小鸟一样露出圆圆的头颅。土坑的边缘就是他们的"桌面"。孩子们听见生人的脚步声，一齐回头，然后把手插进嘴里。这时候你会看到那一片带着惊喜和恐慌的明亮而纯稚的眸子，像星星一样闪亮。童年的眼睛看着你；也由于这一个个圆圆的脑壳是从土坑里探出的，所以你会想到屋檐下的泥窝里伸头伸脑的雏燕、它们张开的柔嫩嘴巴……它们嗷嗷待哺，它们饥渴难忍。

可是你能够给他们的是什么？两手空空，没有食物，甚至无法表达心里的苦楚。你只得怀着一片悲凉走开，怀着永远的同情和怜悯。这种心情缠绕着你，你走开了，它随着你。

而到了另一个地区，那里是丘陵，最不缺少的就是石块。在用石块堆成的空荡透风的大屋子里，所有的桌凳都是石板搭成的。很难想象在寒冷的冬天，这些冰凉石板会怎样损伤那些稚弱的躯体。而在有些地方，泥屋里的所有桌椅，都是用土坯垒成的，泥桌泥椅连成一体。那些巧手泥瓦匠们塑成了这奇怪而又巧妙的连体桌椅，只留一个小小空隙让孩子们钻进钻出。

可以想象眼前的这一对孩子。他们就是从类似的场所走出来的。可他们脸上是那么温煦的笑容，没有一丝哀愁。是的，他们还处在朦胧的年纪，没有更多的牵挂，也不知道未来。他们不知道总有一个未知的命运捉弄着所有的人，包括他们俩。在可以预见的那一截人生之路上，他们会走得非常艰难，坎坷在所难免。而在这道路上，别人也只能为他们祝福，并没有多少能力帮助这许许多多的、可爱而贫苦的孩子。

从笑容上看，他们互相爱慕。是的，不过他们还不到如此敏感的年龄。这就是青梅竹马，两小无猜了。这两个在未来会是依恋一起的生命吗？他们将来当然有权利爱，有权利追求更多的幸福；也许还要摆脱这片沉重的土地——他们有这样的权利吗？难以回答。这是父辈的土地，他们只是继承者，他们将自觉不自觉地继承这里的一切。他们的荣辱差不多也和这片土地连在一起。

神灵和土地会给他们勇气，他们将永远感激着她。

最美的肖像

这安详纯洁的面容，让我久久端详，目光不愿移动。

你呈现出的一切都是那么健康。一个生命在尚为纯稚的初始阶段，就已经预示了许多，而且这预示往往是准确无误的。未来的道路、性格、人生内容及其他许多许多，都包含在这预示之中。这是一种规定：内容与形式的规定。

“气质”是被现代人错用了的一个词汇，可我仍然不得不使用它来表达自己的赞美。我不知除了这个词汇所概括和蕴涵的一切，还有什么能用以说明。你穿着朴素简单、平凡无奇的衣装，可是由于你，它们一块儿化为了高贵，变得端庄淳朴。我相信，你的手，你做出的姿势，当时都被摄影者给不适当地、过分成人化地指导过了。可即便这样，也仍然没有对一种美构成致命的损害。因为你的目光、你的心灵绘就的那副脸庞，把世俗的拙劣驱赶得一干二净，烟消云散。你温情和善地看着所有的人。在浊流滚滚的物质主义面前，这一张面庞、这一双眼睛，它传达出的内容，显示了多么强烈的不可调和性。

这真是一个平凡的女孩，一幅平凡的肖像。可就在这种平凡面前，许多人却要心中一动。他们将自觉不自觉地驻足、流连。他们离去了，又不断地回头；他们或将重新返回，细细地看你鼓鼓的额头、微黑的肌肤、光润的没有经过任何粉饰的面颊、你随随便便扎起的两个可爱的小辫子——上面勒着最简单不过的橡皮筋。

你是谁的孩子、谁的幸福、谁的大喜过望、谁的沉默含蓄、谁的生命、谁的代表、谁的先知、谁的慷慨无私？

由于无名无姓无地址，无标记，所以人们只得在心中悄悄地将你记下。你是具体而抽象的美好的存在，人们可以用你去抵御沮丧、恐惧、悲伤和绝望。大地母亲诞生了你这样完美的孩子，于是一切都变得熠熠闪光、光彩夺目了。

东方的太阳冉冉升起，它的光抚摸万物，让沉睡的心灵苏醒，让草芒上的露滴闪烁，驱逐了人们心中的冬季。生命真是包含着不可测知的隐秘，当苦难、不幸、悲哀，一切一切令人沉痛的东西全部凝聚在一张童年的面庞，特别是一张女孩的面庞上时，整个世界都会为之哀恸。

在这个畸形的现代世界上，我们甚至看到了少年的轻佻和少年的苍老，以及童年的诡计和童年的绝望——它们预示了一个群体在前期生长中即失去希望。这是多么可怕的现象。生命的确是迥然不同的，童年的美是初生的美，纯洁的美，美如一张白纸，一滴新露，黎明的第一道云霞。被生活的艰辛折磨得满身创伤的老人和青年，都可以从这样的童年身上寻找安慰。他们会把她收留在心灵的深处，放在最温暖的地方去纪念，去抚摸和爱护。他们通过她去想象自己的昨天，像冬夜里的孤独老人照看着星星点点的火种一样。我们不得不爱孩子，不得不爱这些生命，就像我们不得不爱生活本身一样。有时候我们对孩子的无可奈何、求全责备、悲凉颓丧，也像对身边的生活一样。

这张肖像之所以楚楚动人，是因为它击中了我们心底的隐秘。她像是我们心怀了许久的一个心愿，一个企求。这张朴素的面容的确包含着至善至真至美，那沉默，那目光，蕴含了万语千言。在她面前，我们往往感到自惭形秽。

人们感谢那个按动快门的人，因为他留下了这难灭的美。或许你也无法重复自己，或许你也对这一瞬间的流露和呈现而感到微微的震惊。它或许可以脱离你的人生而存在，从而成为你我他——许许多多人的共同珍爱；你唤醒了人们的记忆。

只要时光在继续，就会拥有川流不息的生命，就会拥有难以计数的童年。

在山区，在大水之滨，在海岸和繁华的都市、喧嚣的街头、肮脏的角落、污秽的空间，都有很多稚嫩的生命在奔走、蠕动、呼喊，或歌唱欢笑。我见过了那么多稚气的面孔，他们常常让我感动不已。我无法忘记你们：渐渐融入生命之中，成为血流中的一部分。可是我却不曾把这些珍存呈示给更多的人。

这是一个默想，一粒种子。我自己把它捂住。多么遥远的路途，不可预知的明天，我都捂住这颗种子。它每年的春天都要萌发。它萌发、长大，结出的果实由我收获；我又把这收获交给那些饥渴的人，他们有的感激我，有的诅咒我。可我也仍旧是采摘果实和交还果实的人；我只做了自己应该做的事。我的一生将因此而忙碌，充实无愧。

最后我将说自己是孕育种子、看护果实的人，是她身旁的一个仆人；我是真与诗、美与爱的仆人，是她的使者。我是饥渴的使者，也是美的使者；我在进行无比光荣又无比艰辛的事业，它使我无望而渺小的生命得到稍许安慰。

我告诉自己，我有幸走近了你、看到了你、了解了你，你永远都在向我显示希望。你的面庞是晴朗的天空。

我每一次走近你，都抑制着心底泛起的自卑。我永远赞美你，但常常不发一言。我只是赞美……

漫 漫

置身于旷野和闹市，在河流一般涌动的人群中，人常常被什么所吸引。它会像闪电一样在眼前一亮：它是一片图画，一丛艳丽，一种动物，一个人，一个男性或女性，一对目光，一个情节，一次交汇……你与之擦肩而过，但一旦被吸引，也就历久难忘。你心中对这一切生出感慨、焦灼不安或巨大遗憾——就是这些在你心里重重叠叠，像泥土一样沉淀，形成心灵的沃野，最后再生发出诗意的青苗。

我们常常想到，作为一个个体是多么单薄渺小，它在万千生灵万千事物面前，只是大漠一粒，是草原一瓣。无论你在枯萎，在消灭，在茂长，或者是在分解，在吹散，对于整个大千世界都微不足道。

与此同时，漫漫时光中其他的一切，那难以胜数和探知的一切，都在依照自己的秩序生长、死灭、焕发。你的感知和发现将是没有穷尽的，直到你最后丧失了这种能力。

从空中往下俯视，可以发现那些不知名的村庄、聚居地，还有一处处的山脉、丛林，许多许多不为人知的什么，陌生地出现在广瀚的大地上。它们各自构成一个独立世界，这个世界每天都上演着自己的悲喜剧，产生出一些狂欢和忧郁。

每个人都是一个世界，这世界就在这永不屈服的沟通和连接的努力下，彼此封闭，默默生灭。它们是无声的喧哗、山呼海啸般的沉默、转瞬即逝的永恒和残缺组成的完美。你在哪里？你为什么痛苦、欢乐和忙碌？哪里是你的来路？哪里又是你的终点？你又为何在这漫漫人流之中？为何掩泪叹息？

一株美丽的萱草花开在溪流之畔，和它在一起的都因为各种原因枯萎了，它就在这个隐蔽的角落，在这个人迹罕至的角落，愤怒地开放。只是一个非常偶然的机会，一个人走到了它的旁边，对它旁若无人的骄傲感到阵阵惊讶。他们彼此陌生，没有语言可以沟通，只是无声地注视、留恋，然后分别。他似乎感到了萱草花那警觉的目光里包含着挑战、嘲弄和无可奈何。他想起有一次在海边丛林里奔走，整整多半天的时间里没有喝一口水，口渴难忍，太阳好像越来越亮，蒸腾着全身的水汽。他看到丛林草地上到处都蒸发着薄薄的气体，所有的四蹄动物都因为焦灼而嗷嗷嗥叫；鸟雀烦躁地飞动，发出沙哑的声音；野鸡在另一边呼唤，也是找水的声音。孤单的丛林里只有他一个人。他正急匆匆地赶路，突然，他发现了灼亮的一角。他的心中立刻一惊。他一直走去，脚步充满好奇，小心翼翼又急急匆匆。原来是这样！他发现在一丛丛丑陋的刺槐灌木之间，那么突兀地生长着一株夜合欢——它开得那么灿烂，真是生机盎然，墨绿的叶片翠嫩欲滴。它的另一边就是耸起的一座白沙岭，上面差不多没有一株植物。原来那陡陡的沙坡不断有流沙披挂下来，压根不可能有什么植物生根。这金红色的合欢花，干净的白沙，互相映衬，显得美极了。他好像在这海边丛林里第一次验证到了美的本源。他蹑手蹑脚走近。他是一个唯美主义者，此刻正被这一棵夜合欢所带来的奇异所征服。他压抑着心底的惊喜，围着它徘徊再三。后来，就在那沙岭的旁边，他发现了一潭碧水。这又是一个奇迹：清得不见一丝污浊，水底白沙粒粒可辨，少许水草长得茂盛。他怀着感激之情，俯身痛饮一口，清冽、甘甜。他当永远牢记：荒原甘泉。

事过很久了，他还常常回想那一幕：那花、那泉，那奇怪而美好的遭逢。

时光漫漫，人的一生也许只能偶然地经历一两次奇迹，久久难忘；更多的是对一种苍茫辽远的恐惧。有人能够把那偶然的相遇、美好的存在，自觉地与漫漫时空联系在一起。他把它们一概称之为“漫漫”。

在这个大都市的角落，在这幽静丛林中的柏油路边，你推着自行车匆匆而过——是什么吸引了你，让你侧过身用力地、稍稍不安地看着？你看见了什么？你在看马路的对面、那棵大树、那个戴着墨镜的邋邋遢遢的男人？

你很快就穿过马路，驶向另一边——消失在漫漫人流之中了。

你从哪里来？你到哪里去？你为什么要戴一副那么宽的粉红色塑料发卡，发髻又扎那么高？多么可笑多么神气，多么自由多么洒脱。可是你好像也十分无知和莽撞，你是一个只知道大声喧嚷的可爱的孩子，也许生活的浪花会在不经意的时候把你卷到很远……多么顽皮，有时你就像被搔动了笑穴似的，忘记一切地哈哈大笑。时光就在这笑声中漫漫流逝。

像人生中那些突然遭遇的令人难忘的奇迹一样，你的名字也叫“漫漫”。

荻　火

一片荻草像火焰一样向四周蔓延，汹涌着扑向四方。它带着大自然所赋予的那种不可遏制的激情、燎动和飞溅，仿佛可闻猎猎之声。火焰在空气中抖动，灼人的热浪扑面而来，火势在风中越卷越大，射向无边的荒原。

大自然总要以一些奇特的方式，以各种各样的方式，来表达和再现长久时光中所蕴蓄的巨大激情。它可以是峰如涛涌的山脉，是怒吼的北风，是烈风中狂舞的雪花，是暴雨，是雷霆电闪，是狂泻的瀑布，是大海日夜不息的喧声。它的激情可以化为愤怒，化为癫狂，也可以化为眷眷柔情。

像眼前燎动的这片荻火，多么好地再现了大自然那种不可遏止的感动、猛烈和狂放。夕阳下看去，它真像火焰，每一次拂动都像火苗的一次伸长。有时它又让人想起苍茫大地上奔腾着的人群和马匹，甚至是秋天里倾泻而下的秋洪，那不可阻挡的潮流。它们呈放射状向外奔突，呈一大股一大束，沿着不同的方向；它们显示了一种趋势和力量，让人想到历史的十字路口，想到发生转折的一瞬，想到决定了千年历史的一个关节……

夕阳下的荻火，烈焰所舐之中，隐约可闻金戈铁马、铿锵之声：呼啸，踏踏马蹄，刀戟相撞。大自然究竟有着怎样的激情，这激情又为何如此的阔大、辽远、执拗和急促？

荻火有时也在微风里荡漾，在暖阳下摇动。那时候它们柔顺极了。这又呈示了大自然的另一种性格：绵软可亲的抚摸的力量。它让人想到了微笑、和煦动人的话语、一个安慰和一次休憩。

几乎每株荻草都在抒发着自己的情感，都在传递着对时光的抗议，表达着无边无际又是真实可感的那颗爱心。它们爱阳光、爱风，爱使其回返青春的三月、催生花束的夏天，甚至爱使它们进入冬眠的寒冬。大自然是这样的美好，时间的节律是这样的均衡，一切的变故是这样的自然；风，雨，烈日烤炙的时刻和阴晦不明的雾天，寒冷，热烈，收获，孕育，一切都自然而然地发生了，让其经受和忍受，让其欢歌。也就是这些，组成了一个曲折遥远、色彩斑斓的明天。它们在为这时光的变迁，为漫长的岁月而祈祷、等待、忍让，表现了植物世界里的谅解和达观。

只有在漫漫无边的雨雾天里，在那种超常的阴暗和湿冷的气候中，它们才忍不住地流下泪滴。那无边的啜饮之声啊，那没有一丝风的大雾的昏暗啊，啜饮之声是那么揪人心肺。淅淅沥沥，滴滴答答。隐在荻棵里的鸟雀、各种生灵，都一声不吭。它们都被这哭泣所打动了。这是大地女儿发出的泣哭，她们泣哭是因为这黑暗给她们造成的不可挽救的死亡、还有她们身旁其他生命的百般折磨。它们既不能袖手旁观，又无力挽回什么。生者为不幸者、哀伤者所痛苦。

无边的荻草不停地泣哭。它们为记忆中那一个个惨烈的场面而恸哭，为在同一片土地上所发生的那一场场悲惨而号啕。就是在这儿，几千年前，还有几百年前，有过一场可怕的厮杀。血迹顺着土壤渗入地表，它们的颜色，它们的因子，在那里凝聚、沉淀，再也不会消失。可它们又无法再现和再生，于是就把自己的一腔热情、愤怒、哀怨，还有对明天的指望，如数寄托给荻草，顺着它们的茎秆、枝叶，缓缓地上升，钻出地表。这片荻草啊，带着另一种生灵的魂魄，悄悄地扩展，无论在月光下、在冬天和春天，都伸长着根脉。它们长啊长啊，当年的血流到洇到哪里，它们就长到哪里；后来它们遮去了整个河边，整片荒原。无论是烧荒的野火还是开垦的犁耙，都不能把它们剿灭。

在这灰沉沉的阴雨污浊的天气里，它们不停地泣哭。它们为记忆，为历史，为它们的前身和后世，为那一场连一场的摧折、遭遇和无以表达的暴怒而泣哭。后来浓雾终于消散了，太阳出来了，阳光的热力越来越猛烈，它们重又燃烧起来——南风吹起，火借风势呼呼啦啦，在荒原上奔涌卷动。

这是从何而来的激情啊，这是土地给予的激情，是生命，是循环往复的生命，是历史，是自然，是时间，是不灭的记忆。

土地是有记忆的，自然和时光也是有记忆的。它们总是以各种方式来恢复自己的记忆，再现那辽阔奔腾、不可阻止的滔滔之势……

挑战的鼻梁

有人把你身着盛装、自我感觉良好的那个时刻用彩笔绘下，非常忠实地、一丝不苟地绘下。它能够完全再现你那一刻的心情、姿容，以及你的这副装束、这神情间的蕴含。

多么复杂的服饰：充满了皱褶的、薄如蝉翼的花边，千刺万绣的衣兜，缀满了花饰和皱褶镶边的肩部，宽松的绞缠的薄纱折叠的衣袖，暗红、紫色、浅绿、星星点点的黑色，雪白的旗袍纱，都说明了你是多么喜欢浓妆艳抹，喜欢那种繁复芜杂和折叠的美。大大的耳环，蓬松的头发，这一切加在一个少女身上，反而显出一种多余和不堪重负。

你似乎对这一切悉数接受，并极为欣爱；你双目微微上扬，嘴巴自然合拢，额头闪着亮光。无论你的装束令人多么眼花缭乱，无论你的头发多么绞缠蓬松像火焰一样向脑后飘拂——它们在光线中旋成的圆圈让人想到钢丝、烟，甚至是飞翔的肥皂泡——都掩不住另一个部位给人的强烈感觉，那就是你高挑的鼻梁。

在你生动的面庞上，那个鼻梁毫不含糊地向上伸去、挑起，充满硬度、倔犟，实在有点怪异。它显示了你的执拗、不甘屈服、迎向一切、刺破一切的坚毅决心。在这个上扬的鼻梁的带动下，鼻中沟也有点高耸，唇部似乎也上翻得厉害，它们一块儿构成了鲜明的侧面剪影；那种突兀的棱角分明的线条是极易描画的。

我们不得不承认，类似的鼻梁在生活中是不多见的。大多数的鼻梁没有这样的锐利和坚挺，它们大多都是线条和缓、质感柔韧，而远非这样光洁、坚实、金属一般。它显示的不是什么温和的、体贴的、随遇而安的性格，而是表达了一种勇往直前的冲刺的勇气；就像你一直射向前方的目光一样，它像在未知的遥远之中搜索着什么。

如果我们试着把这鼻梁稍稍地掩住，那么看上去一切也就全部为之改观，甚至马上变为一副羞怯的神色——那将完全是另一个少女。同样的眼睛、眉毛、嘴巴、面颊、服饰和头发，却转而让人想起一只小猫，一只鹿，一只白羊，一个随时准备投向更强者的女性，需要看护、照料、爱抚和安慰——而遮掩鼻梁的这只手稍稍地挪开，一切又立刻回到了原来。

你是一个远去的陌生者，无法追寻；但你唤回了诸多记忆。

在很早以前，莱茵河畔的一个小酒馆里，一个英国女歌手（兼做酒馆老板），带着西方人热情奔放的性格，以及对于遥远的东方客人的一片盛情，为我们唱了一支又一支歌。她在一个简单的乐队伴奏下，手打响指，在麦克风前唱得神采飞扬。她的嗓子略带沙哑，唱了几支歌之后很快沉醉在自己的声音里，如痴如迷。原来一直在歌声和乐声之中饮酒聊天的顾客，这时都停止了喧哗，一齐转过脸来。我相信小酒店里的客人大多都是嗜酒者，常来光顾，他们也许突然发现了女老板在这个夜晚不同寻常的激动和投入。尽管她的歌词我们没法听清，却被她的声音、她的神采所打动。

那是一个非常愉快的夜晚。许多年过去了，当我回想起那个夜晚的时候，一切都还历历在目。特别清晰的是她的那个鼻梁——硬邦邦地向上耸起，别致、坚毅，刺破了夜色。仿佛她嘶哑的歌声就由这一个扬起的鼻梁所牵引。她简直像一个形貌特异的小动物，对这个令人恐惧又是充满诱惑的世界，不得不更多地使用鼻子；于是它的嗅觉特别发达；它在使用那个显著的鼻梁不断地嗅来嗅去……它寻找路径，探知未来，测试命运，规避危险；于是她因为那个独特的器官而骄傲。它自己也骄傲着，于是它高高耸起。

……不知为什么，它引发了许多想象和回忆。它们交叠一起，使人长久沉默，追溯那一个又一个熟悉的或不那么熟悉的面孔，逐一分辨。那是多么冗长繁杂的一沓子故事、一些忆想和怀念。生活中各种各样的曲折、和顺、煎熬、忍耐和欢娱的场景，潮水般涌来。昨日时光不断地离我而去，而我只是注视着这定格般的绘画，看着这似曾相识又令人稍稍惊讶的一幅肖像。

每个人都是一个奇迹。当我们稍许正视它们，即会感到生活是多么的不同凡俗。它还将变幻出无数令人眼花缭乱的一切。人在这个世界上，原是来不及惊讶和感叹的，他要迎接一路的挑战，匆匆地向前——直到自己的终点。

在风中

肉眼难以将风识别，因为它无形无色无味。但它可测可感可知。我们注视它，常常只是注视被它所摇撼、冲动、击打了的那个对象。因为它是风，是气流，是无限柔细可人又异常猛烈粗暴的一种奇怪物体。它创造了无数惊天动地的故事，它可谓平凡而又神奇。它可以轻轻地抚摸土地、植物和动物，让它们感到无比舒适，让其焕发青春，从昏迷中渐渐苏醒。有了它，生命才不至于窒息。可是它的一场暴怒，又足以毁坏一切希望，抛下一片狼藉，惨不忍睹。它造成的毁坏难以修复，不可挽回。

可是我常常感到最猛烈最可怕的风，不是那摧毁一切的狂飙，而是缓缓流动的、无所不在的、充斥一切空间的那种和缓悠长的吹拂。这种吹拂可以使许多东西锈蚀，可以让坚固的外壳腐败、剥落、褪脱。我们简直无从阻止，也没有办法阻止。它即便在我们青春焕发的时候，也常常使我们付出了最宝贵最真实、用以维持生命的某种珍贵，把它们携到远方，交给那些我们从来都不曾知晓的角落。而另一些生命，则被它们全部携走，从此远离我们，沉到了另一个世界。

每一个生命都在风——无坚不摧的风、每时每刻都在左右我们的风——之中。这风并不总在使我们旋转和抵御，而大多数时间是在舒服地抚摸和撩动，从而使我们改变。这改变是慢慢完成的。

风，对于美丽的事物，对于顽强生长的事物，有时是颇有韧性的。它极有耐力地抚弄你，吹动你，撩拨你，让你在阵阵陶醉的欢娱中，告别自己的原来。它将把你缓缓地引诱或推动到一个新的场景中，让你成为这个场景里的一个点缀。

你的乌发飞扬起来，像火炬。这黑色的火焰，只有风才能使它燎成这样，不受拘束，狂放不羁。整个的你化为一首热情浪漫、妩媚动听的歌谣；你本身就构成一首绵绵无尽的、可以无限诠释和延长的故事。

你把自己最美好的东西交给了风，你在风中行走，你对于它是尽可能地袒露真情；你那么欢娱，上帝给了你值得骄傲的一切。你所向无敌，无坚不摧，就像风一样。风成全了你，你也化进了风。风对于你不可须臾离开，而你对于风又是最好的猎物。

你被风所猎取，而且永远不再交还。从你脱离了母体的那一天，你的母亲就在盘算怎样把你交给风。她愿意看到你在风中翱翔、飘飞、升向高空；她为你的升华、浮起而感到自豪。这个盲目而慈祥的母亲并不知道她这样做的后果是什么。后来，你在飞翔中沾上了越来越多的尘埃，风只能部分地抹掉它们，有许多被你吸进了肺腑；你越来越沉，越来越沉，终于，风再也没有力量把你托举得更高了。在完全始料不及的那个时刻里，你就不得不下降、下降，最后跌落到泥土上。

那时候你的母亲已经看不到了，你早已飞出了她的视野。

你在泥土上匍匐，化解和享用自己的痛苦。这些痛苦对于你，来得太突然太生僻；直到最后，你还不懂得去诅咒这无所不在的风，这成全了你又毁坏了你、最后彻底改变了你的风。

你试图寻找它，寻找它的力量它的源头。你抬起头，用力地四下寻找。你什么也没有发现，它无形、无味、无色，无所不在又不可捕捉。

很费力地，你看到了一棵摇动的树——原来它在树上，它在树的四周。它为什么那么狂热地摇动一棵树？它想把它折断、拔起，像对待你一样对待它吗？把它抛到空中，把它举起，沿着地表飞行，又在某一个突兀的时刻将其抛于泥地？要知道到了那时候什么都晚了。因为树木已经在这飞行中被风干，被弄得没有汁水了。当树重新落到泥地上，就再也发不出根须和叶芽了。它将变成另一种物质，它不会是现在的这棵树了。

同时，它也发现这棵小树在阵阵摇动中发出了欢笑，枝叶抖动，那哗哗的笑声也就散发出来。它笑啊笑啊，享受着被摇动被吹拂的全部快乐。它还听见了在这欢快的笑声中，有那个隐秘的风的声音。它在忘情地对小树发出赞誉，说你多么优美多么娇憨，身姿婀娜，有不可抵御的神采；这微笑啊，这神情啊，这动人的一切啊——既然如此超凡脱俗，又怎么能把根须扎在这样闭塞的角落，一动不动？再说你又怎么有权利独自享受这美、这亭亭玉立？你怎么可以在这儿沉默，怎么可以待在这个贫瘠的空无一人的寒酸之地？走啊，我与你一起，让你去认识这个世界，惊动这个世界，震撼这个世界。我将带你走遍五洲四海，用越来越多的时间陪伴你，让无数的人为你疯癫，让他们为你去死亡，去长旅，去狂欢。总之那时候人人都愿意为你付出一切。那时候你就会感到自己对这个世界多么重要——你是多么重要，你是生命中的金子、时间的金子，你本身就是太阳最好的儿女。你这油绿乌黑的叶片啊，只有我的无形的手掌去抚摸，才能狂舞，才能变得像黑色的火焰一样，燃烧在空中和大地。

小树听着风的迷人絮语，流下了眼泪……

她此刻无比同情的，就是那棵小树。

蓬　勃

那棵龟背竹强劲有力，充满了水分。仿佛有不可思议的力量在催发它、鼓舞它，它将长得更大更粗硕。它在一种无知的欣悦之中迎着阳光茂长——尘埃还没有蒙上它的茎叶，干旱还没有折磨它，苍老和萎缩还离它非常遥远，发达的根系还在没有止境地支持它，源源不断地输送各种养料，它对衰弱、枯萎以至于末路还不能理解……

坐在她旁边藤椅上的母亲，手持空空的杯子，刚刚饮完水。她的母亲比年轻时瘦了，个子好像也矮得多了。母亲告诉她年轻的时候个子有多么高。还有，好像母亲是在不知不觉中一点点变矮了，从骨骼到肌肉，都一块儿萎缩了。而她自己却正像旁边这棵龟背竹一样，处在水汽充盈、蓬勃向上的时节。

有时候她一口气儿可以把餐桌上的东西一扫而光，有时候又匆忙得吃不下一口饭。很多声音在召唤她，她急于离开。她好像越来越舍不得时间，越来越忙碌。母亲用埋怨和爱怜的目光看着她。她搪塞着，有时只取一块面包，一边咀嚼一边冲出房间，脚步咚咚地下楼。

她需要到更宽敞的地方。她像一匹两岁小马，毛色油亮。广场和原野在呼唤它，它的鬃毛需要阳光去照亮，去打磨，上一层新的焗油。

草原上那油亮亮的马——骏马、驹子，都被太阳公公用焗油焗了一遍。她的头发，她的肌肤，甚至是那色彩斑斓的服装，都需要太阳老人的焗油。她不自觉地接受了它们，在这方面她毫无悟性，不知道颜色只有在光线的感染下，才会挥发出灿烂的本质。

她那件图案怪异、现代意味十足的毛线外衣和同样斑斓、多少有点儿花哨、让人眼花缭乱的、紧紧绷在身上的裤子，都需要阳光。它们包裹着她，伴她走进了这个春天的下午。

盛春时节，寒冷一扫而光。向上蒸腾的地气被她的脚步缠绕着。她在很多时候甚至都能感觉到它们缠绕在脚踝上，像丝线，洁白洁白，鹅毛一般轻柔，渐渐又从脚踝往上，缠绕了周身。她就像手持一团棉花糖一样，轻轻地啃咬，伸出舌头去舐。它们融化了，撕裂了，一朵朵被她抛开，甩在身后。她直向着下午阳光灿烂的广场奔跃。跑啊，跑啊，那里满是蹄印。无数的蹄印告诉她，很多伙伴已经从这儿跑开了，它们消失在广场后面的那片灌木丛中，也许它们正啃食新长出来的绿色。想到这里她一阵急促和欣喜，发出一声响亮的、有点怪异的呼叫。她这时候真像一匹两岁小马。

在好几年前，母亲就停止了对她的抚摸。这使她觉得有点儿快意，也有点儿于心不甘。过去母亲尽管带着责备，但总是把那双粗糙的手放在她的头顶，一边抚摸一边发出埋怨。母亲埋怨的语言多得让人害怕。在她听来，母亲觉得她一切都错了。错在哪？不知道。孩子手背上的裂口，头发上的草屑，衣襟上的灰尘，没有及时修剪的指甲，磨破的袜子，一切都被絮叨来絮叨去。她真不知道这有什么值得责备的。她知道母亲似乎在表达比说出的这一切要丰富得多的东西。有时候，她干脆把脸庞使劲抵到母亲肩部，仿佛在和母亲构成一种支撑。她感到了母亲瘦削的身躯有些发抖，怕她站不住，就偷偷地收回力气。母亲拍打她的后背，不自觉地用手捏了捏她结实的、厚厚的背肉。她听到了母亲那声满意的叹息。

那时她的头发没有现在长，差不多像男孩一样。她长得真有点像男孩。母亲说：这时候很像，以后就不像了。她倒希望自己永远像个男孩。到后来，她发现自己的身体不可遏制地膨胀，觉得自己强壮起来，伸了伸两臂，力量无限。可是她仍然习惯于做鬼脸儿；她做鬼脸儿是因为她有点儿忍不住。忍不住什么，不知道。反正有各种各样的顽皮的欲望，这欲望有时在怂恿她，想通过她的手把什么东西破坏掉。她甚至想砸一两件家具：微不足道的小器具，像瓷碗、鸡毛掸子、一个小竹篮，等等。当然，她从来也没有这样做。她知道母亲珍惜它们。她在母亲的吩咐下打扫卫生，把家具碰得砰啪响，母亲稍有埋怨，她干脆就把地板擦子扔到一边。她喊着不干了，不干了，母亲就过来接替她；可这时她又把母亲推开，又快又好地干完一切。

她莫名其妙地叫着“妈妈”，可是不知道下面要说什么、干什么。妈妈已经习惯了倾听她这些不废的废话。闲下来她还会唱歌，胡乱唱，嚼着面包或馒头，一边嚼一边唱。她发现自己的衣服越来越小，裤子越来越短，但她却不急于把它们抛掉。在同伴的启发下，她知道寻找更合体更漂亮更时髦的衣衫了。她开始打扮自己，留起了披肩发。在各种各样的图片、同伴、街上的广告画——这一切的诱惑和交错启迪下，她学着结出很怪异的毛衣式样。她找来了《毛衣编织法》，触类旁通地创造出很多花样。她把衣服的半边织成了蓝的，而另一边却织成了火红色。她故意要吓母亲和其他人一跳。到后来，她发现效果并没有预料的那样强烈——尽管他们都表示了不理解，但还是依顺了她。她原来倒渴望母亲能从她手中夺下这件衣服——没有，埋怨很少，只听任她穿上去，甚至还不适当地赞扬了几句。多没意思。她穿上它，走到人多的地方。果然，太阳灿烂的时候，她身上立刻焕发出各种各样的光斑，就像来到了美人蕉丛，就像千层菊、大丽花，它们在太阳和春风里摇摆一样。她想，他们的目光都藏下了一声惊叹，他们的嗓子都咽回了一句呼喊，那就是：看哪！看哪！

她旁若无人地往广场上奔去。她谁也不看，只注意广场上留下的深深浅浅的蹄印。后来她飞跑起来。她长得微微肥胖，可跑起来毫无笨拙。

昨日小猫

要给心中很多不能消逝的东西找个寄托——它们最好像一幅画一样，放在眼前。

青年人的情谊，最难忘记。它像泉水一样从遥远处涌来，濡湿了今天。它应该是一幅什么图画呢——一捧散发着浓香的玫瑰、一株郁金香、一束浓烈的丁香？

都难以用来寄托……后来，他想起了昨日的小猫：它蜷在他的身边，圆润自负的面庞，好像对什么都不满意，却让人觉得愈发可爱；两撇胡子不合时宜、滑稽幽默，小小的鼻梁通圆光洁，两个彤红的鼻孔……它感到无比安全和幸福的时候，才有这样的神情。

它柔软小巧的身躯，全身上下没有一点粗糙不洁之处，通体都那么完美。它柔柔的小巴掌攥一攥像个毛球，散发着微热，富有弹性。他试着抚摸和按压它精致的骨节、它的指甲、巴掌上的肉垫，并翻转过来看。他试着从这肉垫缝隙里发现一点泥巴和沙粒。没有，总是干净得很。他轻轻地掰开它的嘴巴，发现了粉红色的舌头和洁白如玉的牙齿——他每天刷牙还没有它白，真是自愧不如。

这种完美无缺的小动物，就这样来到了他的身边。他把它抱在怀里，又把它放在旁边。它的神情总是那样：故意装出一副厌倦的样子，实际上他知道它很喜欢并依赖他。只是在特别兴奋的时刻，它才跳起来，一对小巴掌拍动着，发出叫声。他这时真的看到了它在微笑，甚至会像人一样闭上一只眼睛。多么顽皮。它的两只耳朵让人想起转动不停的雷达天线。

他今天还想养一只小猫，用以寄托昨日，寄托心中的思念。他觉得这有点儿奇怪，可是又非常现实。有什么能够取代这种比喻呢？这是最贴切的比喻，是一个成年人才想得出的比喻。

她有一个永远长不大的儿童似的脸庞，圆圆的脑壳，纯洁、率直、安静。她的左手托着下巴，沉重的头颅使手掌弯曲成那样。她的右手愿意放在叠起的左腿腕上，中指和拇指靠在一起，与其他三个指头分得很开。塑料凉鞋、浅蓝色的袜子、连衣裙，装模作样地看书——有时也真能看进去。她那一张秀美的小嘴，让你想到有很多可口的东西被它咀嚼过；但她食量不大，浅尝辄止，只是品味能力极强，能够分辨出细微的滋味。

那两条长长的腿、长长的手臂，大概让她有点不好意思。因为她要不停地活动它们，两只胳膊常常绞拧一起。她总垂着长长的睫毛。一头黑发太浓厚，好像已经成为负担，她总要不断地伸手分开它们，不让它们挡住眼睛和额头。额上有一层细小的绒毛，让人想起成熟前的瓜果，似乎也证明着她正处于非常稚嫩的、一无所知的年龄。她这一头浓发像假的一样，似乎不够柔软，太亮也太粗茁。有一次她把它们用一个手绢全部捆扎起来——整个人立刻显得怪模怪样，让人不能容忍的可爱。

她盼望春天，又盼望冬天。

冬天，她穿着这个城市的人早就抛弃了的蓝色棉猴。可也只有这件棉猴才配得上她这奇特的身材：修长、柔韧，特别是那个连衣帽，多么可笑地包裹了那一头浓发和圆圆的脸庞。她这时真的像一只小猫了。

她走起路来轻手轻脚，就像儿童在舞台上扮演的布老虎一样，左右摇晃，眼睛雪亮雪亮，四下里看。他们一块儿踩着白雪往前，听着脚下吱吱的声音。星月映着白雪，映着她晶亮的眼睛。从星星上仿佛垂挂下一片又一片透明的丝线，他们不得不寻找空隙往前走。她巧妙地用肩部把它们撑开。冰凉的线，柔软的线，他们就在其间蹿来走去，感受着它们所传递的那种晶莹明亮。

没有风，随便找一个地方站下。她问这个夜晚为什么这么安静——几乎没有车辆，没有隆隆的声音；特别是这么长的一条街，没有一个行人，只有白雪、月光、星星——它们多么好。僻静、孤独、安逸。月色驱赶了一切不安、忧郁和其他危险。他们俩拥有了整个的雪夜。他想告诉她：那些足不出户的人没有情怀。她似乎不太懂，噘起嘴巴，晶亮的眼睛看着他。美丽有余，悟性不足。

小猫原本就没有什么悟性的。它除了顽皮，就是出奇地慵懒。他可以长时间地研究那一张圆圆的猫脸。他从它复杂、完美无缺的脸上，感受着神奇。他发现它脸上的图案那么巧妙，对称。为什么上帝给它画了那么精美的脸妆，然后才把它投放到世界上来呢？他觉得这太不可理解了。

它不会说话，只会唱歌。它用奇特的沉默保护了自己。它紧紧依偎在人的身边。让人愤怒的沉默啊。他有时看着它独自走向野外，那种小心翼翼、东闻西嗅的样子，简直让他感到可笑。他发现它的毛色在阳光下发亮，圆圆的头颅轻轻挨蹭一下灌木的枝茎，然后又舐一下旁边的叶片。也许是一个小甲虫吸引了它的注意，它扑展过去；但它无意伤害对方，只是低下那个圆圆的鼻头，在甲虫背上微微一触，然后走开。

它沿着渠畔往前。前面是一片白沙，它仰躺下来。这儿很温暖，光线充足，而且没有一丝污秽。

他知道这个小猫是非常喜欢干净的。它有洁癖。看着它怎样选择安卧之地，小心地选择食物，就不由得要对它产生一丝敬意。他从心里承认：猫在很多方面是比我们人类完美许多的。

如发的电缆

在空旷的、无限繁琐复杂的装配车间里，她显得很能干。她甚至像一个小骑手似的，驾驭着自己狂跳不止的骏马，身躯灵动自如。

她戴了白手套，但没穿工作服。她甚至把长长的头发披散在后背、肩上。这很危险。为什么不戴一个工作帽、把它们约束起来？不得而知。

由于过多地使用了两臂，它们变得非常有力。她的手可以像钳子一样逮住要拿的东西，使它再也不能滑脱。

她只是课余来这儿打工。他们都欢迎她。她已完全掌握了整个工作程序。他们信任她，让她独自承担一个方面的工作。那些复杂得让人看一眼就头晕目眩的电缆、各种零部件，她都可以像摆弄自己的梳妆盒，弄得井井有条。

那些小伙子工作服上满是油污，用脏兮兮的手捏起食物往嘴里送。快餐、饮料包装壳扔了一地。他们一开始对她保持沉默，那目光闪烁着不信任和挑剔。后来就越来越多地跟她开玩笑了。他们甚至在背后给她取外号。几个月之后，这外号才送达她的耳郭，她一点都不反感。

她难得一笑。因为她的牙齿不太好看。这使她看去比实际上要严厉得多。那对深深的唇窝使她显得果决、有力。

小伙子们很想听她唱点儿歌。因为在整个车间，女孩都喜欢哼着曲子做活，唯独她不。你为什么不呢？她不回答，而且也没有笑。她鼻梁上架着眼镜，由于不停地忙碌，再加上这眼镜配得不太合适，不断往下滑，这就使眼镜腿显得过长，两个镜片离眼睛太远，让人想起放大镜。她长得不算漂亮，但是内向、有劲、熟练，很能适应环境。她干起活来一声不吭，老板喜欢。她浑身都是力量，个子不高，弹性十足，走起路来踏得地板咚咚有声。

他们有时候忘记了做活，看着这个新来的人。她对他们不理不睬。红色的电缆、蓝色的电缆，它们一束一束悬起，像她的头发一样遂顺地飘洒，细密得不可分辨。这是成千上万条神经，有它们的联结和衔接，那些钢铁机体才可以气脉贯通，产生力量和智慧。

由于是业余加班，有时候空旷的安装车间里只有她一个人。但她喜欢把所有的灯全部打开。电流在配电盘上发出嗞嗞声，多少给人以安慰。她通常干到深夜才一个人回家。她搬动了无数的电缆，大概经她的手抚摸过的电缆可以长达万里。

她有时候觉得它们很美。它们常常让她想起什么——人们在制作的时候，赋予它们各种各样的颜色，让其闪射出灿烂夺目的光泽：火红、淡紫、粉色、黑色、碧绿、蓝色，还有银亮的。她有时候甚至惊异于人类强大的创造力和想象力。也只有人类才能设想出这种粗粗细细的脉管，让其在世界上蔓延、伸长，流动着新鲜的血液。它输送养料，输送人的智能。通常这能量会转化为各种各样的令人惊羡的事物。它们传递声音、思想。它们是整个硕大无朋的肢体上长出来的神经。

这如发的电缆，在现代世界里无所不在，纠扯难分，究竟是多么睿智的头脑才把它们归拢、区别、分布到空中、地表，或运动着的机体的内部？

她从记事的时候起，就看见父亲和母亲戴着电工帽、系着宽宽的皮带，皮带上悬挂着他们的武器——那是一些扳手、钳子、测电笔之类。她觉得他们的工装犹如军装，漂亮极了。当沾着油污的工装脱下，她就偷偷地穿上，宽袍大袖地在屋里走动，还学他们把工具刀拴在腰上。母亲喝斥她，父亲却拤着腰，有滋有味地欣赏自己的女儿。

有一次，她看到父亲裸露着上身，后背上有一道长长的疤痕，她怕极了。母亲告诉她，这是父亲二十多岁的时候，在一次工伤事故中落下的印记。天哪，那该多么可怕，他一定流了很多血。她问父亲疼不疼，父亲点点头又摇摇头。

后来，她来到了父亲工作过的那个巨大车间。那里空旷极了，各种器械、灯光，让人目不暇接。父亲的工友们挤在一块儿喊着什么，屋里发出嗡嗡的回响。她怎么也弄不明白他们为什么个个扯着这样的大嗓门。父亲把她介绍给自己的朋友，他们转脸看着她。大概在长达一分多钟的时间里四周安静得很，他们没有一个说什么。这些小伙子，后来她问父亲：他们为什么突然就终止了说笑呢？父亲说，因为你是一个小美女。

她牢牢地记住了父亲那半是认真半是玩笑的话。她就这样记着这句话上了大学，长大了。她的头发披散开来，就像支架上悬挂的电缆一样。她的大学所在地离父亲的那个工厂很远很远，不过她很想回到那里去，让那里的小伙子再看看她。她想试一试自己是否还具有让这帮高喉大嗓的工人突然终止说笑的、不可思议的能力。

但她很少有机会到那儿去。业余空闲中，她也想像别的同学一样去打工。到哪里去呢？她马上想起了父亲的大车间。于是她四处寻觅，后来终于找到了一间从模样上看与父亲的车间差不多的地方。她高兴了好多天。

可是这儿太空荡太冷清了。大多数时间里，这里只有很少的几个人，有时候甚至只有她一个人。

一次打工回来，宿舍里的电话铃响了。抓起电话，是父亲的声音。“宝贝女儿，你还好吗？”“是的，我很好。”接着她回答她爱上了那个车间，“它就跟你的车间一样大，它们差不多完全一样，只不过……”她沉默着。

电话那一端的父亲哈哈大笑。

她高兴，同时又寂寞得想哭。通话中断了很长时间，她还仍然紧握话筒。自己的手特别有力量，她知道这是打工带来的一个收获。

荒　原

在晴朗的天气干活真是来劲儿。他们吹着口哨在野地里奔跑。胶皮靴踏得嚯嚯响，不时地惊动一只野兔箭一般射去；那白色的尾巴像一朵花、洁白的兰花，颤动着，消失了。

刚来这片荒原时的寂寞慢慢变得淡薄。因为井架一个个矗立，帆布帐篷也越搭越多，最后还盖起了简易工房。花花绿绿的人也多了，这里开始有了不错的故事。

世界上最棒的小伙子都聚集到荒原上来了。他们来自四面八方。有许多来自闹市，从最热闹的地方到最荒凉的地方。这里可以产生很多刺激，这些刺激是完全不同于昨天、不同于城里的。那些没有到过荒原腹地、没有深入它内部的人，无论如何是不可以设想这里的一切的。

她也难以设想。她还在自己那个暖烘烘的小窝里，像一只蜷着的猫。一想到她，他干起活来就特别有劲。他简直不愿停歇这种劳动，无论它是多么脏多么累。他有使不完的力气。他长长的腿在草地上跑来跑去，常常亮开嗓门吆喝。

他一头金色的长发甩动不止，像一个西部美少年。他的胯下就缺一匹黑亮的骏马了，腰上，则缺一支长筒枪。队长、伙伴，没有一个不喜欢这个小伙子。他们愿意拍打他结实的后背，叫他骆驼、长颈鹿、袋鼠。最后一个外号让他觉得特别可笑，却又百思不得其解。为什么会是一个袋鼠呢？他看了看自己的小腹，一点儿也不大。他完全是颀长的身材，根本就不胖，不臃肿。后来他才明白了，这可能是指他一跑三跳的样子；也就是说，他常常在这片荒原上蹦蹦跶跶。也难怪，他个子很高——实际上他刚刚过了二十三岁的生日。脸上风吹日晒，甚至抹了油污，给弄得有点苍老；但只要在下午三四点钟的太阳里看去，还仍然不难识别那种浓旺浓旺的青春之汁怎样溢了满脸——它从每一个毛孔、从发际那儿奔涌溢出……

从一个工地转到另一个工地，不断地搭起井架，支起输油管、泥浆管。这铿锵有力的马达声，这震荡荒原的轰鸣，都特别来劲儿。他们坐在大篷车上摇摇晃晃，有时干脆把安全帽甩在一边。

浑身的油污泥浆，只是那一头披肩长发干净得很。几乎每一个小伙子都让它保持洁净和清爽，让它在太阳的照射下闪射出逼人的光泽。即便没有那些异性在工地上，他们也照样是快快活活、打打闹闹。她们出现的时候，大家反而在很长的一段时间里沉默。这沉默就像在井喷前的那一刻寂静，一旦度过，就会还以更大的喧哗——那简直是爆破般的声浪，在晴朗的草原的天穹下像浪涌一样奔向远方。一排一排的黑色鸟雀倏然飞起，仿佛要借着荒原上这片骤然响起的哄笑之声飞向高空和远途。

他有两条多么长的腿。当他弯下腰做活的时候，右腿所拉起的微微的弓形、还有笔直的左腿，构成了一副多么稳定的支架。他本身就像一座铁塔，一座巍巍耸立在荒原上的钻井铁塔。

他仍然还能记起十六七岁的时候，在街道上的一次斗殴。那一次他打得可真凶，一辈子都不会忘掉。一个浑小子掏出刀子直向着他的心窝戳来，他竟然没有想到死亡的威胁，而是像一头豹子一样扑过去。不知为什么，刀子没有捅进他结实的胸部，只划破了他的衣服，损伤了一点皮肤。而对方却招致了可怕的打击——喉咙被扼住，由于缺氧，刀子松脱了；接着他用暴风雨般的拳头使那个浑小子横直着把头甩向一边。要不是那家伙的同伙及时从旁边扑过来，使用了棍子、绳索，他也许成了一个杀人犯；因为他忘乎一切地继续击打那个恶棍；但是后来不能够了，他不得不松开，转向一群敌意十足的恶少；就这样，他差不多与三四个人扭在了一块儿，最后身上满是撕咬的痕迹。当然他是一个胜者：不仅是一场斗殴的胜者，还有道义上的胜利——他这一次对付的是街口上几个臭名昭著的青年……可是他没有受到什么表彰，只是两臂和后背、胸部，留下了除不去的疤痕。除了他的父亲之外，没有一个人对他说过半个赞扬的字。他毫不气馁，更不恐惧。后来他考上了一所很糟的大学。因为各种各样的事情——这些事情难以言表，有的还属于秘密的范畴——他大学没有上完就回到了家里。再后来他就去了父亲的钻井队，到公司里当了一名工人。

这个公司的野心像荒原一样阔大。他们一伙给打发到这里，也许明天还要打发到世界的另一个角落。开阔的游荡却未必有开阔的前程。他们都是一些不太想明天的人。可是明天却不断地向他们露出了微笑。

那个可爱的、留着一道刘海的姑娘，一双眼睛亮得像星星。在分手的那个夜晚，他吻过这两只星星，很笨拙地在耳畔说了一些热切而琐碎的话语。她答应到遥远之地来看他。他希望那样又害怕那样。他怕自己以及同伙，还有这片荒原的全部粗鲁把她吓跑。可他又实在想念她。

休息的时候，他愿意一个人蹲在一片桤柳下，吮着一个草梗想许多心事。他想得最多的当然就是她。还有，他想到了在朵朵白云下静止不动的荒原，感觉着大地的神秘、它奇怪到难以言说的丰富储藏：煤炭、钢铁、稀有金属、黄金，特别是他们苦苦寻找的这些褐色液体、黏稠液体、粘到身上怎么也揩不掉的液体——它们竟然蕴含着那么大的能量：它可以使钢铁轰鸣，可以推动整个世界旋转。他在想千百亿年前的那些生命衍化的奥秘，还有生命本身的奥秘。由此，他又想到了自己，想到了他周身所蕴藏着的那些不可限量、不可预测的神秘力量——它们是气体、液体，或者是自己完全不了解的什么物体，反正它们使自己欢乐、蹿跳、思念，使自己努力地获得、深入、簇拥，使他如此的不能自拔、又如此的痛苦。他真的很苦：想念之苦、煎熬之苦、等待之苦。他知道在荒原上的这种劳作的时日还非常久远。他不知道将用什么去回报她对他的爱，她的热烈的吻。

他咂着嘴巴，似乎又一次品尝到了生活的芬芳。"我要好好做，我很有力量"，他双手握成拳头，举起来，往下沉了沉……

远处的那些伙伴在呼喊。

他听不太清，因为他沉浸在自己的思索里。他们正在那儿举着啤酒罐向他发出邀请，他眯着眼睛站起。噢，太阳的光线太强烈了，草原金灿灿的，草叶、鲜花，都发出晶亮晶亮的光，直逼他的眼睛。他迷迷瞪瞪地走过去。

别一种童年

你懒散地躺在一个蓝色的、蓬松柔软的大沙发上，舒服极了。你旁边那个同样的沙发上躺着一只小狗——它个头不大，正像你的个头还不够大一样。

你刚刚有六岁左右，胖乎乎的，一个像男孩似的女孩。头发浓密，显然被一个仆人精心地梳理过，扎了复杂的发式，各种小辫子上还缀一束小花。

这一切你已习以为常了。在这间大得过分的客厅里，几乎全部摆了蓝色的、硕大笨重的沙发。它们都空着，只有这两个被你们俩享用。

你穿着一件带花边的连衣裙，脚上是柔软的小皮鞋，带红杠的黑色长筒袜。你躺在那儿，一只手垫在后脑，目光忧郁伤感地看着前面。你的样子似乎很不愉快，好像过早地进入了一种繁琐的思索；实际上你还没有这种能力。你正在度过别一种童年。

你被娇惯得很厉害。这种娇惯更多的不是来自你的父母双亲，而是来自这个富贵之家的仆人。你在他们眼里是掌上明珠，他们以对你的娇惯来换得主人的欢心。当然，你也实在值得娇惯，你很可爱：胖乎乎的，小小的鼻头，胖胖的腮部，甚至是有着横纹的小膝盖，他们都乐意抚摸。有时候你对这种溺爱表现出厌烦，用刚劲有力的小手把他们拂开。只有那个十分懂事、像你一样沉默的小狗才合你的心意。你永远和它在一起，并且不止一次地发誓：它是最亲近的人，你要抱着它，直到永远。你把奶油蛋糕、巧克力，还有那些别处的孩子怎么也搞不明白的五花十色的食品塞给它。它大半嗅一嗅、舔几下就扔在了一边。你给它化妆、修剪毛发，给它讲故事。总之它的确是你最亲近、最宠爱的一个生命了。

你们甚至在一块儿躺着聊天，呼吸相拂，声气相通。当它受到委屈，比如说来自他人的一声喝斥时，就夹起尾巴躲到了你的怀里。你总是把相同的喝斥送给别人，把加倍的呵护留给爱犬。

只偶尔见了你的母亲——那个非同凡响的贵夫人、那个发髻高高绾起的严厉而温柔的女人时，你才把它松在地上。你扑到她的怀里哼哼唧唧，就像这只爱犬拱进你的怀里一样。母亲抱住你，拍打、抚摸。可是很长时间里，她的眼睛都落在别处——那目光你看不见。她在想其他，想很多很多心事，这是你这样的年龄所不能了解的——那是伤感、甜蜜、惆怅、哀怨和永不餍足的某种东西。奇怪的是她总是在亲近你、抚摸你的时候才闪射出这种目光。你不知道当她和父亲在一起的时候，这目光温和亲切得多。她爱你却远远超过爱你的父亲。这是真的，这是你的母亲所不愿意承认、但后来越来越明晰的一件事情。她越来越依赖于你，明明知道对你的这种娇惯是多么不适当，多么有害于你，但还是无法不这样。离开了这些娇惯、呵护，她简直像丧失了魂魄。后来，也就是这一两年，她才更多地把时间消耗在你无论如何也搞不明白的什么地方。

你不得不一人独处。家庭教师讨厌地打扰你，你摆脱她。还有，那个忙乱的父亲却和母亲相反，他开始更多地来拥抱你、亲近你，与你说话。你看着他鬓上的白发，用弯弯的小食指去拂动。你抚摸他的领带结，在那不可思议的滑润的领带上，小心地印下你的亲吻。但你心里明白，你不是特别喜欢这个沉默的、甚至是有点儿冷酷的男人。他的胡楂有的白了，但上唇的胡楂却没有一根是白的。对他，你有许多搞不明白，而且越来越搞不明白。你特别不能明白的是，他为什么要极力遏制着咳嗽的声音：在那喉咙里轻轻流动、被压抑着的声音，在你听来是再别扭不过的了。还有，他用手巾去轻轻擦按唇须的时候，你也觉得有点怪异。

在这个宽敞、回廊曲折得像迷宫一样的巨大建筑里，这六七年中，从记事和不记事的那些时刻，你发现了很多永远也没法诠释的隐秘。它们使你惊讶极了。有时候你甚至想询问身旁的人，后来还是忍住了。有一次母亲伏在父亲的肩上泣哭；还有一次你看到尊敬的家庭教师在欺负一只小羊，而且没人发现也没人去制止；另一次你看到女仆在父亲分明是和蔼友善的目光下瑟瑟发抖；那一次你听到了奇怪的声音，透过窗户看去，原来母亲一个人跪在屋角，向冥冥之中的什么诉说、哭泣——那一次你简直吓坏了，推了推门，门关得很严。你甚至想砸开窗子冲进屋里，怕极了。但你更怕打扰母亲，就一个人退开了。这一类的事情许多许多，是一辈子都没法忘记也没法搞清的、曲折神秘的事物。

有时候你在草坪上玩耍，回头一看，看到这片褪了色的白色建筑——它在浓密的枝丫遮映下的巨大轮廓，有点暗暗吃惊。你觉得在这个庞大无比的、有着无数空间和角落的建筑里，本来就会孕育出那些神秘难测的事物。母亲和家庭教师都告诉过你，你应该好好地成长，应该懂得很多事情；再过几年，你也许就要到远一点的什么地方，比如到更漂亮的学堂去学习了。那时候你差不多要独自处理一切意想不到的琐事。你完全要自己穿衣服，自己吃饭，还有，交自己的朋友……她们几乎是用吓人的口吻来述说这一切的。这在你看来多么可笑。你听了之后，更多的倒是暗自高兴。她们不知道你正在想：到了那一天，我也许是这个世界上最幸福的人呢。

有好几次，你想跨上那个矮种马的马背，在草坪上奔跑。因为你看到母亲就这样做过。可是母亲甚至不愿意把你扶到马背上和她一起奔跑。为此你多少有点生气。她们却告诉你：那是几年以后的事情。几年以后？多么可怕，也就是说，在小蓟开过好几次花之后，你才能跨上矮种马的马背。这使你很不开心。你常常想的就是这一沓子事；你正试图从这一沓子事里走出来，开始一些全新的故事。你暗暗发誓，你一定会成功。

你问旁边那个警觉精明、随时准备为自己的小主人付出一切的小狗：你说不是吗？难道不是吗？小狗抬起头，两个黑色的小鼻孔喷着气，仿佛什么都听懂了。但它没有发出自己赞许的声音。你略有不快地把它抱在怀里，发出一声叹息。

这是上午十点多钟，有人在轻轻敲门。这轻轻的敲门声，说明了门的另一边是一个非常胆怯的、彬彬有礼的人。

你拉着长腔说："进来吧——"

安居的人生

在那个时代，那个我们不完全陌生的角落里，常常有一些很好的建筑，住着一些很体面的人。但这些人在几代以前还是一些身无分文、从其他大陆迁徙的移民——他们怀着新的希望开发陌土，并相信自己必定成功；因为他们正感到了生命的生气勃勃，以及寄居在这个生命中的那个野性的灵魂——它的力量。

当然，这些移民成为最早的成功者。令人不可思议的是，他们在如此短的时间内，竟使一片蛮荒之地变得井井有条。野性的原野被驯化，他们开拓出相当工整舒适的领地，按照自己的意志和趣味，铺设起图画般的城市和乡村。在绿色丛中，他们不仅使自己，而且使自己的后一代、使未来，都进入了一个安居的时代。

这是一部分人业已实现的梦想。后来，在复杂的变迁以及不可避免的生存空间的争夺中，一批人愈加富裕，而另一批人却不得不走向沦落，尽管比起其他贫穷的大陆，这沦落者要少上许多、境况也好上许多；但它大致符合人类争夺、倾轧，贫富、教养参差不齐的永恒规律。

我们这儿所看到的，是草地和丛林中的一处美丽居所。它由青砖和水泥盖成，有最好的木料做成的白色窗户。房舍一层带一个小阁楼，从房舍一侧的那个高高的烟囱可以看出，屋内装有取暖和洗澡设备；还有其他附属建筑，有修剪完好的冬青和其他常绿树木。一个妇人正从草地上走来，穿过几棵高大的松树。

这个建于18世纪初的住宅，混合着美洲殖民地和欧洲大陆的复杂情调。在这座房舍里，曾经出生过一位举世闻名的伟大人物。这座房舍坐落在一条河的附近，流动的水、绿色的树林、完好的植被，这一切似乎都在做着美好的预示。结果一代伟人出生了。

实际上，人类既要求许多，有时又非常简单。他们仅仅想获得一份安居的人生。这种朴素的、并不过分的要求，现实中却总是很难达到。无论怎样努力，总还有一大批人过着饥寒交迫的生活，或者过着相当简陋的生活。

这种安居既是物质的，又是精神的。但我们这里所要讨论的主要是前者。

人们不得不用尽一切办法去修补自己被风雨所破的茅屋，去抵挡无法预料的自然灾害。在一场通货膨胀、货币贬值或是战乱、饥饿、流民造反、盗贼横行以及其他的社会变动之后，人们好不容易筑起的居所可能毁于一旦，从此又要开始新的流浪。

我们不难想象一个不断失去居所的人、一个几代都不能安居的生命，如何去获得良好的教育、有一份安定的心情，如何沉浸到尽量不受打扰的长远的思索之中。离开了这一切，就没法升华自己的灵魂，没法使自己和自己的群体在总体上得以提升。他们很难有形而上的追求，它对他们也难以产生巨大的诱惑。因为，仅仅为生存和托放自己的身躯而投入的奔波，就耗掉了一切。

人类一直在为这个切近而遥远的目标努力，但异常困难。我们由于缺乏安居的人生——缺乏那样一种人生的基本的温馨、基本的安慰和基本的富足，而总是处于拥挤、挣扎和饥饿之中。这将会产生更多的破坏力。它就像缺乏绿色植被的山岭丘壑会突发泥石流，冲决一切、带来可怕的灾难一样，不得安居的人类也会扫荡大地，用追求希望之手，去毁坏一切，毁坏人类平安和欢乐的居所。于是我们将会进入一场可怕的恶性循环。

对于安居的人生的赞美，无论如何都不过分。它寄托了人类多么朴素多么美好的心愿。可是当这种赞美不绝于耳的时候，又不由得让我们心中生出层层怜悯。我们怜悯更开阔的土地、更曲折的山隙和角落——这其间的苦难人生。

我们不由得要追问：怎么办？怎么进行？如何前进？

于是我们不得不抛弃所有的畏难情绪，振作起来，以不屈的精神、以前所未有的勇气来维护、来建设、来和一切毁坏做坚韧的斗争，并宣誓般地说出自己向善的决心。

安然与激越

一个多世纪过去了。人们常到他的居所来缅怀、来幻想那个神奇而伟大的艺术的精灵。他的旋律不绝如缕，而且极有可能在人类的时空中一直回响下去。

产生这个精灵的时代已然成为历史。但他的心灵却与时代的脉搏连接一起，把那个时代的最大隐秘和真实，传递给另一个时间和空间，传递给无数的人和无数的角落。这正如他自己所说："我全心全意地希望我的音乐传播开去，渴望有更多的人喜欢它，会从它里面得到安慰和支持。"

今天，正如他希望的那样，他远非孤独，他的知音已遍布这个世界。

伟大的柴可夫斯基根植于俄罗斯大地，表现了自己民族的伟大精神，所以成为全人类不朽的瑰宝。

那间开阔的、简洁的、古香古色的客厅里，一块印花地毯上摆着一架大钢琴；另一端是几个艺术家的画像。在这个经过精心装饰的、又是极其简单和简朴的客厅里，所有人都会感受到一种肃穆和亲切的气氛。在音乐家所处的那个特殊时世中，他一味沉浸在自己的艺术里。就在这间客厅，他接待客人，幻想，创作，弹响那架钢琴。他灵巧的手指、沉迷的神态，一切恍若眼前。他在进行悠远而伟大的诉说，这诉说的声音呢喃不绝，扩展到地平线的另一端。

他大致过着简单规律的、整洁的生活，没有过多的嗜好；他的一生是安然而激越的。

曾有一个因为他的艺术而流芳千古的人物：梅克夫人。她是柴可夫斯基的资助者和知音。她热爱这位天才，为他的每一部作品所陶醉。在很长的时间里，她隐去姓名，只暗暗地帮助他的艺术活动。她深知自己这一举动意味着什么、它的意义——它让人感到了自豪和难以言喻的幸福。伟大的艺术家深深地感激她。

后来人不得不说她是一个伟大的夫人。艺术家自己曾把最好的作品题献给她，但更多的感谢却装在心里、融化在音符中。这音符带着对她的谢忱和思念，飞向了无尽的宇宙、飞向了神秘之地。

伟大的艺术家是有幸的，梅克夫人也是有幸的。他们几乎没怎么在一起，没有相处的机缘。可他们又是最亲密最相知的一对朋友。他们之间最紧密的纽带当然是艺术，是音乐的精灵。

今天看，对于艺术而言似乎并非一定要过多地依赖这样的夫人；可是艺术与这样的夫人所结识的时代，却往往是更为卓越的时代。他们的偶然相逢、奇特的联结，传递了许多难以言喻的东西。这是那个时代的一种必然。

即便在俄罗斯大地上，我们也可以预料，像柴可夫斯基这种极其内向、独属一颗诗心的美妙之声，是不可能有太多的人将它及时拾觅的。正像任何土地上的任何艺术一样，它到后来往往是走入一种沉寂安然和内在的激越；它越来越具有一种不可诠释和不可重复性；它是个人的、费解的、奇幻的。只有在许久之后，在漫长的时光之汁的浸洗下，它才会得到进一步的分解，得到无数传播的机会，有了无数次心心相印的机缘、倾听与相告的机缘；才会慢慢成为永不消亡、被传递被领悟的伟大奇迹。

人们往往在最纯净最美好的时刻才倾听他的声音；人们也在同样的时刻里走进他的故居、走到这间客厅，走到他所常常漫步的那块泥土上去。人们相信当年被他的目光所爱抚过的这些小草和树木，是那样幸福。人们有时也不免想到了那个夫人——人们试图去想象她的容颜、她的衣着、以至于她的气质和情怀——这似乎有点困难，不过也并非没有踪迹可寻。从那个伟大艺术家的创作之中，从他神妙的音符之中，人们或可隐隐约约看到夫人本人。

那个时代消失了。伟大的、奇特的受人尊敬的夫人，都一块儿消失了。但他们又在历史的尘埃中渐渐地凸现，像朝霞一样光彩四溢。这可以使后人想到：最永恒的到底是什么。它或许不是石头、钢铁，也不是社稷江山。人类总是将最美好的瞬间，用某种方式去凝固起来，使之不再消失。也由于最美好的不会被取代和重复，所以这种凝固就会愈发显现出它的意义。

《悲怆交响曲》末乐章，是作者逝世前写下的最后的音符。这是唱给自己的一曲挽歌，也是唱给那个苦难的年代、严峻的时世和人生的。人与命运的抗争、激烈的拼搏、穿插其中的光明和辉煌；我们的希望不能实现的沮丧；对幸福的憧憬、无比的幸福和甜美；到人民中间去的愉快的情绪；不可抗拒的命运之神的威慑和打击；甜美与苦涩、不安与欢乐；短暂的逃避和最终的得胜；痛苦的结局——这一切都在无尽地倾诉着、包容着——能在这声音里感动的，必是特异的心灵，也必是重大的享受。可这种享受的确需要能力。

梅克夫人是首先获得这种能力的人。接着是成千上万的人。一个人没有机会获得这种能力将是非常遗憾的。如果始终不能获得类似的能力，一个民族也是最终不会有希望的——人类不可能把许多重托交给那样的民族，这似乎是一个非常朴实的道理。

无论在东方、在西方，类似的人物、类似的居所，只要走进，就会体味到那种特异的气氛，并从中获得特异的感悟。好像无一例外，它们会诉说、会回告，会发出那个时代和生活在其中的那个伟大人物的隐秘之声。我们屏息静气，总能听到他们安然而激越的心跳。

他们在对整个人类和自然微笑，所以他们是安然的；可是他们又常常被自己的捕捉和领悟所感动，感动到疯迷，所以他们整个的生命又在燃烧……

如今这里一片沉寂。这是人类最美的地方。

最美的笑容

到处都是拥挤的人流，特别是在城镇，街道上总是熙熙攘攘。这让人担忧：人类大概很快就将没有下脚的地方了。人类挤走了森林，挤光了土地。人类把庞大的建筑给撑破、挤垮，大地也不堪重负。

在一丛又一丛、一片又一片人群的踩踱下，大地常常要疲惫地抖动，这时候人间就要发生可怕的灾变。这仿佛是没有任何办法的、一种可怕的循环。

人类没有办法使自己根除和避免很多恶习，把那些能够带来危难的倾向扼制在萌发之初。他们相当盲目地创造、庸碌追逐和享乐。他们有时候用故作神秘的意识和愚蠢的决策，一点一点毁灭自己。他们像旋转的熔岩一样，在大地上掠过来涌过去。他们其中也不乏智者，可是这智者就在这动荡不休的热流之中给熔化和损毁。

你在喧嚷声中蓦然回首，不由得驻足，脸上露出惊讶和欣悦——因为这时你在人丛中突然发现了几张最美的笑容：女性吗？不，还有男性；成人吗？不，全是儿童。在这样的笑容面前，你像被重新洗涤了一样，心头出现一片清新和干净。你此刻变得如此清爽、愉快、无私，你为这笑容所倾倒。这笑容不是来自那些过分成熟的人，它不同于中年和老年——虽然中年和老年的笑容有着另一种美。可是我们在这里所领略的，却是诸种笑容之中最美的一种。那是无所掩饰、无所提防，至真至爱至清至洁——

未染一丝污迹的青春，活脱脱地浮现在脸上。

他们或光顺或芜乱的头发，在太阳下散发出光芒；他们是一些好动的孩子，穿上了带花点的小背心，或是绘着令人眼花缭乱的图案的小短袖衣服、方格短裤。这一切装束都是在他们的父母——那些成年人的指导下弄起来的；而这笑容却是他们自己的。那么美的眼睛、那么好的面庞、洁白的小牙，再自然不过的被笑催开的花朵。这真是人世间最大的奇迹，如此稚嫩又如此完美的一些生命。为了保护这笑容，为了接受这笑容所给予的全部安慰，我们真的可以耗上全部，为之倾尽一切。

他们是谁的孩子？来自东方还是西方？这都不重要。关键是，他们是像我们一样的、刚刚长成不久的一些生命。在灿烂的太阳下，他们活泼而新鲜地站在那儿，一律地微笑。你们为什么而笑？你们看到了什么？大概在你们眼里一切都那么可爱可亲。能够每天亲近你们的，将是这世间最幸福的人。那些直接把你们的生命用双手托举到这个世界上的人，也会是最幸福的人。可是牢记了你们的微笑的人，也可以成为另一些拥有者：拥有你们、你们的一份心情、自己的一份心情；怀着这样的心情，就可以打发很多忆想、赶走许多苦恼、产生新的希望。

世界上有多少孩子，每个人都将经历自己的童年。可是土地与土地的区别就像人与人的区别一样大；人在不同阶段的区别也一样大。童年与成年之间，在同一个生命身上，竟然隔离着深不可测的鸿沟。童年几乎无一不美，童年的微笑几乎无一不美。即便是童年的哭泣，也焕发着一种美。

如果漠视了这样的笑容，那也可悲——仓促的生活、紊乱的脚步、不可抵御的苦难——就是这一切使人忽略了最亲近最动人的奇迹。但愿这种不幸不要降临给我们吧！但愿在蓦然回首之时，我们还能够发现令人怦然心动的、最美的笑容。

记住孩子才算记住了明天，记住了我们的来路和归路，记住了美的源泉、创造的源泉；才能够懂得羞愧、懂得追念，懂得为一丝和一线希望去顽强奋斗。

他们柔软的胳膊、手掌，还有像小猫一样柔和滚烫的身躯，都足以打动一个硬汉。他们可以融化铁石心肠，可以摧毁凶暴，可以用那对小小的巴掌摘取世上最完美的果实。

人类极困难的一件事就是完整地回忆自己的童年，因为他们在回忆中很少能够看到自己那副最美的笑容。他们记忆中的，常常是幼稚的冒险、嬉戏和玩耍。他们不能在心灵的荧屏上将那甜甜的、毫无猜忌的微笑定格。

到幼儿园，特别是到学校大门旁，即像走近了花园。等待出出进进的孩子，看每一张脸在灿烂的阳光下生动着、美丽着、可爱着。他们往往穿着鲜艳的服装，甜甜地微笑；有的皱眉，那也同样可爱。在这些涌来涌去的娃娃面前，当你闭上眼睛，偶尔脑海里会涌过这样奇怪的念头：未来的世界既然是他们的，那为什么还会有苦难，特别是令人发指的邪恶呢？当然，那一切肯定还会有的。不错，它们也是由我们所看到的这群儿童在未来所制造的。任何时代里的儿童都像我们眼前的儿童一样可爱，可悲的是我们却经历了一个又一个可怕的时代。

这种痛苦的思绪只是一闪而过。

我们重新睁开眼睛，又会看到灿烂阳光下那甜蜜的、无比美丽的笑容。这时更深刻更强大的希望又在心头泛起、升腾。是的，记住了这样的笑容，寻找着这样的笑容，回忆着自己的笑容，我们就会获得那无边无际的、无所不在的幸福。

我们一定要保卫这笑容，一切都为了它，一切都期待着它。

二　辑

凝望（下篇）

淳朴和坚定

这是一张动人的照片。我在它面前久久沉默。

一个高大的将军，坐在一把折叠椅上。他的腿上坐着一个幼小的残疾姑娘，将军两手握着这个残疾女孩的一对小巴掌。这是他最小的女儿。将军对她一直倾注了无限的爱怜和温情。这个身经百战的人在世界上享有崇高的威望，他是20世纪最伟大的人物之一。在异常繁忙的国务活动中，他最放心不下的就是自己身有残疾的孩子，对她关怀备至。他到后来最大的心事，就是担心自己死去的那一天，这个小女儿会失去护佑。

这幅照片使我们想起，在另一些所谓的"伟大人物"那儿，却总是借一些堂皇的理由，于生死攸关的命运的关节上，把无辜的朋友甚至是亲人推入万劫不复的深渊。而这可怕的冷酷总被称为大义灭亲的壮举，得到颂扬。于是，尽管受害者完全无辜，"大义"也还仍然存在。这真让人感到愤怒。

有人往往不能理解，一颗深邃的心灵怎么同时还可以是一颗柔细而淳朴的心灵。我们从这幅照片想开去，似乎应该得到一点启迪，那就是：真正伟大的心灵，伟大的人物，必定跳动着一颗柔善的心。如若不然，那么他往往只是一个历史舞台上的表演者，一个成功的魔术师，而不是一个永远站立的、与日月同辉的伟丈夫。

大概在我们所熟悉的一些伟大历史人物当中，很少能有一个人像照片上的人一样，经历了那么多奇险严峻的时刻。在祖国最危急的时候，他通过电台向国内发表广播演说，号召人民做顽强的抵抗。这就是那次举世闻名的讲话。而后他成功地领导了一场狂飙般的运动，与世界上最凶恶的敌人展开了殊死搏斗。他在流亡归来的时候受到成千上万的市民的欢迎。最后，又是在异常艰难的关头，他领导了一个民族的建设事业。

他也经历了一段短暂的曲折，那时他即隐居乡间，从事著述，写下了著名的两大卷回忆录：处处闪烁智者特有的风采、思想的光芒。他如饥似渴地阅读和思考。一个大半生金戈铁马，在硝烟弥漫之地冲锋陷阵，扭转乾坤，具有钢铁意志的人，一个神奇的将军，却同时又具有一个学者的思索和探究能力，有着一个真正的诗人所具有的幻想和浪漫的气质。他激流勇退的隐居时期，在美丽的自然和淳朴的民风之中，灵魂得到了进一步安抚和休憩，重新获得了不息的力量。

那时，他明亮的目光常常掠过哺育过他的那片母亲般的田园——伟大人物总是拥有自己的一片田园，并在这片田园里歇息、思索、总结。这决不是他的退却和回避，而是一场更为激烈的人生进击的间隙。那些平庸的人既不能理解伟大人物的拼搏、在危难时刻的呐喊与挺身而出，也不能理解他在特定的时刻怎样从自己的土地上获得力量。果然，当他的民族又一次陷入了危机，当人民强烈地需要他呼唤他的时刻，他就又一次从自己的故乡出发了。

在二度复出之后，长达十年的时间里，整个世界都响彻着他的声音。那是卓然不群、自尊自省、远见卓识、顽强坚毅的声音。他的一生经历了那么多常人难以想象的坎坷，却始终百折不挠、坚韧不拔，从未动摇心中的信念，一直朝着既定的目标进发。

他守护着人民不可侵犯的尊严，固守清晰的理性。他不曾做过任何强权的附庸，永远保持着民族和个人的独立性。任何一个显赫的胜利者、一个执掌重权的人，所面临的一场难以通过的考验都同样严厉。在无一例外的考验面前，人们看到将军过着极为简朴的生活：在国家困难的日子里，他没有迁进豪华别墅，而是自费租赁了一处住宅；他甚至回绝授予他的元帅军衔和勋章，而宁可保留将军当中最低的一级准将的军衔；辞职之后，他还拒绝接受年薪，而只靠撰写回忆录的稿酬生活。他的遗嘱中写道：不举行国葬、不接受任何称号和勋章。这个身材魁梧、身居高位、智力超群的人物，生活中恰恰表现出那么多的深情和温柔。当我们把勇敢和柔情常常自觉不自觉地对立起来的时候，这幅照片似乎可以让我们想得很多。我们在衡量一个伟大人物的淳朴与真实的时候，常常忘记了当他作为一个胜利者、当他能够"一言九鼎"之时，还会表现出多少谨慎和朴素。思索的能力、理性的彻底、谦逊的倾听、伟大的宽容和非凡的耐性，这一切必然来源于一个伟大的心灵，来源于一个伟大民族的传统和个人的深厚学养。一个不熟知自己的历史和自己的民族，一个不具有世界上深刻博大的文化遗产接受者的胸襟，就难以走通人生最艰辛的关口。历史上的某些胜利者，在他们人生的后半期，总不免流露出一些浅薄气和小家子气。随着生命的延续，他们在鼎盛期的那种决勇和宽厚、那种求真求实的气度，往往荡然无存。

将军后来因心脏病突发猝然而逝。就在他的家乡，在那个淳朴的乡村教堂，举行了简单的葬礼。他的棺木仅仅价值六十几美元。抬棺木的都是乡村青年、义务帮忙者。但在葬礼的当天，却有首都五十多万市民冒着倾盆大雨一齐涌向街头，肃立默哀，向一代伟人表达自己深深的、最后的敬意。世界上许多国家都派出要员到达将军的国家，以至使其成为 20 世纪世界上最隆重的葬礼。

看过这幅照片，我们还可以去寻索那两卷著名的回忆录。真正伟大的人物似乎天生是一些朴素平凡的人，似乎总是可以作为普通人的榜样。因为他具有真正的人的淳朴和坚定。

选　择

在人类历史上，总有一些令人难忘的选择。它可以是灾难的选择，也可以是幸福的选择。一个人常常因为这种选择的独一无二，而得到永久的记载。

苏联宇航员尤里·加加林乘坐宇宙飞船“东方一号”环绕地球飞行成功，从而成为人类第一个进入太空的人。对于他而言，这是何等神奇的选择。现在我们可以看到许多游动的星辰，知道不止一次有人乘坐航天飞机到太空去遨游。但谁是第一个？人们只牢牢地记住了第一个的名字。

加加林身穿宇航服的模样，从照片上看很像一个天真无邪的孩子：一对大眼睛、开阔的嘴巴、秀气的鼻梁；这一切都使人想到他的纯洁和质朴、他的平凡。他若混入人群之中，也很难让人一眼识别。他的确是芸芸众生中的一个非常普通的人。

只是某种“偶然”的选择彻底改变了他。

在人类探索和创造的漫长旅程上，总要有人遭逢这一类选择。与太空活动连在一起的难忘记忆，我们还会想到“挑战者”号，想到那次令整个世界震惊的灾难。在全世界的注视下，航天器在空中爆炸了，所有宇航员全部遇难——人们还特别记住了其中一位女教师的名字；通过电视屏幕，亿万人记住了她的微笑。这也是人类历史上的一次选择，一次不幸的选择。

生活与历史的神秘性，总是通过某些个体和群体的特异遭遇，得到不可思议的凸现和表述。无论是幸运还是灾难，都要选中一些人，都要由这些被选择者代表人类去承受。

面对这些惊心动魄的选择，或许不止一个人在想：我们宁可做一个碌碌无为的平庸者，也不必去经受那些可怕的跌宕、奇异的历险或注目的繁华；既不做伟人，也不做恶魔，而只求拥有一份平淡而温馨的生活。这是许多人的梦想。这个梦想或许不错，但也仅仅止于梦想。生活对于人，命运对于人，总还是要有一些想象不到的选择。这选择有时就像抛下的彩球或陨石，说不定就会击中茫茫人海中的哪一个。

实际上，一个平凡的劳动者已经接受了"选择"。因为这看似平淡、实际上却是操劳不息的日复一日的工作，正需要许多坚持的耐性——这只是人生惊险奇绝的一次长长的分解。它并非不需要有一份勇敢和坚定、一种一往无前的品质。不过这种品质被日常的繁琐，被流动的生活，被一种看似平凡的水流给悄悄地掩盖了罢了。

能够把劳动精神贯彻到底的人，往往就是一个了不起的人。所以我们在衡量和辨识人的品格素质时，总是将勤劳本身作为至为重要的一个条件。所以我们也就不会惊讶于在历史的危急关头、在人生道路的一些切口上，为什么一个平凡淳朴的劳动者却往往"突然地"焕发出那样的勇气，一下变得璀璨夺目。原来伟大就蕴含于平凡之中；原来那光辉的一瞬，就凝聚在漫长之中——默默劳动的一生之中。

原来所有人都在面对着选择、经受着选择；原来所有的选择之中都悄悄地包蕴了险峻和雄奇。

在所有选择中，对于整个人类历史而言，或许只有少数事件能够称得上是"第一次"；但任何选择之中似乎又都包含着"第一次"，包含着被永远记取、永远不能够消磨的那种神奇本质。

人的出生以及他的全部生活，就是一次选择。一个生命与这个世界的奇妙相遇，它所必定领略和经历的全部，有多么奇异——他甚至已经来不及惊讶和赞叹，来不及犹豫，迎接他的将是无边的忙碌，是一场连一场的应付和奔波，是倾尽全力的维持，是开拓和生存……只有在午夜，在特别冷静的时刻，当他独自面对这个无边无际的苍茫世界时，才会蓦然发现：他正参与和制造着多么巨大的生的奇迹。

他若有若无地感受了一个生命在万物之中微小而奇特的位置，感受了一粒尘埃在宇宙之中的游荡；而他的周围便是天籁之声：午夜的鸟鸣，树叶的抖动，一只野物在远野啼叫……这一切都将他的思维引向一个空阔。

原来整个世界都是混乱中的有序、芜杂中的单纯、短暂中的漫长；虚无覆盖了永恒，永恒又战胜了虚无；人在选择命运，命运又在抉择人生。一个人在面对这个茫然庞大的系统时，不由得要手足无措。他们唯一的出路，也许就是保持永远向上的、不屈的信念，保持追求完美的执拗——人类实际上也只剩下了这一最后选择。

古怪之美

在人类历史的长河中，在人世间数不清的角落里，的确存在着一些古怪的事物，比如说一些古怪的生命。

他们是一些极其独立的、自主和自为的生命。他们能够在熙熙攘攘的人流中，在纵横交织的思想中，坚守自己个性的天地。很多的时候他们让人觉得不可思议。而他们的完美却在这种普遍的误解之中得到了修葺和完成。

他们不怕寂寞，因为寂寞不能够扼杀他们。一个孤独和寂寞也难以抹煞的生命，才是真正强悍的生命。不言而喻，他们往往都是一些天才。

天才的“古怪”，似乎是一种必然。一切杰出人物的平凡与随和，往往都只是其外表。

乔伊斯头顶礼帽，戴着一副圆圆的小眼镜，手持拐杖，坐在一把帆布折叠椅上，把拐杖钩上肩膀，与看画报的小孙儿亲切交谈。他的手上戴了两枚硕大的戒指，而且就由这两根戴戒指的手指夹着一支香烟；他的目光说不上慈祥，而是充满了探究、甚至是怀疑和挑战；当然，这目光还算是很温和。他由于瞪大双眼而造成的额头上那一道道深皱，使之看上去更加可爱。

他的瘦长个头、有点怪异的脑袋，多少预示和象征了他体内所储存的那些绝对稀奇和怪倔的念头。他留下的照片当中，还有非常著名的穿火红色西服的那一张——可以设想，当怪里怪气的乔伊斯走上街头，在人群中，在雪亮的阳光下，必定会像火红的鸡冠花一样耀眼夺目。

他的一生都不算富裕。他在一些深深沉浸的悟想之中，度过了不算漫长的一生。最能够体现这个生命特征的，当是那部惊世骇俗的《尤利西斯》。它剖析了三个人的灵魂，像一部天书，晦涩得让人瞠目结舌。其中长达四十页、没有任何标点符号的内心独白，在当世人看来似乎是在撰写一部这个世界上谁也不需要的冗长、繁琐、怪癖，比痴人呓语还要混乱的长文。当代读者往往忽略了一个人在清寂无援的状态下动手完成这一切、在进行这漫长到没有尽头的不倦劳作时，所隐约透出的另一些激动人心的东西——人类的激情；这是一个生命在人迹罕至的探求中，独身一人迈向无边荒漠的一种勇气：把人生只拥有一次的生命投掷出去的勇气。

真的没有多少人需要这部书。即便是在那些杰出的出版家、读书家眼里，在他们有限的通融和理解之中，它出版得还是那样艰难。在他生前长长的一段时间里，他的名字还很陌生。《尤利西斯》很少为当世人所知晓。

在这之前和之后，他还分别写出了《一个青年艺术家的肖像》《芬尼根守灵夜》。后一部书让他花费了几十年的心血，一段文字往往改写十四五次还仍不罢休。像一切大匠一样，他在追求完美的过程中有着惊人的韧性和精力，简直是不知疲倦。

他的整个生命所凸现出的就是一种“古怪之美”。他的全部都标示了人类在一个方面所能够达到的深邃、完整和奇异。它从这个方面显示了乔伊斯的伟大性、不可埋没性和永恒性。他的文字在这个世界上不可能太多，在他之前和在他之后，都不可能太多。一切的仿制也仅仅是仿制而已。一个并非特异的生命是不可能获得这种极端之美的。

他在世时过着一种节俭的、有时是小心翼翼的生活。只在不得已的时候，他才拘谨地维护着那一点奢侈的享受，品咂着世俗生活的一丝甘味。这使我们越发想象他在不倦的劳作、沉浸、癫狂和痴迷的过程中，所获取的全部快乐和难言的苦涩。

由于他是这样的一个生命，所以大概也不可能与我们所熟知的这个世界过分地沟通。他是一个相对封闭的空间，不可能完全敞开。《尤利西斯》就不是一个敞开的世界，但它是一个允许走近的世界。走近和走进，只是人类的愿望和能力而已。它是一座迷宫、一条浓雾中的崎岖山路。一个人凭借自己的全部力量，思想的力量、肉体里所蕴藏的所有能量，究竟可以制造出怎样的奇迹，在此已经被最好不过地证明和显示了。这是人类向上帝的一次炫耀。

乔伊斯是一个孤注一掷者。他几乎没有刚烈的外表，却实在有超人的勇气。对于任何生命而言，这区区几十年光阴、只有一次的人世间的漫游，都显得是那样的沉重和庄严。

从照片上看，乔伊斯那双精明而诡秘的眼睛，一旦闪向这个世俗世界的时候，遮掩去的原来是更多的神秘。

他的确是人类中的一个精灵，是永远也不可以化解的奥义。他的一生证明了，他拥有何等强大的生命力。原来最完美、最强烈的个性，都需要生命力去支撑和支持。

他永远不可能属于平民。可是他在一生的求索中粉碎桎梏、冲决和挑战的倾向，又说明他的本质仍属于民间和底层——这才使他博大和高贵，也使他不会湮灭。

圣华金小狐

一双大大的水灵灵的眼睛望着前方，让人想到它的思绪正落在悠远之地。

它的整个神气哀怨、警醒、温驯，还有一丝勇武。像许多四蹄动物一样，它也有着硬邦邦的长鼻梁，鼻头也像一枚坚果，嘴巴上也有两撇长长的胡须，一对朝上竖起的很大的耳朵。它躺下时，将两只前爪压在颌下，专注而警觉地看着一个地方。

它的眼睛渐渐渗出了一层泪光，它在哭泣——也许往事不堪回首，它在思念：思念自己的亲人、朋友，甚至是恋人。它让人想起美好的童年，一些绕膝的孩童。

它的皮毛一尘不染，由银灰色、黑色和金黄色的毛发组成；那张光洁的脸庞有着一股不可比拟的生鲜活泼的神气。不言而喻，它的周身都洋溢着一种草原的气息。

这种圣华金小狐是北美洲狗科动物中最小的一种，是极不安分的生命——每一只小狐都需要一平方公里的空间。到本世纪末，它们有可能灭绝。从此我们这各种生命川流不息的世界上，将彻底失去它的踪影，就像失去庞大的恐龙——但那是一些大得不可思议的动物，我们这个拥挤的地球也的确难以养活它们；而眼下的小狐却是这么小、这么秀气，像孩子，像单一性别的女孩。它们绝对无害于这个世界。人们可以从摄像纪录片、从照片上去领略它永不磨灭的美，去欣赏它雄健的身姿。可是我们在真实的田野上将再也看不到它，看不到它蹿蹿跳跳灵捷无比的身影了。

这样的一双目光、一张脸庞，让人心动。可是更多的时候，人类已经在残酷的追逐和杀戮中丧失了感动的能力。对于死亡、流血、可怕的变故和异类的伤痛，已经变得相当漠然。

在一个只关心一己荣辱和安逸的现代世界上，很少能够有人再去挂记一个语言不通、远在他方的小小生灵了——无论它长得多么可爱、多么滑稽可笑：不知何故的两撇胡须，顶着一个坚果似的鼻头，特别是有那样生动的一张面庞，一双水灵灵的处女似的眼睛；也不管它是多么聪慧机灵；它的即将灭绝的可怜命运……现代人在精神和物质的双重压迫之下，已经没有更多的精力去关怀它们了。

圣华金小狐，还有其他无数的可爱生灵，都将在残酷的时间和命运的戕害和淘洗下，消失终结。但是，总有一些特异的心灵在关怀它们，为之呼吁、奔走。他们为它摄下了美丽的照片，试图永远挽留这些可爱的生命。他们在很多方面将它们看得与自己一样宝贵——因为它们同是阳光照耀下的形影。

这些人总是人类当中最优秀的一类。无论他们自己怎样孱弱和艰难，却始终抱有巨大的关怀力。当然，这种力量源发于一颗善良的、扑扑跳动的心脏。他们的博远的关怀，一直到自己生命的终点才会消失。

对于他们而言，世界给予的回报就是：让他们的眼睛更多地看到大自然中奇异的美。比如说，只有他们才可以注视这只圣华金小狐，可以领略它双目中所蕴含的那种无限的柔美、那种来自其他生命的伤感、那个不可诠释的灵魂。神秘的大自然让变幻莫测的其他生命去安慰这一部分人类，让他们伤感、欢乐、激越、幸福，当然更多的还有忧伤和牵挂。可是那些失去了这些的人，难道又会有更好的命运吗？难道一个轻飘飘的生命，就会获得更多的幸福吗？

有人就是执拗地、顽强地要弄通与他们完全不同的另一些生命的奇怪情感，比如说这些生灵们的思绪、意念甚至是语言。他们不相信其他的生命就没有语言。他们从云雀的欢歌、小猫的呼唤甚至是老野鸡嘶哑的长叫之中去感觉和猜悟，努力理解着它们为什么而激动、而叫喊。万物的激越之声交织成这个世界上最绚丽最辉煌的一部乐章，可是许多人却没有这种倾听的能力，没有这种享受的能力。他们失去了一个机会又一个机会。在这个世界上，他们只重视自己的声音，只倾听自己所谱成的单调而冗长的音乐。

小狐的那一双眼睛似乎在向我们诉说关于它和它的同类的一个长长的故事。或许它把一首最好的歌藏在了心中。它不得不在目光中掺上更多的警觉；它的鼻头也在用力地嗅着陌生的、掺杂了恐惧的气味；双耳也高高竖起，在捕捉那可疑的声息——它的那个故事就包含了这一切：它们的经历，它们步步撤退和消亡的历史。由于语言的阻隔，一切沟通的可能都化为乌有。它们不得不流徙，走向更远的远方，走向末路。在这纯稚的想念中，它们忽略了至为重要的一条，那就是它们的厄运远远不是丧失沟通所造成的，而是源于同居在这块土地上的另一些生命——人类心灵的残缺，源于他们的丑陋、偏执、凶暴和不宽容的本质。

圣华金小狐这一双水灵灵的、蒙着一层晶莹的眼睛，是面对整个人类的一次无声的质询。这是一对让人战栗的目光，所有的人面对着这样一张面庞、这样一双眼睛，都应该长长地反省。因为这样的反省关乎到人类自己的未来。人类在这样的一双眼睛面前，应该全面地检点自己的行为，追索自己的品质。当我们在一次又一次地颂扬“多元”和“宽容”的时候，我们是不是正在走向它的反面。我们不仅不“宽容”，而且褊狭和专横；我们不仅没有“多元”，而在顽劣地维护“一元”。

圣华金小狐的目光告诉我们，它已经不相信我们冠冕堂皇的言辞了。它把我们虚伪的本质看得一清二楚。它们留下的美丽图像将比我们自己永恒得多、可爱得多。当最后的时刻，当一切都必须交还神灵的时候，圣华金小狐和它的朋友们将是最后的胜者。

它比我们完美、漂亮、无私而自由。它属于狗科动物，可是它毕竟没有像狗一样完全依附于自己的主子。所以狗们就不断地处于繁殖、剿杀、利用、驯化的那种悲惨境地。不错，作为一个物种，也许狗们可以伴随人类走到终点，可是它们却在忍受着双倍的屈辱。人类的苦难它们也将一起承担。人类对于它们不像对待牛羊一样——仅仅出于物质的需要，仅仅食其筋肉，取其毛皮；人类对狗们还有精神上的永久的奴役。

圣华金小狐亮晶晶的眼睛告诉我们：它不愿意。它仅仅属于荒原和自己的陌路。

陶　醉

这简直是一件艺术品，不知该用什么样的语言去形容它、赞美它。它像一个簇绒玩具。很少看到如此可爱的一只家养动物。它让人爱不释手。

它不是有闲阶级的宠物，而是任何一个具有健康的心灵、向往幸福和追求美好的人所必定喜欢的一个生灵。

它长了异邦人那样的蓝眼睛，粉白色的皮毛，但唯独两只耳朵是棕色的；令人难以置信的是，它还像人一样长了一对双眼皮，但眼睫毛是金色的；它胖胖的嘴巴微微张开，露出洁白细小的牙齿。它憨厚而顽皮地、专注地盯住你。它太胖了，奔跑起来甚至不能形成一条直线，那种弯扭的身躯、一蹦一蹦的模样，让人忍俊不禁。无论怎样刚硬的心肠、漠然的心情，都会在它的憨态、在它奇特的步履面前发出微笑。

这只犬的名字叫“小来”，很像这片广袤的田野上某个孩子的名字。大千世界中能够飞跃出这样一个精灵，真让人惊叹。它像人类尽心尽意的一次杰作，像绘画，像在梦幻中补缀起来的一个完美。从躯体到精神、到动态，到浑身散射出来的难以言喻的那种情致和气氛，都在加强这种完美。

当它自己独处的时候，它非常细微、非常独特地处理着自己与周围这又陌生又熟悉的一切，表现了一个心灵与外界联结的那种奇怪的关系。

它缓缓走动，偶尔停下步子，用心地看着脚下的一片泥土，嗅一嗅。可能是地上的土味被吸进了鼻孔，它小心地打一个喷嚏。地上有一个土块或者是一根树条，它都伸出胖胖的前爪去动一动——这动作有点像猫。它把树条拾起来含在嘴里，左右摇动，最后才放在一边；它继续往前。有小甲虫爬过来，这使它兴奋不已：跳动、匍匐、下巴压在地上，往前紧张地挪动、又退开，发出哼哼唧唧的声音。它再一次抬起胖胖的前爪时，小心翼翼地在甲虫背上按了一下，然后倏然跳开。它从不伤害其他动物。

春天的太阳让它更加幸福也更加寂寞。它扬起那双灰蓝色的眼睛，看看空中那个奇怪的无所不在的巨亮。太阳正在把无数银亮的光箭投射过来，它耀得眯起了眼睛，晃晃脑袋走开。后来它干脆在一丛柳棵旁边躺下，蜷曲着身子。它想伸个懒腰，可是四肢伸展开来，又感到那些白色的沙子过于润滑细腻，于是立刻把脸庞贴上去，久久地亲近着……

远处的一只柳莺发出了细小的声音，它飞快地爬起，颠着碎步跑过去。在一丛柳棵那儿，它终于发现了它——这只柳莺跳动得那么迅速；它极力想看清它在捕捉什么东西，那细小的声音就是尖尖的嘴巴翕动时发出的。它看傻了眼，头颅歪来歪去；它屏住呼吸，知道稍微弄出一点响动，这只柳莺就要飞得无影无踪——记忆中它有多次这样的经验。它心里多么喜欢它，很想与之结成一种很特殊的友谊，可是这似乎做不到。它心里至为不解的是：那么小的一个柳莺，为什么竟可以到那样的高处去。它蹿跳过，使出了浑身解数，都没有成功。这时它的鼻梁与那个柳莺所在的方位斜成一条线，不吭一声。后来，完全是不可遏制的一股喜悦之情从胸腔冲腾而出，使它发出了“哼”的一声——像原来预料的那样，柳莺很快飞跑了，飞到了远处，什么都不见了。

蓝蓝的苍穹有几朵白云。它曾经目测过，知道它们会移动，但它们移动的速度远远比不上渠对岸那几只白羊。它一辈子也搞不明白白云是一种什么动物、为什么它们的皮毛有时候还可以变黑？但它凭经验，知道白云这种动物是不可以亲近的。

对面渠畔上的那几只白羊尤其让它喜欢。它曾经试着走到渠边与它们对话，但对方一味的咩咩声十分费解。从它们颌下的那一缕胡须上看，它们都是一些寿星。而自己只在鼻子两侧有几根稀疏的胡子，这是生来就有的。

主人有时看看它，忍不住要用手捋捋它的脊背——它每逢这时就有点羞涩和恼怒。因为每一次捋动都有一种奇怪的感觉，说不上是痒还是痛，反正使它不快。后来它才多少明白了这不快的原因——它觉得自己的自尊受到了损害。它心里想：天啊，谁能理解我的自尊就好了。

地毯上不知什么时候躺了一只绒布小兔，天真可爱，小巧玲珑，比它见过的所有兔子都要小，而且还怀抱了一颗彤红的水萝卜。小兔两只红色的眼睛很亮。它看得出，这是一只玩具兔——只是它时不时地要怀疑这种判断。它用前爪拨动它，嗅它、亲它、吻它，都没有反应。到后来它终于抑制不住心口那儿泛起的一阵灼热——每到这时候它就不可遏制自己了。它张开嘴巴，把小兔含住，但从不用力，唯恐这是一个真实的生命，唯恐对其造成伤害。它咬住小兔，只是为了满足心中涌起的那股滚烫烫的热流。

它把它衔上很远，在那里，在逃离了所有人的视线的地方，把脸庞紧紧地依偎着，用舌头舐它，直到把这只小绒兔的周身都弄得湿漉漉的。它哼哼唧唧与之对话，诉说了许多心事。它觉得与之有了任何人、任何其他生灵所不理解的巨大而深刻的友谊。它闭上眼睛，重新睁开时已蒙上了一层泪花。它陶醉在这种情感里。

更多的时候，主人那个大屋子空荡荡的，只剩下它们俩。它觉得小兔子是比自己更幼小更可怜的一个。它就用嘴巴含着小兔，走来走去。它问："我可能已经三岁了，你呢？"小兔子火红的眼睛迎视着它灰蓝的眼睛。它又亲了亲它。

黄昏时分门外响起了脚步声，主人回来了。那个人呢？还有两个，他们都是这屋里的人，是和原野上的人差不多的一些生命。他们很高，有点像树木和电线杆，是高的而不是长的。他们有时候让它激动——它在很长时间渴望用双爪抱住他们的腿，甚至想努力地亲吻他们的脸颊……

无穷无尽的感激、欢乐，像滔滔的海浪一样推动着它的身体，那时它的每一根毛发都在颤抖。它不知道自己想要什么、还需要什么。只是这巨大的排山倒海般的激情完全地淹没了它的全身。它用力地抱着他的两条腿，他的胯部，叫啊，喊啊，吻啊，亲啊；它不太知道这个人与自己到底是一种什么关系，更不知道对方需要它做什么。它只是充满了感激和感动，周身都被这种激流所融化，真像是要燃烧起来。

自守与注视

在荒原的这一端，流沙覆盖了一切，每年冬春都是这样。那一层茸茸绿草、灌木，全部被埋在了下边。只有稍稍高大一些的植物，才能够逃过这场劫难。

当夏秋的雨水一场连一场浇洒下来，风湿了，湿润的风吹拂着，这一层干燥的流沙才会慢慢变绿。眼下，尽管初夏的太阳已经升起，可还是这么白茫茫一片。

这儿只有三棵树木，都是柳树。有两棵柳树几乎是连体而生，像同一个根脉长出来的；大约在三四百米远的地方，还长了孤零零一棵柳树，更远更远的地方、看不清的远方，影影绰绰好像还有什么树，但谁也说不准。这儿没有其他的生物，甚至连一只动物都没有。

入夜，只有满天的繁星——那儿大概是一个热闹世界。它们遥视这满天闪烁的亮点，感受着空阔的宇宙。但是它与它们不可能对话，它们相距太过遥远了；而它与不远处那棵柳树之间也很少能够交谈，因为只有在秋风吹起的时候，它们才能借着风力把只言片语送达对方的耳畔；而平常，在这三四百米的距离内，它们要对话也仍然困难。

只有它们之间知道，这所谓的连体柳原来是一对夫妇。那细小一点的是妻子，那粗壮一点的是她结实而茁壮的丈夫。无论多么寒冷的冬天，多么狂暴的风沙，他们都互相依偎、互相抚摸、互相爱护。她弱小的身躯无数次地感受着丈夫那种体贴的柔情和保卫的力量。

夜晚，雨露洒到了连体柳上，他们就微微活动手指，抚摸对方的脸庞。往往是秋天刚刚过去，妻子就从丈夫脸上发现了很多皱纹，从他乌油油的浓发中发现一丝丝白发。她背过身去，拭去眼角的泪水。午夜，四野静寂，远处的那棵柳树也在安睡。他们紧紧地簇拥，亲吻着，小声诉说自己的心事：他的昨天、昨天的故事，他在广漠的原野上流浪的故事。这些故事都讲了一千遍了，可是丈夫永远需要这倾听、这微笑。

这棵粗壮的柳树，在许久以前是个猎人。有一次打猎迷了路，怎么也走不出这片荒原了。他焦渴极了，没有一滴水，没有一粒粮食；但他走啊走啊，永不屈服。他试图从焦干的沙子下面寻找水源，想挖出粗一点的根茎充当食物，后来全失败了。最后的时刻，他向苍天祈祷："让我变成一棵树吧。那样我就能在这片荒原上扎下根来，继续活着。"他的祈祷刚刚过去，就听到了一片刷刷抖动的声音。他愣住了。后来他发觉自己的双腿变成了树干，上肢变成了树冠，而头发，变为碧绿的叶子，那哗哗的声音就是自己的头发在风中抖动的声响。

他旁边那个身材纤巧的柳树，是在许久以前，一支强悍的骆驼队从这儿走过时，一个被劫持来的少女。她在午夜里逃出——跑啊跑啊，想趁这片夜色走向更加遥远的地方。到了黎明时分，弱小的女子停住了脚步，这才发现自己到了更加荒凉的一片沙原上，没有人烟，没有草木，连鸟雀也没有。她看着自己的回路：茫茫一片，一直到天地相连的远方，什么也没有。她吓得哭起来。正在这时候，她转过身，一眼看到了遥远处有一棵柳树——心中泛起的惊喜简直无法表述。她的泪水止住了，怀着一丝希望，向着那株孤柳跑去。她一头扑在树干上，紧紧地抱住了它。也许是她的体温让这棵柳树感到了什么，她觉得柳树在怀中微微颤抖。后来她朦朦胧胧觉得，是自己柔软隆起的胸部在使这棵柳树颤抖；还有，她灼热娇嫩的脸庞也使这棵柳树颤抖。

她伸出手指抚摸它，再也离不开了。

太阳升起，越来越热，白沙烤人。只有这棵柳树的绿荫能够保护她。她一步也没有挪开。一直等到了天黑，星星出现了，风安息了，一个长夜来临了。她独自一人，还有这棵柳树；就像白天一样，她紧紧地搂住它，抵挡这空寂与恐惧。她对它悄声细语，诉说着不幸的遭遇：那个骆驼商队的头人、可怕的凶残、不怀好意的狞笑，还有其他……泪水哗哗流下，打湿了树干。她不知不觉将这棵柳树搂得更紧。

大约到了午夜，她的诉说还没有停止。最后，她好像觉得有一只粗糙的大手在抚摸她的头发，她跳了一下——她发现是柳树的一个枝条碰着了头发。她长长地吐了一口气，重新把额头贴在了树干上。再后来，她就这样睡过去了。

不知是睡梦还是真实的情景，反正她听到柳树在向她发出询问，在安慰她；那有些粗糙的男性的喉咙让她一阵害羞。但她马上感到这是一个极为善良的人，正对她嘘寒问暖。一只大手抚摸她的后背，告诉她：我们都不可能走出这片荒漠，唯一的办法就是变成一棵树，像我这样，你愿意吗？

梦中她抬头看着他，点了点头。“你真的愿意吗，你不会后悔吗？”她点点头，说永远不会后悔……

太阳升起，新的一天开始了。崭新的太阳照耀着这两棵树。她在回答他的问话、立下誓言时，也就不知不觉间变成了另一棵纤细美丽的柳树。

他们从此永远相拥在一起，生活在一起。

也就在这一年的春天，在离他们不太遥远的那个地方，一夜之间又出现了另一棵树。只有他们知道，那也是一个常年奔波的旅人变成的。

在这片荒原上，每天，都是他们俩一块儿向他发出第一声问候。

他们互相注视着，直到永远。

如火如荼

一片荼花在风中抖动。夕阳下，它们真的如同火焰，在起伏的沙岭上燃烧，蔓延，呼啸而去；这时它犹如飞起的箭镞，如同星夜里连成一片的火炬。

夕阳下沉，更暗的光色下，那些低洼草地的荼花变得黯淡起来；唯有高耸之地的花丛才变得格外凸出，甚至有些耀目。西风搅动，它们像一片大湖掀起的浪涌波涛——这旋转汹涌的水流很快将冲决一切，继续涤荡。对于它们而言，土地上无所遮拦无所阻障，它们将汹汹滔滔，汇向海洋。

它们是荒原的激情，是最弱小者汇成的巨流，是哀号泣哭中的一次放声歌唱，是世界某个角落一次不为人知的冲动和释放。它真的不可扼制了……

只是许久之后，它才慢慢和缓下来，平静了；它开始抚摸天色，轻轻歌唱。它这会儿竟如此地抒情——徘徊低回的心情，悠远的思念……这片旷野上的荼花啊，竟有如此细腻动人的表述。

这个时刻，谁听到了它的絮语呢？谁听到了它充满诗意的呢喃之音呢？

它终将被遗忘，除非它在什么时刻唤醒了人的注意。不，它们是如此的独立、自我、完美；它们只是扎根在一片泥土上，不断地更新自己的生命，不断地焕发出崭新的笑容。每当太阳升起，把它们照亮一片，昂扬的歌声就充斥了宇宙的每个角落。百灵停下啼叫，雄鹰在高空凝止，野鸡蹲在树杈上静静注视——原野上绽放的浪花，银色的海，惊世骇俗的美……一切都献给了太阳。

月色下它们则像一处梦境，掩藏的，是一个又一个神妙的故事。这清纯的夜晚，它们把美交给了月亮。荒野在光色下洗涮，水流溅起的扑扑声中似乎真有鱼跃。

这是激动之后，狂涛波澜之后，迎来的安宁和叙说；这是引吭高歌的前夕，又一次涛涌的前夕。它就在这宁静中蕴含起更多的激情，变得更加细致，更加真切；它的情感世界永远不会浮泛，不会中空。

在雄鹰看来，这是大地催放的焰火，是生命的庆祝——这里看不到一丝人迹，所以这仅仅是大自然自己的庆贺，是来自她的伟大礼赞，是循环往复的冲动。

排遣之地

在这片雾雨蒙蒙的树林里，一排又一排长椅，还有那些护树栅栏，都空空地等待。一盏又一盏竖灯已经熄灭。

这是一个晚秋或初冬，万木凋零，大树变得严肃而沉默。这儿在等待游客，等待喧哗，也在等待第一场雪。季节来到了终结时刻，一切都在等待，等待接下来的另一种时光。四野安静到了极点，没有风，只有雨雾。

一个人从这儿走过，看看四周，又很快消失了。接着连一只鸟都没有飞过，没有任何东西打扰这个地方。

在荒芜萧索中，一个人可以扔下所有的伤痛和感慨。这是一处老年人才喜欢的去所，青春不会在这里流连。

那么好吧，迎着雨蒙，迎着令人不快的脚下的水声和污泥浊水的迸溅，走过去。那脏脏的桌椅，看也不看，擦也不擦，且坐下来。稀疏的林子，灰蒙蒙的天空，微弱的光亮，一切都告诉他：寒冷将至。

他没有遗失什么，所以今天来这儿也并非寻找。他只想坐一会儿。

这片深色田园，一只鸟儿都不愿光顾的地方，真是特异。他一闭上眼就可以想到一个人：青春焕发的样子；她的额头，她的笑脸，她的繁花似锦；淙淙的泉水丰茂的水草，一切的一切；儿童、母亲，满足的父亲；还有咕咕叫的鸽子，飞旋的鸟——奢华时光留下的一切，都涌上心头。

它们来得太多太快，他不得不让它们溢流出来，与雨水掺和一起，铺上这片静寂。一次又一次地道别、分手、相逢……人们就在类似的场景里游走，徘徊，往复不息，没有完结。

咀嚼这些、回味这些时，想到了你。灰黑色的眼睛——这是神灵才有的眼睛啊。你的眼睛怎么映出这样一片风景！听沙沙雨声，它们打在干透的树叶上，把它们润湿，又把它们混入泥泞……

谁也不能摆脱，不能遗忘，因此只有排遣；而排遣则需要寻找一块排遣之地。

这个世界上，谁留给我们这样一个空间？如此亲切、荒凉、安宁；这里既看不到情人也看不到猎人，他们都走远了，走向自己的远方去了。他们去寻找湖泊、海洋、河川。于是这儿留下了一片空地。它在这里等待。

接近黄昏时分，从一个角落透出一个背影。他（她）穿着风雨衣，身影很小，蜷在那儿，可能是抱着自己的膝盖。只是看着这个背影，心中一动。那可能是一个有着类似心境的人。他想走过去，他走过去了；可是在离对方十几步远的地方，他又阻止了自己。站着，唯恐打扰了那人。不知为什么，可能是因为他(她)的背影吧，他这时把他（她）看作一个女孩。他甚至在猜测她的睫毛怎样垂下，嘴角怎样闭合；鼻翼在翕动，她正看着自己溅满泥水的两脚、一双很旧的鞋子……

他重新闭上眼睛坐下了。这当然不会是一种巧合，不会是他烂熟于心的某一个人。可这实在是太巧合了。无论如何不能不说，这太巧合了。

可是他愿意这样，他觉得是这样。那件斗篷，深灰色的，抚摸过无数次的柔软，怎么会忘记呢。可是他这会儿又清楚地知道，她在一片大水的另一边，而今，这个时刻，绝不可能飞回这个地方——他也不记得他们在此地相会……不，完全不是，这个地方他只是偶尔踏来。

这儿太荒凉、太寒冷，像记忆的坟墓。

……那清脆的声音，那无法复制的、世界上最柔软的声音，如南方的水。

一个五十多岁的人才有的心情，一个二十多岁的人才有的回忆，一块儿加在了他的身上。

年过半百，心中悚栗。他注视过自己的眼睛，它才是真实写照。无论戴上一顶多么时髦的帽子，或者是系上一条多么鲜艳的围巾，都无法消除两眼之中沉淀的重量。这是半生漂泊、五十多年的时光赠与的礼物。眼睛刻下了全部印痕，它们已没法消除，没法隐藏了。

他站起，弓着腰往前。雨雾在他的眉毛、花白两鬓上，都留下了细细的水珠。多么好啊，细小的雨，不急不缓的雨，轻轻洗刷的雨，把他整个润湿了，也给一点生机和希望。他寻找着，发现什么都可以抛弃，唯独不能的，就是那几声简简单单的问候——对生命的问候。他把它收下，不放，紧紧地拥有；是的，他直到来生都会品咂它的甘味，他在来世还将挽住它的双手。就是这样，嗯，是这样。

雨水顺着额上的皱纹流下，天哪，时光可没有忘记在自己的面部刻下这些小渠。流动啊，流动啊，多么细小的水流，那就是往事了，是往事在流动……那么多的往事交织一起，糊个满面。脸上的皱纹细密繁多，有人说它像蛛网，而我说它像灰尘。是的，时间的灰尘蒙住了我的容颜。我讨厌这灰尘，可用力地赶，使劲地赶，都不能使脸颊重新变得光洁。青春的光泽哪里去了？亲爱的朋友，我的往事，我曾经紧紧攥住像一对猫爪一样柔软的手的那个朋友，依偎我呵护我的朋友，你能回答吗？

在寒冷的秋末初冬，两个季节的夹缝，他走来走去，走来走去；他看着自己呼出的气体——雪白雪白——它让人想起喷气式飞机划出的那道不愿消失的长线……人生的航行……走向远方、回归、流浪、浪迹天涯——这些字眼都空荡荡的，让人难过。可惜它们都一直发生着、发生过了。我的孩子啊，我的孩子的孩子，我的未来，我的未来的未来……

只有在这里，他才能够想得遥远，把不能表述的心情，寄托给这雨中的长椅、灯柱、树木，以及它们组合一起的安静……

注　视

霞光照亮你眼前的这片斑斓，各种野花开得如此绚丽。可能是被这美惊呆了吧，你一动不动地注视。草原、天空，一切都化作了映衬的背景；你站在一片生机盎然的世界里。

我不愿打扰你，一直注视你——就像你注视着这片土地一样。

我想起了与你在一起的那些时光，你的故事，我的故事……

你是所有生灵中最为淳朴的一个，我不记得在这片平原上有谁比你给予人的更多。你永远操劳不息，过着辛苦的生活。作为一个母亲，你生育了那么多儿女，它们一个个剽悍、强壮、皮毛闪着光亮。你把它们一个个送到远方，它们都像你一样不辞辛苦劳作一生。是它们驮来水、粮食和人们所需要的一切；而它们和你一样，每天吃下的都是草。

难得有这么一个机会，你不受约束地跑到了这片旷野。你正想起自己的孩子，自己的伴侣，还有那些友谊。记忆一滴滴从心头滤过。

现在只有你自己了。这一生仅仅有一个人曾经亲近过你——一位退伍的老人。

他从来没有像其他人那样喝斥你、鞭打你，或者让你驮起山一样的货物。他为你揩去身上的尘土，把干结在毛发上的泥巴用水洗去；他最愿抚摸你，拍打你的脑壳。他在你的两只长耳上留下了指纹。他常常看着你两只又大又亮的眼睛，不停地看。他向你诉说，可惜你一句也听不懂；但你最后总能从他慈爱的语气中把什么都搞明白。他有时把粗糙的大手按在你的嘴巴上，感觉你呼出的那两道热气。他为你取来可口的草料，取来水。半夜里，他总是爬起来给你送去吃的东西，陪你一会儿。如果是大雨天或大雪天，他就蹲在你的旁边，吸一会儿烟斗。

那个老人像你一样，只是一个人。他那么孤独。原来你以为将和老人永久厮守下去，没想到他会走在前边。那一天你仰起脖子昂昂大叫，惊动了整个村庄。所有人都不解地看你，有的甚至威吓你。可你再不能够安静，奋力挣脱，只想把缰绳挣断，扑到那个躺卧的身躯上。你想用疯狂的呼号把他唤醒……一切都是白费。你眼看着老人被他们抬走了。他再也没有回来。从此你的幸福也就完结了。

接替老人的是不知从哪里来的一男一女，两个年轻人。后来你才知道，这是他不孝的儿子和儿媳。他们继承了这座泥屋，还有院子里杂七杂八的东西，当然也包括你。他们把一切不幸和沉重都加给了你，只为了维持自己的懒惰和无耻。他们贪婪地吞咽各种食物，却把一堆焦干的草节推在你的面前。他们在许多时候忘记了给你水。就这样，你干干地咀嚼，把痛苦和想念一起咽进胃里。有好几次你病得就要死去，浑身颤抖，甚至站不起来。而他们对这些像是毫无察觉，仍旧逼你到地里劳作，从早晨到天黑；你倒下又被鞭子抽起，有时实在起不来，他们就绝望地踢打。连你自己也不明白，是什么使你产生了那么大的力气，最后总是站起来……

这个没有温情的人间啊，你什么都不留恋，只留恋那一段记忆：老人颤抖的手，还有他咳嗽的声音。一切都宛如眼前。有好几次在劳作时，你想寻个机会跑掉，跑得越远越好，再不回返。你想在一个谁也不会发觉的地方倒下，死去……想是这样想了，可是每次走开又返回，返回那个泥屋。因为在那里，你可以听到老人的声音，嗅到他的气息。是的，只有在那里。这世界上再没有任何一个地方可以回忆那一切了。

简直就是记忆把你生拖活拽，拽向了那个牢役之地，欺辱之地。你的全身很快变得又脏又臭，到处都是泥巴污水，苍蝇一团团在身上滚动，叮、吮，让你踏动四蹄。你张开嘴巴咬它们，总是一下又一下咬空。这时候那个浑小子拉着他那个丑陋不堪的女人，在旁边嘲笑引逗。

你总在盼望雷声响起，盼一场雨冲洗身体，让毛色重新变得光鲜。这雨啊，终于被你盼来了——当淅淅沥沥的雨刚刚下起，你就不顾一切地挣脱，一跳挣出泥院，然后一直向北……

你站在海边平原上。雨水下得格外急，一地绿草都被淋得亮晶晶的。它们在雨中摇动、歌唱，你一听到它们的声音就变得年轻了。跑啊跑啊，白色的沙子印上了深深的蹄印，走到哪里，都有一些植物仰脸微笑，发出问候。它们还记得很早以前那个老人和你一起在这荒原上踱步的情景。

那是怎样欢快的时光啊！老人哈哈的笑声响在耳畔，你踢踏踢踏地走，有时仰起脸，在老人的胳膊和胸前磨蹭；你用鼻孔去触动老人的胡须。老人一点也不烦腻，捧着你的脸看；他摸你的额头，拍打你的后脑，咕噜几句……

有一次你亲眼看到老人迎着霞光久久地看着、看着，后来揉揉眼睛，两线长泪流下来。你昂头看着老人，发出了自己的询问。可是老人听不懂。你无法容忍一个老人的泣哭，只把这情景、这疑问和难过一起咽下肚里。有多少可怕的故事装在老人的心中啊，你垂下了头。

就在这同一片沙原上，往昔的故事在雨中流动，渗到沙土里，渗得很深很深；只有以后，它们才会随着另一茬植物钻出地表。原来整个沙原上碧绿灿烂的一片，都是在倾吐原野的心事啊。这么多的心事，这么多的怀念。各种各样的生灵都在这儿喧动、鸣叫、奔跑。是的，这儿交织和遗留了各种各样的心事。它们永远不会完结，永远不会。

而我这个无奈的、被许多人厌恶的生命，也没法无辜地终

止自己、扼制自己；我只能往前，往前；我是在迎着无法预料的厄运往前啊。

雨停了，云彩裂开了。霞光猛地射出。啊，原来还是一个早晨，太阳刚刚升起，自己被霞光照得周身闪亮，洁净无比。你突然觉得自己精神倍增，浑身都是力量。你奔跑、奔跑，想一口气跑遍这片沙原，这片自由之地，这片属于你和那个老人的土地；后来，忽然间，你像猛地听到一阵惊心动魄的音乐似的，一下站住了。

你站在了一丛灿烂怒放的野花跟前，一动不动了。

一滴晶莹的水珠从花蕊上落下。

你在想：它们正幸福地泣哭……

酷　烈

这些失去了表皮和绿叶的枝干，让人想起举向苍天的手臂。

头顶是卷动的乌云，是骤然照亮的炽电。它们失去了绿色的生命、失去了血脉，只有光裸的骨干还在挺立。仿佛它们正在呼号，正在做一次淋漓尽致的表达，一切就猛然终止……

夕阳下，它们的魂魄像火焰，不停地燎动；云彩烧红了，接着又烧大地。大地是一片橘色海洋。它们身上刻满了岁月的印痕，挣扎的苦痛，写下了无数历险……

在很长一段时间里，这两棵柏树一直是繁茂生长，无比茁壮。它们感谢阳光雨露，让它们成为这片原野上最蓊郁的一片。在粗壮的躯体上，曾经奔跑和蹿跳过猞猁、豹子，甚至躺卧过巨蟒和雄狮；这些凶猛和硕大的动物衬托了它的威严。荒原上的其他生灵都以为它是不朽的、永生的；而就在它的脚下，却不断有一些更小的植物和动物相继死去。这些羸弱的生命无法抵

挡突如其来的变故，轻易就被自然界的戕害折损或毙命——它历数记忆中一次又一次的危难，发出阵阵叹息。

一个雨夜，隆隆雷声震得大地抖动。突然，一道电火击中了它。它的躯体一瞬间就被撕裂了一道口子，好几根粗壮的枝丫咔嚓嚓折断，叶片扑扑掠地。这猝不及防的雷电使它全身抖动，深根都被摇撼了。它看到自己披挂了一身雨水和碎叶的躯体是多么雄伟，又是多么恐惧。雷电远逝，它还在颤抖；接连不断的狂风把它折断了一半的枝丫扭动、旋转，终于使其彻底脱离躯体。

那是个多么残忍的夜晚，飓风如吼，直嚎了一个夜晚一个黎明。早晨，第一束霞光照着四周的枯枝败叶，一地狼藉。真是惨不忍睹。

这是一次劫后余生，它走进了自己的厄运。

它躯体上的那道裂缝始终没能愈合。春天，起风了，风沙刮到了伤口里。夏天，烈日烘烤，雨水浸泡，它眼看着伤创在腐烂溃疡，痛楚使它夜夜难眠，呻吟不止。这声音在风中传得很远，连它自己都不能抑制。难道它想通过风传给遥远之地，传给冥冥中的什么吗？天地之间还有谁会疼恋自己，伸出那只无所不能的手抚平这创口……它用幻想抵御伤疼。它没有泪水，除非是在阴雨天里——那时它才忍无可忍，剧痛使其涕泪滂沱。

更难以忍受的是夏天。由于伤痛，它再也不能像过去那样从地下吸取那么多的活泉了。干渴难耐。火烈的太阳在头顶烤晒，无论发出怎样的呼号，它都不理不睬。它离这儿太远了，它俯视大地：它的怜悯应无处不在，恩泽无处不在；可它只是沉默，对痛苦和欢乐一视同仁。这就是太阳啊。它现在已经看不到太阳的微笑，也看不到它泣哭，更没有听到它问候的声音。

只有那些幼小的动物偶尔用躯体来磨蹭它，表达着自己的依恋和爱护。它们有时把它看成了这片荒原上的祖父，苍老、沉着，历尽沧桑。真的，这片荒原上的一切都在它的注视下衰老、成长、再生和轮回；它认识周围的一切，记得它们的来路，也知道它们的去路。狮子、豹子与羚羊麋鹿之间，那一场又一场流血，它都耳闻目睹。它还看到旁边的一棵小叶青杨怎样被成群的毛虫啃食，一夜发出痛苦的声音；可是它的手臂离得太远，没有能力去解救；小叶青杨一头乌亮亮的黑发在一夜之间失去了，变成了一个秃子；再后来这棵小树就郁郁寡欢地度过了自己的青年时代，进入了老境。失去它的时候，老柏树一声不吭地注视，只用目光为它送行。类似的树木，洋槐、柳树、小叶秋、桤柳，一个又一个生命，差不多都是以相同的方式离开的。

它对这一切已经习惯了，记忆里装满了沉甸甸的沙子。

它自己的那一天是缓缓来临的。它眼看着滚烫的太阳烤干了自己一片又一片肌肤，它们由深褐色变成了棕色，后来又变成了黑色，开始像鳞屑那样一片片脱落。风雨加速了这种进程——简直像用无形的手撕去它的肌肤，剥出雪白的骨骼；这散发着热量和水汽的躯干啊，就这样白惨惨地裸露在原野上。

四周的晚辈睁大了一双双恐惧的眼睛，看着它们的祖父在晚风里颤抖，在太阳下呻吟，直到再发不出一点声音。

一缕水汽蒸腾到高空，汇入乌云。

它失去了知觉。最后的时刻，只有一个梦境像雄鹰一样在头顶盘旋：它梦见自己重新长出了枝丫，展放了叶片；它甚至又向头顶的空阔延伸了好几米——那儿是一片欢声。风来了，它无数的手掌在拍动，拍得生疼，拍得像水流和波涛一样，哗哗鸣响……

就在这渴求永生和力量的梦境中，它凝固了自己的生命。

陪　伴

他们历尽煎磨走来。无边的雪地，苍茫的来路和去路……不得不停下来歇一下了。

到处都是雪。他们只得在雪地上互相倚靠着坐下。疲惫得不能讲话，长时间闭着眼睛。他们携带的东西对于劳损的身体而言是太重了：一架手风琴，一只皮箱。她的男伴怀中紧紧抱着手风琴——只歇息了一小会儿他就摘下了手套；他要在这冷酷之地奏一支曲子吗？

她张大了嘴巴，大口呼吸，看着远方。

他拉起了琴。琴声环绕，把她走远的思绪招回。她倚在他的后背上，听他拉着、喘息着。这旋律从他心中飞出，来自心的深处。

他是这次长旅的依靠，是一生难忘的陪伴；他现在没有离她而去，将来呢？他过去曾经很好地陪伴过她吗？他是她能够维持多久的恋人和朋友？他们友谊的纽带有多么坚韧和绵长？不得而知。回答的只有这琴声，这微弱的琴声。

安静的雪野很快把这旋律拥抱了，消融了，扩散了。

可以想见，在许久以前，她还是一个多么可爱的娇娃。就在这雪天里，她比他的打扮也要体面多了。裘皮衣帽，蓬松的大毛领，袖口领缘都是这柔柔的皮毛；裘皮帽子在风中吹得长毛开花，把她的额头遮住了；她耸起的鼻头都透露着倔犟和顽皮。她穿了裙子，长筒皮靴，比起男友那破烂的衣衫、沾了一身雪粉的狼狈样子，她显得整洁多了。

他的曲子是献给她的吗？是的；可这曲子同时也是献给自己的。这是自慰的音乐。在遥遥旅程上，他比她痛苦得多、艰难得多。他知道自己作为一个男人，应该负起什么样的沉重。此刻，他把她驮在背上，尽可能地让她倚着自己，舒展着身体。不仅如此，他还要给她更多的慰藉。他怀抱自己的琴，自己的心爱；还有，他背靠着另一个心爱——她在他身体的另一面。

这个幸福的男人此刻为两种心爱所贴靠，也未必不是一种幸福。只是这种幸福得来太不容易了。这只是陪伴中，旅途中，一个小小的剪影。关于那些难以忍受的背叛，心中的伤疼，他只愿遗忘。可惜永远不能——他们两个共同岁月里的哀痛，现在已结成一个伤疤，每到阴雨天里就隐隐发痛。这提醒他什么才是最珍贵的。是的，唯有那份珍藏永存，它们在风雪中也不能丧失。在艰难的时刻，在痛不欲生的一瞬，他总是叮嘱自己，一遍又一遍叮嘱：挺住，挺住啊。深夜，他曾经小声呻吟：我再也不能忍受了，不能了，必须改变了，立刻改变吧……他坐起来抚摸自己的胸膛，听着扑扑心跳，踱到窗前。天上是闪烁的星星，若隐若现的光。他寻找银河和月亮，没能如愿。它们都隐在了夜幕的另一边。

那样的夜晚啊，她在那一边熟睡，他却在这一边徘徊。

他一遍又一遍假设着未来、过去，设想着他曾经拥有的生活和将要拥有的生活。绝望的茫然攫住了他。独坐角落，吸完一支烟又一支烟。他心里装满了那么多亏欠和感激；他不知为已经得到的巨大幸福感谢谁，也不知为这些难以压抑的撞击去埋怨谁。仇恨曾经涨满双肋，拳头狠狠击打桌子，骨节差一点捣碎。就在这绝望的尽头，这夜晚，他慢慢平息自己，挨到天亮。新的一天重新开始，晚起的她像一只睡猫，睫毛盖住了下眼睑。她蜷在那儿，那稍稍俯卧的样子，让他忍不住把手抚在她圆润温热的肩头上。她仍然没有苏醒，他离开了。这时候朝霞正好从窗帘的一边射进，他转身看去，她整个身体都被这霞光勾勒出一个轮廓，可爱极了。

泪水在眼眶里旋转，他忍住了。后来他轻轻合门，走到野外。这个清清早晨，他仿佛第一次看到太阳是这么美丽。他们是因为不幸才走到了一起，所以再不该抱怨什么。既然不幸是他们最好的媒介，那么他们似乎就只能永远揪住不幸的裙裾了。

在这狂暴的雪天，他们又一次共同跋涉。

总有什么在催逼他们，驱赶他们，跑啊跑啊，怀抱沉重不停地奔跑。不知多少次在雪地沟坎里跌倒，也不知多少次爬起；奇怪的是，他心中的娇娃，这个如今泼泼辣辣的大孩子，身上却总是那么洁净——沾了满身的雪粉稍经拍打，又变得簇新。而自己却弄得满身满脸湿漉漉的，污痕处处。他苦笑着。

她怎么也听不出他拉了一支什么曲子。原来这曲子是他即兴而作。他倚在她后背上，应着爱人心跳的节奏，拉响了这把琴。轻轻地、轻轻地，像早晨的微风，一丝丝地在她身上吹拂。

好温暖的吹拂啊，这是他的心声，是隐秘的倾诉。他倾诉着，除她而外，世界上没有第二个人可以听得懂。那让人激动得发抖，让人害羞得脸红，让人像个孩子一样悄悄等待的企盼啊，都糅合其中了。

这个琴手显然是一个天才，未知的天才；他能把那么多神秘的东西如数呈现，不露声色，不露斧凿之痕……人间最美妙的声音被我一个人听到了；它就散落在雪地上，让我收拾起来，悉数装进心中。我会永远记住。

一阵风吹来，雪粉扬起。曲子还未终断，还在往前奔流。

她双眼溢满了泪水。

完美的信念

这是一台 1917 年的拖拉机。

它如此漂亮，像一个英姿勃发的小伙子。不过，它如今只能放在博物馆里了，放在那段历史的说明之中。

在它繁琐的设计中，你可以看到生命在扑扑跳动，可以听到它的脉搏。这是人类通过双手而凸显的另一种形貌。是的，人类的创造物总是太像人类自己了。

由于这是一台蒸汽动力拖拉机，所以它的体积比我们今天看到的那种要大得多，外部的设备也要复杂得多。看到它，你会惊叹我们现代化的历史真是漫长而又短暂。在这繁琐到不能再繁琐的设计面前，在这些粗大的螺钉、巨大的轮子、有力的曲轴、粗粗的烟囱，还有边缘剪成了锯齿形的遮阳伞面前，你会感到人类追求完美的信念。这种信念是如此的不可动摇，如此的顽强执着。

在大洋彼岸，当年有五万多个农场主购买了这种拖拉机；那些刚刚接触机器的小伙子马上将其当成了宝贝，他们纷纷放弃马匹兽类，而统统跃上了机座，在原野上驰骋。他们发现使用拖拉机的妙处：只要花费很少的钱就可以获得比兽力多得多的工作成果。当时的每加仑燃料只需 5 美分，而到了冬季还可以关掉拖拉机。在农闲季节，它从不会像马一样吃掉那么多燕麦。

当时，人们的确是把它看成不吃草料的马匹。

时光一晃到了 70 年代。东方某一片土地上开始广泛应用内燃动力的拖拉机。从 1917 年算起，已有了 60 多年时光的流逝；还有，东西方的巨大差异……时间和空间在这不吃草料的马匹身上所能体现的变化也就是这些。而这 70 年代的内燃动力拖拉机，却更为矮小丑陋粗糙，竟丝毫没有现代感，更没有表现出多少生命的力度。

它的动力部分由蒸汽机换成了内燃机，铁轮变成了胶轮。虽然那些外部的繁琐没有了，却又光光的像个秃子，蹩脚而又难看；现代的精制和完美在这里丧失殆尽。它的外壳，稍微薄一点的地方，都是手工敲制成的铁片子，磕磕碰碰，涂了红油，何等简陋。

可是即便这样，在那些尚未摆脱贫困的农民眼里，却如获至宝。他们像围观一件来自天外的神秘物器，轻轻叹气，小心抚摸。为了争夺它的驾驶权，有人豁上了一切，简直是千央万求……

那时在这片贫瘠的土地上做一个拖拉机手是多么难，难到要查祖宗三代——有一个漂亮的小伙子，为了当一个驾驶员，激动得彻夜不眠。他一次又一次去找村头，甚至送上了最珍贵的礼品。后来他终于被应允。可是最后关头，另一个竞争对手指出他的远房亲戚有所谓的“污点”，从而一举将他击败。小伙子万念俱灰，羞愧、颓丧、一个人流落到河边。他望着滚动的河水，真想一死了之——就在这危险的时刻，本村的一个长辈把手搭在了他的肩头……

这样他算活了过来。许久许久之后，每逢看到别人驾驶那个12马力的柴油拖拉机，他身上还要泛起一阵又一阵疼痛。那种伤痛几乎伴随了他的大半生。

后来他离开了村庄，走到了陌生的土地上，还仍然不能把那一切遗忘；有好长时间他梦想自己骑在这样一匹钢铁骏马上奔驰，倾听它的歌唱。

后来他终于如愿以偿了。他感受了特异的快感。它是那么强大，足以鼓舞起他肉体所蓄藏的所有能量。他感到自豪和从未有过的自信。在漫长的风雨劳作中，他依靠它，信赖它，甚至与之互相鼓劲儿。他觉得这个坐骑，这台心爱的机器富有灵性，有人的感知。他给予的每个指令它都能悄悄应和。他们之间配合默契。当然，偶尔也有一些冲撞和摩擦，但他很快就能把一切麻烦都消除掉。

在野外长久的劳作中，他疲惫的时候就倚在它的身上睡一会儿；黑暗中，他靠它两只崭亮的眼睛穿过夜幕，看到了地上的坑坑洼洼；在上坡路，他听到了它吃力的叹息；在平坦的地面，他看到它轻松地前行。一个秋季流泪流汗的苦作，它翻下了那么大一片土地，播下了那么多种子。

这个时候，他的确感到了“金属的仁慈”[①]。

他常常惊异地看着它：在这些奇妙到不可言喻的组合之中，

① 金属的仁慈——海明威语。

它有了心脏，有了肢体，甚至有了灵魂。

当时他没有看到这架 1917 年的拖拉机——当时与这台机器差不多的，还有许多，它们的样子都是那样英俊；连它们的名字都很棒，有的竟叫做“滑铁卢小伙子”。它们仿佛是为了观赏而不是为了使用才制作的；它们本身就像一件奇妙的艺术品，完美无缺。

就是这种追求完美的信念一直贯彻下来，激活了整整一片大陆。于是有了船舶，有了飞机，有了成片的树林、马路、建筑物，还有了其他许多许多……在东西方的这种对比中，我们无须沮丧；因为我们只能说：这种信念属于全人类。无论是谁，拥有了它就拥有了美好；失去了它，就会走进一片漆黑。

人类应该用自己的双手塑造出俊美的形象，无论是大到一座摩天大楼、一列火车和一艘航空母舰，小到一支钢笔、一枚曲别针，都应该融入我们的信念：完美。我们的创造物应该是我们生命的投入和放射，是我们心灵的倒影。

洁　净

在我们面前的是一位夫人，是她和她的学生。夫人头发白了一半，正在打开一本书；四个学生围拢着——这些组成了一幅完美的图画。最引人注目的还是那位夫人，优雅、端庄，特别是：洁净。

我们相信这种洁净的感觉是准确的，那是心灵之泉洗涤的结果。

她一生都在从事教育，与各种各样的学生打交道。她在一种非常优渥的环境中长大，过着一种与其他人不同的生活。先是祖父祖母的娇生惯养，后来才是独立谋生——爸爸妈妈对她要求很严。这使她懂得了怎样更好地面对这个社会。像一切永远追求美好的年轻人一样，她长大以后曾有那么多的羡慕者、娇惯者，以及嫉妒者；她同样要在特别的愉快和不愉快中穿行；有了自己的爱人孩子家庭；当然，首先是有了一份称心的职业。

不知从什么时候开始，她热爱了教师这个行当。也许是留恋青春，是那种特殊的交流的欲望，还有对学生时代的留恋——反正她留在了校园里，留在了学生们中间。因为职业的需要，她要不停地读书，读各种各样的书。她求知的欲望随着年龄的增长不是减弱，而是越来越强。与学生相处真是好极了，她几乎不记得严厉地呵斥过哪一个。在任何一个年轻人稚气的、热烈的眼睛里，她都能看到希望和爱护。她爱他们像爱自己的孩子：一个人可以拥有这么多孩子，真是难以想象的事情。他们当中有的聪慧，有的稍微迟钝一点；但她都无一例外地爱他们，理解他们。她就沉浸在这爱之中，缓缓地又是匆匆地打发着宝贵时光。

她记得双亲是怎样爱护她的，现在她又把同样的关怀送给了孩子们，看着他们成长、向前，看着他们接近心中的完美。

因为一次旅行，她来到了东方。在这里她遇到了黑头发黄皮肤的学生。她竟留了下来。出于一种奇特的心情，也许是责任感吧，就像当年的传教士一样，她在这里尽职尽责地做起了自己的工作。她对丈夫说：她爱这里的学生。她很快就把他们当成了自己另一种肤色的孩子。他们都有一双黑眼睛，“多么黑的眼睛啊，黑白分明。”——她在日记中这样写道。

她告诉丈夫，在东方湛蓝的天空下，在夜晚，一个人的时候，看着窗外闪动的星星，比在国内更多地想到了自己浪漫的青春。她几乎不好意思提到这个字眼呢。

她想起和他一起在校园时，深夜不归的散步，花坛里的交谈，还有夏天到海边、到东部旅游……种种经历。那时她比现在苗条得多，有点瘦削，可是也比现在毛躁。当时她说起话来嗓音很高，有点急。丈夫就嘲笑她，那是善意的嘲笑。她总是用一阵热吻阻止他，紧倚在他身上。月光下，她看着男人被水洗过一样的身躯。这是何等的洁净。这种时刻，月光下，每个人都该是洁净的。

真的，回忆自己这一生，不记得曾经恶意地嫉妒过谁，诽谤过谁。她的手最常拿的是教鞭、书籍，更多的时候只是停留在这两种东西上面。她没有沾过不洁。谁都夸她有一双柔软而有力的手。当需要力量的时候，它就会有力量。它可以攥成一个紧紧的拳头；而更多的时候，它在温柔地抚摸。

这些年轻人个个都有闪闪发亮的头发，她的手一挨上他们的脑壳，心中就有一股热流潺潺流过。这柔情溢满了每一个毛孔，无论在读书的时候，一个人的时候，还是其他时刻，她都能时常感到柔情在心中涌动。

安静下来读书了。不经意的一瞥，往往只一行字，一个情节，就会令她想起许多。她在想作者，遥远之地的那个生命……与之不自觉地发生一些联想和对话。她能够想象写下这几行字的那个人，他的手势、目光、生活习惯，他的呼吸、嘴唇翕动的样子……我多么想念你，多么希望看到你。你现在哪里？无论你离我多远，都不可能阻止我的这种想念。我感到你（陌生者）在许多方面同我一样，或者比我更好……

每天，她就在这种理解和渴望中生活。如果是一个活生生的人，比如一个学生，这近在咫尺的、呼吸相拂的接触中，会在她的内心唤起怎样难以接受的爱恋。她忍不住要伸手去抚动他们的肩膀，握一握他们的手。那软软的手，童年的手，是人世间最好的艺术品。这些手将接受很多粗粝的东西，或者是美好的东西；要经受磨损和爱护。每个人的一生都是靠自己的两只手去摸索的。

在东方，她学会了一些从前未曾见过的东西，这也很有趣。其他的民族，不同的肤色，不同的习俗，不同的语言，都让她觉得有趣。这些都对她构成了强大吸引。她自己也说不上要在这里过上多久，还要走多远的路。因为这里有大片的原野、有数不清的城市——特别是数不清的孩子。这一切簇拥她，围拢她，她感受的全是友谊。动人的友谊啊，除了它，我还需要什么？在和他们的交流中，在他们美好的注视中，我获得了至为宝贵的能量，得到了最大的满足。

就是这些支撑我，使我有一颗年轻的心。

你来到我的身边，再不就是我回到你的身边。可我仍然要返回这里……离我工作的地方不远有一个温泉，我在那里开了一个房间。我几乎每天都要洗洗温泉。它的水里含有宝贵的物质。它使我神采奕奕，浑身清爽。每当在温泉里浸泡，我就闭着眼睛沉入遐想。给我洁净的温泉啊，多么神秘而自然的泉！世界上的许多地方都可以找到这样的活泉。既然如此，那些污浊和不洁为什么会沾上我们的躯体呢？它们也绝不该顺着毛孔渍透我们的肉体，进入我们的心灵。

她对这个世界满怀善意，而且从来如此；几乎没有什么伤害过她，这也是一个奇迹。

她现在已经快要六十岁了。在人生旅途上，60 年已经不算短暂，而她拥有过多么美好的 60 年啊。在这 60 年里，她一直是那么洁净，一直是一尘不染。

天生的傲岸

一个印第安小姑娘，大约只有十岁左右，这会儿在注视我。我悄悄压住一个惊叹。

她头戴高高的羽冠，那是用雄野鸡翎和孔雀毛做成的。颈上挂着好几条项链，还有金属薄片做成的大耳环。她扎了无数条细小的辫子，它们又与其他的装饰品——丝带之类，合编成一条粗粗的辫子垂在胸前。

她的盛装打扮让人想起一个国王。

是的，她高耸的额头下，是拒人的目光；紧绷的嘴角，丰满的下颌，特别是大理石雕刻般的挺直鼻梁——这些都让人感到是一尊国王的塑像。我不记得在其他地方看到过类似形象，我是指她特异的、高不可攀的气质。

面对着这个孩子，这个生命，我们必须仰视。没有办法。整整一个民族的丰厚内容，从她身上溢流而出。仿佛她在向你讲述，向你显示一个民族的过去和未来。这个民族来路深长，神秘；对于这个民族而言，不需要长长的史诗记载，也不需要典籍和画册，因为其自身存在即可说明一切。

我想她的这种傲岸是来自大地山川。毋庸置疑，这是真正的自然之子才会有的神采和气概。我仰视着她，镇静了许久。我们语言不通，难以进行传统的交流。但我们之间可以相互感知。我不知她此刻看到了什么——她在审视我吗？面对一个东方人，她的内心正提出多少质询，我不得而知。

我只想永远记住这个形象。

我发现她的右眼比左眼大，而且有点下陷。也许是内心的什么在驱使，使其在这一刻两只眼睛有了区别。你的左眼有些漠然，好像只是随随便便地看着面前的一切，无论面前的是树，动物，一只鹿，一阵风或是一片原野，海洋，天空，它们对于这只眼睛而言全都一样。而那只稍稍睁大了的右眼，却饱含了温情，并且犀利。在我的印象中，所有擅长形象思维的人、富于幻想和浪漫的人，右眼都习惯于或者是天生地稍稍睁大一点。

谁说你不富于幻想和浪漫！你背靠的民族，你的来源，就是那样一个长长的故事；你的民族是一个真正无为而有为的民族；你们直接从山川大地上汲取灵感和力量，你们真正崇拜的是永恒的东西。你们与一切生灵平等，从周边所有存在的物体，比如凝固的山脉，寻找自己的答案。也正是因为这些不朽和伟大的参照，才有了你们自己奇异的历史。

你丰满而有力的下巴，奇妙的嘴角，都表明了超人的自信和肯定的能力；还有，表明了你对周围这个世界的傲慢、拒绝和坚决的否定。你以自己的沉默无言回答了四周的挑战。在任何腐化的现代主义浊流面前，你睁开的只是左眼——那只淡漠的眼睛。所有现代的聪智、机巧，充斥了每一个领域的得意狂舞，都在这平淡的目光下变得微不足道。它们失去了分量，终将过去。

漫长的百年只是生命一瞬。一切都要回到原来，回到永恒，回到山脉和情同手足的其他生灵身上。

你的全部生命都凝聚着这种大思索、大目光，大冷静。所以你是超然的，你是凌驾于一切之上的。朴拙而不灭的美——世界上也许会有什么力量暂时动摇这种美，但是从长久的观点看，一切都将被这种美所摧毁。它的力量是无限的，它的力量君临一切。

所以在这个时刻将你命名为“王子”是一点也不过分的。有时，当你混在人群中，在一群孩子当中摸爬玩耍时，也许很难让人看出有什么特别。那时平静的阳光和喧闹的人声在覆盖你，把你混同于他们——一些普普通通的生命；可是每当安静下来，每当你恢复到原来——一切也就立刻不同了。简直是有了一次突变，一次质的飞跃。

这时，平常的微笑从你脸上消失。你凝固到自己的历史中。

尽管现在的这个世界无所不用其极地改变你，也仍然没能达到自己的目的。这真是神秘的、不可思议的。

在你的身边，别人注视的只是你，或与你连在一起的那个民族；而你注视的，却是整个世界。

异域之美

一个孩子，手托下颏坐在那儿，若有所思……

我们很难弄明白她时下关心的是什么，她在关注什么。这是在美洲的一个角落，一个小小的旅行者，穿着风雨衣坐在那儿等待。她稚气多思的脸庞上，有着诠释不尽的奥秘。给予你生命的那个人该是多么幸福。他们远在天涯还是近在咫尺？你一个人孤零零地坐在这儿，四周的人流却完全没法将你淹没。你像一棵红叶树，独自安静地生长在阳光下。可以想象你的温柔，也可以想象你的倔犟。

此刻，由于你在稍稍用力地望向远方，两道眉毛拉成了“一”字。它们竟然是水平的。深深的唇窝，显示着你的善良和顽皮。

在一个凉爽的早晨，你被爸爸妈妈叫起来，一只手牵引着登上了飞驰的列车。在你的记忆中，总是从这一站到那一站，从这个城市到那个城市；你的心中装满了旅途的故事。好像你的身边天生就有外祖母、外祖父、爸爸和妈妈，好像他们天生就是忙碌的，所以有时候你不免要跟上他们奔波。这个有趣的世界呀，熟悉而又陌生的世界呀，你从小就跟它如此地贴近，如此地交融一体。你是游动在这个世界上的小小的、锃锃发亮的原子。

就在你等待、安静下来的这一会儿，我看到了你。

于是我再也没法把你忘记。回顾你，注视你，让我思索和向往。你让我想到了生活中最真实的东西，想到了美的永恒，以及整个人类向善的决心、追求完美的意义。你的存在让人想到不朽是存在的；你轻而易举就否定了所有的残暴和丑恶。

许久以后，我会这样向人描述：在一个车站，在广场的一角，我遇到了一个沉默的、多思的北美洲小孩——她那被太阳晒得微微发黑的面庞上，泛着永远探究不尽的内美；她是那么内向、善良；而且我要一再地说：她是多思的、执拗的。她比我们习惯于想象的还要细腻、聪慧、自尊、不可欺辱。

这种美是沉甸甸的。这个世界可一定要把她记住啊。

如果连她也遗忘了，我们丧失的可就太多了。

生命的力量

谁能想得到，一片坚实的水泥地板，有一天夜里忽然发出了咔嚓咔嚓的响声。它本来是由石子和水泥铸成的，几乎是不朽的，像钢板那么硬；它甚至发出一种钢蓝色——水洗之后，这种光色常常让人将其误为金属。

可是我们今夜听见了它咔嚓咔嚓的声音。

后来，几天之后，你发现它有了一道裂纹，细细的。你略有不安。因为这裂纹一点点加大，不是一道，而是好几道。你感到好奇，蹲下来观察。

又是几天过去。你发现在几道破碎的裂纹交汇点上，露出了针尖大的嫩芽。你差不多是惊呼一声，跳了起来。后来你又蹲在那儿更仔细地观察，伸手去抠裂缝，试图解放那一点绿色。完全做不到，水泥板坚硬得很。

你想：完了，它注定会被扼杀。这时候你甚至怀疑那裂缝不是由它造成的。但是后来你又很快知道自己错了——因为裂纹仍在扩大，那针尖大的绿芽挣扎着伸出头来，已经绽放出两个叶片。

你发现这是很熟悉的两片叶子，是什么，暂时还想不起来。

出于对它的怜悯，你又一次用手指甲、用一根铁条去撬，去解放这个稚弱的生命。

仍然像上次一样，地板如同钢板，它不过是有几道裂缝而已。

一个星期之后，再一次看这片水泥板时，你大声惊叫了：原来裂缝之间的板块碎掉了，那儿长出整整一大捧绿色的叶子和枝丫，它们硬是顶破了坚障；这会儿，它们正蓬蓬生长，叶片上满是阳光。你看到有几块水泥板碎成了巴掌大小，已经完全松动了。这时候你认出：它是一蓬枣棵。在它的枝茎上、叶芽上，长出了小小的尖刺。

它旁边的水泥板又在破裂，又有新的绿芽钻出。你拿起被顶破的一块水泥板端量着，发现它的断茬足有两公分厚！天哪，这真是一些柔嫩的稚芽弄成的吗？这是什么样的力量，这简直是一个神话……如果不是亲眼所见，你无论如何都不会相信。

你想给它留一个照片，因为这是一个奇迹；而所有的奇迹都应该被记录。所以你就那样做了。

这一次生命遇到的是坚硬的地板；而生命还会遇到各种各样的、几乎是不可逾越的险阻，比如干旱、烈火、刀子的砍伐和镢头的挖掘：各种戗伐都有可能发生。我们看到春天萌发的那片绿芽——有时这只是粗暴的挖掘之后，留在土里的零星根须所萌发的；久旱不雨的荒漠上，却那么顽强地生长着草和灌木，还有星星点点的花朵……这就是生的顽强，生的欲望。死亡是黑暗，是永远没有尽头的黑夜；就为了那一线光明，它在倾尽最后的力量挣脱，向着光明探出身躯，哪怕只看一眼，只看到一角天色，也不枉费一生。

关于求生的故事不知有多少，那真是言说不尽。没有生命的电光，黑夜就会笼罩。生命迸发出电火，照亮午夜的苍穹。星光太遥远了，它在太空闪烁，晖芒还不足以光彻人间。比如说我们无法在星光下读书，我们仍旧需要灯火。灯火就是燃烧，是高高举起的光明。

石板覆在沃土之上，禁锢孕育万千生命、有着无限生机的大地。大地是力量的源泉，大地可以产生无尽的奇迹。再坚硬的石板，比起大地，也仅仅是微不足道的泡沫。大地上有一层肮脏的蛛网，它等待一只手将其拂开、擦掉。

一个生命终于来到活着的空间，有声的空间。听啊，这么多的嘈杂、喧闹、叫嚣，各种各样的声音都汇集一起。多么雄壮的音乐，多少曼妙的歌唱。这一切都是在黑暗里难以寻觅的。

这束枣棵不记得埋在黑暗中多少年，它总是被巨大到难以想象的沉重所压迫，不能伸展四肢；它的脊椎就要折断，它咬紧牙关才挺住。又过了许多许多年，煎熬使它夜夜泣哭，走入绝望。为了驱赶这绝望，它只得用五彩缤纷的梦境，想象那一天到来的幸福。它就用这不灭的希望鼓舞自己挺起脊背，攥紧拳头。它开始击打，不停地击打。一开始，回应它的只是沉默。它等待每一年里最有力的季节，那个季节的名字叫“春天”。

在春天，它才觉得身上充满了过去所没有的勇气和力量。它听到的都是自己攥紧拳头时骨节发出的啪啪声。在极为安静的时刻，它听到了遥远而迫近的呼唤。那是生的呼唤，是光明在呼唤。

许多年前，母亲离开时把它遗在深土里。那时它只是短短一截根须，为了生，它就用力地抓牢沃土，吸吮着。就这样，它活下来，鼓着勇气默数时间，寻找能够挺身而起的一天。

……最后听到了破裂声，它简直不能相信。看到了从缝隙里射进来的第一缕阳光，不知因为炫目还是因为感激，泪水哗哗流下。太阳升起来了，阳光越来越亮——这时谁都看到枣棵满身满脸都披挂着泪水。

这么多的泪水，这在过去从未有过。泪水把四周的地板打湿了。这是幸福的感激的泪水。

就这样它第一次看到了太阳。它不认识它，只在传说中听过它的名字。很久很久以前，母亲曾指着大地告诉它：这才是万物的生母——而这个时刻它仰脸看着太阳，只想叫一声“母亲”。

它不知道这样称呼对不对，只是泪眼汪汪看着。

它在心里默念：太阳啊，是你给了我勇敢，给了我一切。

艺术和流浪

在街头草坪前站着一个吹长笛的人，一个流浪汉。他胡须长长、头发长长，衣衫不整，正旁若无人地吹奏。他的身旁会有一顶仰放的礼帽或乐器盒，那里面大半有行人抛下的几枚硬币。

他不停地吹奏，很长时间一直闭着眼睛。他完全沉浸进去了。几个过路人在观赏，面无笑容。他们大概被眼前这个流浪者、这个不知姓名的艺术家给打动了；但也只是一瞬，后来他们还是走开了。他也许没有发觉自己的听众已然离去，也许早被这来来往往的脚步声给弄得疲沓了。他只是闭着眼睛吹奏。

有时他的听众只有一个，有时一个也没有。他在演奏给空旷的街道、假设的知音。他自己沉迷在乐声里，自己陶醉。这是真正的陶醉——有谁会将乞讨和陶醉连在一起呢？可这是真的。这是一个流浪的艺术家。

在欧洲，在美洲，不知看过多少这样的乞讨者。他们的艺术换来的往往只是一把硬币，很少有纸币。在地铁入口、站台上，甚至在曼哈顿百老汇歌剧售票点，到处都能看到这样的艺术家。他们大都是一个人，有时也有三五成群的；还有时七八个组成了一定规模的乐队：围成一圈，做一个手势，然后就一齐演奏起来。那种齐心协力，那种沉入，那种感染力，简直有点罕见；行人为之动容，越来越多的人在此驻足，纷纷掏出馈赠，放在仰放的礼帽或乐器盒中……

我看到这样的一群艺术家：他们从一个国家的南部起步，

一边流浪一边演奏，一边乞讨一边陶醉，向着这个国家的北部一路游走下去。

游历了这个国家，再去另一个国家。他们的一生就这样度过。

他们究竟是热爱乞讨还是热爱艺术？究竟是追逐自由还是追逐生活？我不知道。

在一片广场上，一些流浪画家蹲在那里，聚精会神在水泥地上作画。他们用彩笔为行人画像，画好之后行人就拿出自己的酬谢。可惜这都是不能经久的艺术，因为作者离开之后，这些作品说不定在什么时候就被践踏，或被风雨摧毁……我们不明白这种精心的制作，这种压根不准备耐久的创造到底是为了什么？因为我看到，即使没有一个施舍者，他们也仍然在一丝不苟地工作。他们在街头画出了绚丽色彩。我在其间徜徉，相信这中间有绝美的作品。毫不夸张地讲，那种放松和自由、那种极度的浪漫，深深地浸透在流浪艺术家的创造品中。它们打动了我。我的视觉和听觉被流浪艺术家所感染，无法忘怀。

可惜我手里没有那么多的钱币，但总是尽己所能酬谢了、表达了。我所给予的，比起他们交付的心灵犒赏，太微不足道了。

他们当中的确不乏真正的天才。因为耳朵和眼睛不可能一直蒙骗我。我不知艺术和流浪之间是一种什么关系，它们的联结是一种偶然还是必然。

在美洲和欧洲，还有其他地方，我看到的流浪艺术家太多了。这使我心生疑窦：难道一个货真价实的艺术家离一个真正的流浪汉只有一步之遥吗？这个念头像闪电一样在心头划过，使我一栗。

看着眼前绚丽的图画——这又是一个艺术家在出神入化地描绘。色彩多么鲜艳——可是不巧，刚画了一半天空就滴起雨来，一滴，两滴，许多雨点落在他的作品上。我为他惋惜。可是这个艺术家头也不抬，而是以最快的速度继续他的创造。雨点比刚才更密集了，他画得也更快。他简直是飞速地、倾尽全力地画着他的作品。他跪在那里，用身躯遮住了作品。雨点落在他的背上。就这样许久，雨终于更大了，游人都呼叫着撑开雨伞，没带雨具的就四散逃开。

我陪伴这个流浪艺术家，和他一块儿。雨水把我们周身淋得精湿。我们眼睁睁看着地上的作品被雨水冲脏了，冲得面目全非。雨水从他芜乱的头发上流下，流过他的眼睛、鼻孔，大滴大滴垂落。这里面会有眼泪吗?

后来我想：不会的，他不会流泪。因为他经历这种场合一定太多了。他已经习惯于把自己的艺术交给瞬息万变的自然，可以让水冲走、让风吹走。

是的，那种美好的歌声不也是在一瞬间被吹得无影无踪了吗?

一个真正的艺术家有时的确是一个流浪者。他不是形体在流浪，就是精神在流浪。他难以在这个现实的世界上找到自己的居所。他走啊走啊，用完美的脚步，用精神的触角，游遍了世界的每一个角落。到处都没有这样的居所。世界之大，竟然没有一个角落可以托放他们特异的思维、耿直的秉性、真正的勇敢；他们所拥有的，是那种绝不甘于平庸的人的力量。

除了流浪的艺术家，我们还可以看到家徒四壁的艺术家、走入绝境的艺术家。不必列举他们的名字，因为走在任何一个被商业气流磨得滚烫烫的街巷上，如果要寻找他们都不难，正像寻找一个流浪艺术家并不难一样。他们真正贫穷，而贫穷却是艺术的孪生兄弟。他们是人类最敏感的器官，我们只能为他们自豪。现在的问题是，我们能否为、怎样为他们苦楚的一生给予一些援助，有效的援助?

有那么一天，当一个人在某个博物馆里看到那些已经破损的、各种各样的乐器和画笔、满是灰尘的陈旧纸卷、密密麻麻的歪扭字迹，必会发出心底慨叹：当年，有一些人，就试图用这些，描绘出人类精神的历史……

琴　声

一片安静的湖水，经过了秋霜冬雪，只余下一片残落的荷茎。它们折断垂倒，一半溶到水里，一半划出美丽的弯曲。有一滴水从荷茎上滴落，于是我们全都听到了动人的乐声。

一瞬间，一湖美妙的丝弦都鸣奏起来。这是和鸣。

我从中听到了热烈的夏天的声音，丰硕的秋天的歌唱，还有深冬里那严肃的敲击。

大自然留下了真正的杰作，这是人手永远也没法摹绘的。

在我眼里，这是留下的声音、画幅，是记录了季节的乐章，是音符——神灵之手绘下的音符。这种记录留下来让我们解读，让我们永远咀嚼不尽，玩味不尽。我仿佛看到了一个庞大的乐队，他们用最复杂的演奏，最神奇的配器，来表达天籁。

这一自然之手绘下的乐章，该怎样摹写、怎样译成现代听觉艺术？

也许会有人把它看成不可言喻的神秘之声。

我在屏息静气倾听；我听到了叮叮当当的敲击声，像古代的磬，它们悄悄地、一丝一丝地敲打。后来，这声音淡弱下去，以至于没有……这样不知过了多久，终于有一声轰鸣：万锤齐举，震耳欲聋——天地间一瞬间充溢着它那宏大的震响。诗的浪涛涌过之后，又是微风吹拂般的管弦，它们在月色中渐次扬起。这婉转的歌唱越过银波，在水中击溅，波纹荡漾，轮轮远环。湖中，所有的星星都被它抖碎了，一切光明都消融在这静谧的、时隐时显的乐声中……

这样直到许久许久，才来到最后时刻：各种乐器同时合奏……百感交织的声涛中，一万双目光一齐投射过来，注视这个声的世界。雷鸣和闪电也参与进来，万顷巨林都在风中摇动；一种撕裂的声音，组合震撼，犹如马嘶猿吼，一排一排的巨浪涌来荡去；一个舵手在奋力搏击，疾风骤雨顷刻间把桅杆打折，白色的帆在雨中破裂，垂挂下来。我们回头再去寻找那个舵手、船长，他不见了。

一场风涛和雷声响过之后，照例是一片湛蓝，太阳和白昼一起降临。

和风吹拂之下，暴风淫雨之后特有的宁静，笼罩了所有空间。恬静的低回，温情的歌唱，这时又缓缓地、丝丝缕缕地升腾起来了。

我们听懂了：原来这是一首关于永恒的时光的音乐。

只要时光永存，生命就永存。它在阐述关于生的原理和永恒的原理——一曲最神圣的乐章。它让我们在声音的丛林里攀援、领悟。

夜，一点点来临了。暮色中我们看到了一个季节的辉煌的结束。

在这部乐章之后，即将迎来的是春的序曲。

英雄挽歌

在最后一刻，这座英雄的城市为你留下了面模。长久的岁月中，这面模残缺了，被击去了额头和下巴。可是它仍然留下大半个面庞，再现了眼睛、鼻梁、憨厚的嘴角。有人又把它放大，变成一个特殊的雕塑，矗立在大厦前的草坪上。

它让人们想起那个年代，想起你的故事，以及你在那个岁月里摇动的身影，你的英姿；想起城市流血的时候，母亲和儿童得到你的护佑；还有，在遥远的后方，有人对你的爱慕和依恋——他们盼你归来，你却倒在了战场上。

那一刻，平原和村庄都响彻着凄苦的歌声。悲凉的夜鸟在村庄上空徘徊，落在一棵洁净的白杨上，不愿离去。那个永远不眠的窗户向着战场敞开，那个悲悼的琴声随着太阳的起落鸣响。巨大的钟鸣引出一些黑衣人，他们在街道上往复来去，像一些失巢的乌鸦。母亲伸出操劳的手，拥抱胸前无形的儿子。

南风吹来了许多传说，那都是关于一个默默无闻的山村儿子的故事，同时也是一个英雄的故事。他憨厚的嘴角啊，稚嫩，深红色，像春天里的玫瑰花瓣，有着一层温暖的绒毛。它上面有太阳的气味，糕饼的气味。从来没有一个少女吻过它。他离开母亲的怀抱时，还多么稚小孱弱。只是在他一转身，猛地回头瞥一眼母亲的时候，她才看到一丝英武的气概从儿子眉宇间闪射出来。“我的儿子，我就要飞去的小鹰！”她这样感叹着，眼看他离开了小小的院落。

想不到，她从此就永远放飞了自己的小鹰。

感谢你诗人，是你写出了一首不绝于世的《英雄挽歌》[①]。我不知那一天是不是你亲手为我的儿子做下了这张面模，不知道你歌唱的《陆军少尉》是不是我的孩子。天哪，可怕的诗人，你说：整个世界就像一颗露珠在清晨、在山脚下闪烁。也就在这个神秘的时刻，太阳沉落的时刻，上帝开始叹息：我的孩子，你的阴影拉长了。

母亲哪，只有母亲才能感知你的声音，感知那可怕的声音。寒冬渗透到心里，某种不祥的意外行将发生。三月像匹马，像匹骏马。它的鬃毛竖起。我的天哪，这就是你——一位诗人对那个时刻的感知，对它的记录，对那个陆军少尉的不朽哀悼。

祈祷吧，永远地祈祷，祈祷那个比黑夜更加残酷的白天，那

---

① 《英雄挽歌》，希腊诗人埃利蒂斯代表作之一。

些把钢铁熔化、把土地嚼碎的时刻；同时还要诅咒，诅咒那些拥有另一个上帝的人。是的，他们的上帝“散发着硝烟和驴皮味儿”[①]。我的孩子啊，就交给了这样的上帝，于是理所当然地被撕裂，被钉在死亡的天空。太阳闭上了眼睛，它看不到我的儿子。幸亏你，我的诗人，永恒的诗人，目睹了那一刻，为他唱出了一首挽歌。

我从此知道了，那一天我的孩子怎样躺倒在烧焦的斗篷上；他周围是黑暗而凄冷的岁月，他的头盔滚落一旁，空着，血染污泥；他的身旁，是他自己破碎的肢体；他那双眉中间，有一口苦味的“小井”，那是致命的印记。在那儿，记忆已经冻结。“在那黑红色的小井里……＼不要细看啊，不要细看那地方＼那儿生命已经沦丧。＼不要细说啊，不要细说是怎么＼梦的轻烟是怎么上升的＼因为就这样，那一顷刻，一顷刻＼就这样啊，一顷刻将另一顷刻抛弃＼而永恒的太阳就这样从世界走开了。”

我知道在那个惨白的白天，正午，太阳的双眼第一次被泪水淹没。听这大声询问吧，诗人，你听吧。这不是你的声音，这是太阳照耀下的万千生灵的声音，是他们在呼叫。“哎呀，山鹰问，那个年轻人哪里去了？＼于是所有的小鹰都惊讶那个年轻人哪里去了。＼哎呀，母亲悲叹着问，我的儿子哪里去了？＼于是所有的母亲都惊讶她们的孩子哪里去了。＼哎呀，朋友问，我的兄弟哪里去了？＼于是所有的朋友都惊讶他们中的最小者哪里去了。＼他们摸摸雪，雪热得发烫＼他们摸摸一只手，手却冻起来＼他们咬一口面包，面包滴血＼他们深深地凝望天空，天空变得苍白＼为什么？为什么为什么呀，死亡不给人温暖＼为什么有这样可怕的面包＼为什么是这样的天空，那里本来有太阳高照……”

母亲河上的树叶，颤抖的手什么也抓不牢。她的泪水啊，混同着太阳的泪水。这时候，她首先看到的是那个漂亮的小伙子，

---

① 语出《英雄挽歌》。

自己的小鹰，他长长的弯曲的睫毛。我的孩子啊，我的从来未被姑娘吻过的睫毛，你的鼻梁、嘴唇。我的手轻轻地往前触碰，就能抚摸到你脸上的绒毛。我的孩子，翘翘的臀部，冬夜里紧紧地蜷在我胸前的孩子，这个时候母亲给你说些什么？你的双耳在宇宙间游动、倾听。这嘈杂的白昼，太阳淬火般的嗞嗞响叫声中，你怎么能听得到母亲的呼叫？我们永远诅咒——我和我结识的所有善良的生命，一起诅咒那只罪恶的手。

这只手在你的眉宇间挖出了一口苦井。这一口“小井”啊，盛满了这个世界上所有的不平、悲愤和冤仇。我更诅咒“散发着硝烟和驴皮味儿”的那个上帝，他应该死亡；而我们自己的上帝才该永生。今天哪，谁曾嚼过滴血的面包？我不知道；谁曾仰脸凝视过那苍白的面无人色的天空？谁感知了轰然倒塌的世界——最后那一声巨响？

没人为我的孩子悲悼，没人为我们共同的孩子悲悼。

你在深夜攥紧自己的孩子那柔软的、灵巧的脚踝的时刻，你可想到另一个母亲和孩子？如今她每一次从广场上走过，只能看到那一张残缺的面模了。它在风中、雨中、露水中、寒霜中卧着。我孩子的面模！它被雨水洗涤着，一遍又一遍；他那无神的眼睛啊，像银杏果核一样的眼睛……你们想得到吗？这双眼睛曾经是多么的美丽，它有多么纯洁的神情。

就在我的孩子饱受风霜雨雪的广场背后，是那座有着一溜大理石廊柱的宫殿。我敢说它每一根柱石都承受了可怕的重量。就是它们的支撑，这座大厦才得以完美地耸立。这些廊柱啊，让我想起儿子的手指。是的，它们光洁、笔直；是我儿子的手指化成了大厦的柱子。

我的诗人啊，我继续倾听你的歌唱。我亲爱的诗人，我不朽的歌手，只有你知道那个小伙子的身体有多么强壮。只有你看到那个晚上，“他躺在橘林姑娘们的怀中，\ 不小心把星星们宽大的长袍弄脏。”是啊，他心中的爱情是那样深阔。那个时刻，他饮尽了大地的芬芳，然后就和白衣新娘一起跳舞。跳啊，跳啊，一直跳到黎明，跳得黎明听见了，将阳光洒在他的头上……

我的儿子理该拥有这样的温存，可是啊，我的诗人，你亲眼看到鲜血沾染了他的眉毛。这时候，整个故乡的群山都在发出咆哮。

他的身躯就像一只黎明时分触礁的小船，静悄悄地在水面上游荡。他的双手啊，是两片宽阔的草原；他的嘴巴啊，是一只不会唱歌的小鸟。

一只鸽子在空中划过，我再清晰不过地听到了呼唤母亲的声音。我迎着它划去的无形之踪往前追赶。风吹乱了我雪白的头发，披散在脸上，我像个疯老婆子一样，双手挥舞，抓动，往前追赶。

这是什么啊？这是儿子的声音，他在天空，在前方，在海的另一面……我不知道。

我只追赶儿子的声音……

公民激情

一位白发老太太，满脸都是绝望和悲愤；她后面是数不清的人，是像她一样的男人、女人、老人；是中年人，是孩子和年轻姑娘。他们都手持一个白纸剪成的鸽子。

这是又一次在市中心举行的和平集会，一场游行，一次抗议。他们在抗议前不久一些暴徒所制造的恐怖事件。

那天许多人目睹了这一暴行造成的可怕后果：鲜血在沥青路上流淌，一个无辜的老人和孩子倒下了。他们与眼前这一群人互不相识，非亲非故。可是钻心的痛楚却使所有市民哀不欲生。他们走向街头，暴徒隐匿——隐在无形的角落，隐在夜幕之后，窗户的另一面，人群的深处。可是，他们将恐惧于这一张张愤怒的、绝望的脸。

那些丧失理性、丧失一切良知的暴徒或许不懂得恐惧，他们心中早已不存畏惧；可是，他们却会被这剧烈燃烧的心灵的火焰所焚毁。他们不会有更好的下场。

在另一个街头，另一座城市，我们还看到另一些愤怒的市民。他们举着写满了抗议之声的纸牌在街上走动。他们踏响了石板，一直向前。街道两旁出现的围观者，后来也加入了游行的队伍。

他们抗议什么？他们在抗议这座城市有人对少数外来移民所制造的各种各样的麻烦，那些人所共知的“排外情绪”——也就是这种普遍而卑微的心理，使少数外来移民在这里增加了生活上的重重困难，增添了许多不必要的辛苦。尽管这部分移民为数极少，在这座城市的夹缝里蠕动，少到了可以忽略不计的地步。但这座可爱的城市，可爱的市民，仍然没有把他们忘记。

就为了人人平等的基本权利，就为了作为这个城市市民的那一丝丝羞愧，他们走上了街头。

不知这抗议之中包不包括对自己的警示？

被理性之光照彻的心灵是多么美好。他们的胸襟将多么开阔，心地多么温柔和慈祥。心怀这种温柔和慈祥，这种公正和自信的城市，又怎么会贫困，她的未来又怎么会不是阳光灿烂？这样的城市一定会拥有自己最光明的前途。

一个人为自己、自己的城市、自己的土地所滋生的不义和丑恶能够感到羞愧和愤怒，能够拍案而起，能够走上街头，能够大声地质询和呼号，这本来是一种非常基本的能力；可惜，今天这种能力在许多地方早已丧失殆尽。人们已经变得没有怨声、没有恼恨、没有憎恶，一切都可以忍受，一切都可以迁就，变得特别能够随遇而安。无论是多么恶劣的、令人震惊的事件，只要不殃及自身、不伤及手足，尽可以闭上嘴巴，转过头去——他们视而不见。

可怕的私心将把一切全部葬送。这样的生命实际上已经先于肉体而死。他们只是一些行尸走肉，在时间和空间里挪动、繁衍。时光的变迁，不会在他们身上留下任何奇迹。由他们所组合的群体也不会创造什么奇迹。他们一心一意所营造和追逐的，只是那点可怜巴巴的粗鄙的幸福。而这所谓的幸福也往往是、也必定是稍纵即逝，它们并不耐久。没有用生命的激情去热烈拥抱这个世界的，这个世界也不会以同样的热情给予回报。

一个人是否有能力摆脱狭隘的个人利益和群体利益，进入理性和宽容，进入一种严整的思维，这往往是衡量他是否拥有人的自尊的重要指标。

在这个物质的世界上，有谁还能为那些似乎是远离了自己的不义而愤怒呢？通常，他们只知道为自己抗议；可是他们究竟分得清什么才是自己的，什么才是他人的？而他人的又在多大程度上关乎到自身？卑微者的目光只会盯住方寸之地，久而久之，他将失去自己的立锥之地，更大的侵犯接踵而至。

在失去理性、从而也失去了力量的生命那儿，真正的恐惧开始围拢；因为冥冥中的什么会向其证明：他们已经丧失了在这个世界上获得幸福的最好机遇。

梦的故乡

你的记忆当中，那儿有硕大的树木，有茵茵草地，草地上有一两头花牛觅食；一旁是隆起的土丘，丘下有一些狗尾草，它们正在下午的阳光里发出灿灿金色。这片稀疏的树林中有许多空地；那些大树已经非常苍老，树枝一半干枯，另一半长着绿油油的叶子。一棵石榴没有结果。透过大树枝丫看去，更远处有绿色山脉的影子。

林子里没有一个人影，安静、温暖、爽气。在这里，无论多么美好的事情都可能发生；它真是人的向往之地，流连之地。

可是不知为什么、不知在何时，这一切全部遗失。它像从地图上一下抹掉了一样，了无痕迹。它没有名称，什么都没有。原来的大树呢？那两只花牛呢？

我们眼下所能看到的只是灰色一片：丑陋的房屋，从他方模仿而来的样式老旧的楼房，盖了一半的建筑，弯曲的凹凸不平的路面，灰尘，轰鸣的拖拉机，汽车，还有拥挤的人群。如果不是我们记错了，那么眼前这一切就落在过去那片丛林的原址，是它化成的；而那片丛林变戏法一样飞掉了——在今天这个喧嚣的世界上，它沦落何方？又该托放在哪？

我们找遍了大地，到处都没有它的影子。看来它只有托放在胸口这儿，在心中、在梦中。如果连这一点都做不到，那我们就真的连一小片歇息之地都没有了。

怎么也弄不明白的是，一片那么好的丛林，换取的竟然是如此丑陋的一派灰色。这未免太不合算，太令人懊丧。我们不知道是一些什么人，他们一旦获得权利做这种兑换，就做出了如此愚蠢的选择。你为此而痛恨，痛恨得牙齿发疼、两手颤抖。可是你既无法诉说，又找不到一个人倾吐。

这种恼怒和焦虑长久地占据你的心房，你为此耿耿于怀，甚至彻夜难眠。你站在午夜的窗前望着北方，惦念北斗下的故园。那里有一片温暖的秋天，有两个花牛，有稀疏的林子、大树；你曾经攀在粗大的枝丫上，两手抱着后脑去看树隙的天空……你明白，是时代的掠劫者将它们掳去了，而且不再交还。

他们仅仅是你的敌人吗？不，他们是许多许多人，特别是那些曾经拥有那片丛林记忆的人的敌人。谁拥有这些记忆，他们就会是谁的敌人。想到“记忆”这两个字，你不由变得更为沉重起来。因为你知道，目睹过那一切的才会存留这记忆的图片；而远远比你年轻的人，也就是说后一代，是不会拥有这个记忆的。而没有记忆，就没有了仇恨。天哪，你惊呼着，在屋里走来走去——你在想怎样把这记忆送给更多的人——因为你突然发现，交给别人一些记忆，提醒和增加这种记忆，是无上光荣的，是一种善举。

于是你就开始了。

因为你不停地在人群中，在认识的和不认识的人中间诉说你的梦境、你的记忆，这又使不少人产生了一些厌恶。他们像看一个精神病患者似的，看一个“口吐呓语”的人。他们有时甚至把你看成了一个愚不可及的怪人，看你絮絮叨叨，讲述一些陈旧的、让人漠视的故事。这些故事因为陈旧而变得毫无新意，也构不成什么刺激。

你年纪已经很大了，可你的思维还处于童稚状态。就这样说着、走着，终于有一天遇到了一个白发老人——

老太太一把抱住你，泪流满面。她说：“我的儿子，我听见了，你说得一点不错，一点不错！我们过去那个地方就是这样，就是这样！”

你揉揉眼睛，也流下了泪水。因为你认出了面前的这位老人：她是你的母亲。

你扑进了母亲怀中。

森林之冬

西北风把雪粉糊在槐树和杨树黢黑的枝干上。最严酷的季节来到了。脚下是雪，四周都是雪，天空已经许久没有露出阳光。

在这样的季节，树木的身躯被强劲的西北风所压迫，向东南方倒去。可它们总是尽可能挺起身躯。寒冷，北风，使它们裹紧了黑色衣衫，默默挺住，不吭一声。各种攀援植物——那些往日里亲昵它们，向它们纠缠索取，不断讲叙甜言蜜语的藤蔓，这时都像纸屑一样碎裂了，脱落了。它们坍在脚下，又被大雪盖住。

在风中剧烈摇摆如同芜发的茅草也没有了。森林变得如此干净、光洁，只剩下了乔木。为了抵挡这个可怕的季节，它们叶片脱尽，激情敛起，一切都收入内心。

这就是严冬：沉默的季节，收敛的季节，默默挨和挺的季节。

小动物回到洞穴，草獾和刺猬再无踪影。它们顽皮可爱的鼻头上，永远留着的是秋天里那最后一滴露珠。它们洞察一切的眼睛，只稍稍一瞥，就察觉了季节的危险。它们走开了。

只有猎人穿着坚固的皮靴，顶着厚厚的棉帽，还在树林缝隙里四下寻索，提枪在手。他的后边，是跑颠颠的猎犬。他们想找一两只草兔和不识时务的飞禽。他们留下了紊乱的脚印。森林里一直没有听到他们的枪声。这是一个庆幸。

在这安静的，连扑扑落雪都听得见的时刻里，最好谁也别来打扰。

这就是那个冬天，我在林子里跋涉……

快一整天了，没有吃的东西，没有见到任何人影。背囊里只有干结的一块锅饼，还有最后的一口水。身上热汗涔涔，可是不能停下。稍一驻足，北风就会把汗水变成冰凌。大约有两次，我确信自己是迷失了方向。灰蒙蒙的天空看不见太阳，辨不清方位。好几次想努力听到一声嚷叫，哪怕是一声狗吠也好，那样我就可以判断哪里有村庄，有人迹。没有，什么都没有。偶尔传来一两声寒鸦的呼叫，它们只能增加我的焦虑。

我不知这片林子有多深多远，只知穿过它才能看到清晰的路径。我简直像一叶扁舟落在茫海，看不到自己的岛，没有出路，没有希望。而且非常可怕的是，我不能停止，而只有向前。我判断的余地是那么小，选择的余地也是那么小。

这儿只有数不完的树木兄弟，它们像我一样，在无奈中忍受。它们企盼的是春天，而我企盼的是走出森林之冬。

我稍稍有些后悔的是，为什么要那么焦躁地离开滚烫的火炕，噜噜叫的炉火，还有炕角上蜷着的那个黧花大猫？在我即将离开它远行的时刻，它还浑然不觉地伸出温暖的胖爪，在我脸颊那儿推动着。它伸着懒腰，打着瞌睡，闭着一只眼睁着一只眼，瞥我一下又睡去。它不知道我即要开始的远行。最后一刻我抱起它，亲了亲，在它迷惑的神色中提起背囊。

就这样，我开始了自己的远途，进入了这片冬林。

身后是一串脚印，白雪的完美被我踏破。这个时刻回返已经来不及了，因为走不上一两个时辰天就会彻底暗下来，那时我差不多会冻死在这片林子里。我看不到自己的脚印，缓缓落下的雪粉很快会把来路遮盖。

显而易见的是，我只有往前。

这时我不得不盘算怎样节省背囊里那块像铁一样坚硬的锅饼了。出发的时候我几乎没有更多的准备，好像只是匆匆上路；我对旅途的危险完全没有预计。因为我不止一次走过远路。我并没有把这一场跋涉想象得多么可怕。这当然是我错了。我幻想着在太阳落山、在接下去的漆黑一片中，能够从树隙里看到前面有一个温暖的灯光。那个时刻该是多么好啊。

太阳越来越低，天色越来越暗。我想这可能只是午后四五点钟的样子，厚厚的雪雾使黑夜提前到来了。多么艰难的未来的一截路啊，我只能像这冬天的树木一样，冷静、严肃、忍耐；我将走下去，义无反顾。

我把背囊往上耸了耸，在一棵粗大的树上倚了一会儿。

温柔的绿山

使我心动的，不是这几个围拢一起的牧者，甚至不是他们的骏马；因为马上有鞍子，有缰绳。我不太喜欢这些牧者，不喜欢他们遮在阴影里的脸庞；还有，我不喜欢他们臃肿的背影。在我眼里，他们不像是淳朴的劳动者。

放眼远望，看到的是那些轮廓极为柔和的、蒙了一层绿色绒毯的山脉；凸起的高地、丘岭，线条都同样柔和，它们全部遮盖了一层绿毯。天地之间少有的一种和谐与美，呈现在面前。

这片给人以许多想象的山地，除却眼前的一幕，几乎再没有什么疵点。可怜这两匹被戴上了缰绳、拴上了马镫的马。它们是银灰色或白色，正在那儿低头觅食；还是那么美丽的眼睛。它们本该属于远处的山脉、蓬蓬绿野。可惜它们身上有了铁环、绳索；这绳索从它们的头上一直延伸到那几个半躺半卧的骑手那儿。是的，我看清了，他们是骑手，而不是牧者。这是几个骑在它们身上来复奔走的人，而不是呵护它们、伺候它们饮食的人。我对于今天那些变质的骑手早已失去了尊敬。

我不止一次遇到类似的骑手，得出的都是同一个结论。这些人身上的烟火气太重，散发着刺鼻的气味，不得不让人小心地躲开。

我把目光转过去，望着远处的群山，享受和感知它的温柔。它们传递出的是一成不变的故事：大地的故事，山川的故事。

山脉的另一面，是引人遐想的灰蓝色——这大概是因为远处的雾气所致。在这个季节，站在山脉前，会被深深吸引。一个渺小的生命面对了它，面对了大山之后的大山，不由得要想到这亘古未变的风景背后，还隐藏着一些什么神秘。真正的英雄大概在山的另一边，在浪漫的想象中。

过去的记忆中，远山一派空灵，或是天蓝或是碧绿，有时甚至闪射五彩。它有丰富的宝藏，有仙女的故事，钻石的故事；如果深入其中，还将有各种奇遇。而一旦真的走近，你就会被粗糙的褐色，被再现实不过的砾石和砂土给弄得失望和懊丧。一切都跟平常看到的差不多。土岭，山丘，发着锈斑的石块。进而是寒冷的风，或者是湿气。没有可爱的动物，没有那么多鸟。在山风里抖动的茅草、灌木，一切都了无生气。这时候如果有人在岭后高高地唱上一句山谣也好。没有，什么都没有。

就怀着这种失望和希望继续往前。翻过了一座山又一座山，几乎没有个例外。山脉给人的是汗水、艰辛，是历尽辛苦一无所获的那种平庸无奈的笨拙感。

这就是我以前走过的山地。

而眼下却是完全不同的景观。从脚下到前方，到更远的地方，全是一个颜色：绿色。我相信眼前的山脉，只存在于高原和边陲；它的轮廓，在阳光里闪烁的一面，还有在阴影里的暗绿色，是任何巧妙的画笔都不能摹绘的。我甚至怀疑，这么完美的一片山色怎么能容纳眼前的一帮骑手？他们的背影看上去显得拙劣，远不够干练，远没有我想象中的那种风尘仆仆，那种苗条俊逸，更谈不上骠勇和英武。

当然，我太苛刻了；也许这不是我的缘故，而是因为在如此完美的背景衬托下，我变得过于挑剔了。

眼前的图片如同传说，如同歌谣。这令我很难把现实生活和它们拼接在一起。那会是一种蹩脚的拼接。它将破坏整个画面——我不忍在古老的山脉面前添上几个世纪末的骑手，这让人有点黯然神伤。

我无法遮掩自己扫兴的情绪。也许我眼前的这几个人解下马镫，解下骏马身上的绳索，回到拥挤的街市上才更合适一点。

美好的自然，山脉、骏马——你们给予我的太多了。是的，我和我的同类该变得何等洁净，才配与你们为伍，才配走到你们身边。

山川大地永远不会拒绝那些辛苦的劳动者，那些四海为家的旅人。因为旅途上的风雨，还有不间断的劳作的汗水，会洗去他们身上的臃肿和俗拙。他们每次都能化入自然风物之间，不是成为一个刺眼的点缀，而是与之完美结合，成为不可缺少的一部分。他们无论站立、躺卧、行走，无论是身负沉重的背囊还是徒手而行，无论是匍匐在地忙碌，还是坐在那儿歇息，悠闲地抽一个烟斗，大地山川都会以她过人的温柔包容接纳他们。她只认他们为同类，为自己的儿女。

关于大山和草原的故事，已经很多很多了。关于骑手的故事，也已经很多了。可惜这些故事往往不是现代的。

在世纪末的草地和大山之中，我们艰难地寻找着诗意的人生。

他　们

一个模样赖赖巴巴的小狗，一个长了一头金发的孩子，面对面地躺在草地上，满怀欣悦。男孩正讲故事，伸手比划着；小狗专注地倾听。可能是因为惬意和感动，它张大嘴巴大口呼吸；它看着自己的伙伴——那个男孩；男孩已经沉浸在喜悦之中，顾不得看它，只是垂着目光。

他们的对话一定有趣而奇异，可惜我们听不懂。我们已经失却了他们的语言。这两个伙伴之间是完全平等的——他们自己感觉是平等的。他们仿佛只有外形上的不同，而没有其他的不同。两个生命在最能够接近的时刻里融融相处，互相吸引，相依为命。

眼下这两个生命是非常相似的；可是用不了多久，他们的区别就会大起来。但主要问题却不是出在动物一方。

众所周知，一只狗从小到大，永远可以保持对人类的热情，保持全新的激动。这真是一种了不起的能力。它永远天真无邪，永远热爱着人，围拢着人，永远那么认真而专注，那么顽皮。

我们不止一次看到这样的场景：狗的朋友，或者说它的“主人”，刚刚从它身边离去还没有半天，归来时，它竟会欢叫着跳起，全身颤抖，拧动不止。那种狂喜和兴奋，那种感激，充斥了每一根毛发。如果这时候它的主人能够弯下腰来拍拍它的头，或者伸手攥攥它那两只前爪，它会倍加激动。

在这样的场景面前，我总是感到了惊讶。我不明白这是一种怎样了不起的生命：它为什么会自始至终葆有那么强大的感动的能力？它为什么而感动？为友谊？为互通的心灵？为一个生命对另一个生命的喜爱？为看到人这种完美的生灵像巨大的奇迹一样出现在自己面前？还有，它与主人的友谊永远不会变得陈旧吗？这种互相吸引的奇怪魅力，永远也不会随着时间而递减吗？

有人可能说，一只狗在极大的程度上要依赖于自己的主人，饮水，吃食，一切的方面都不能自理。但我凭我的观察，我的领悟力，却要否定这种说法。因为我明确地感到事情完全不是如此。因为狗在更多的时候对这种依赖是没有察觉的，它觉得这些都是自然而然的；说到吃饭，就像人一样，它也喜欢美好的饮食，会为一餐好饭而欢欣鼓舞；它会一边吃一边感激地看着旁边的人。可是我相信，它的感动，它的喜悦，主要还在其他时刻——它最激动的那个时刻，绝不是因为一点口腹之欲，更不是因为世俗物利。它的喜悦和激动来自许多更为高尚的方面。

我不得不说，这种心灵有着伟大的性质。从这方面讲，这颗心灵的质地是无与伦比的。

人类有必要向其他生物学习，从一些方面寻找它们的优长。如果说现代仿生学从动物和植物身上学到了生存的本领，从而开拓了自己的技术领域，那么我觉得离开科技的层面，还有更多更珍贵的方面需要发掘。比如说心灵的性质。人类在征服异类的技能上，也许超过狗等其他动物许多倍；可这并不能有效地证明人类情感的卓越和高贵；比起某些动物，人类有时显得麻木和冷酷，也显得过于粗俗。他们更多的时候被世俗物利所纠缠，很少再为一份纯真的情感去激动不已。他们常常很快丢失了童年时期的那分纯粹。

正因为相同的心灵，时下的他们（孩子和狗）才变得两小无猜。他们彼此都不懂得欺骗，能够安然地、随意地、一丝不苟地在那儿讲述，静静地躺着，共享美好时光。

金色草地上有金色童年，他和它是两个儿童。

可是他们很快就将分处不同的世界，去做不同的事情。一个变成随时可以被遗弃的物品，而另一个却自然地变为这个世界的主宰者，化为他们当中的一员；即便他是一个失败者，也要比身边这个童年的伙伴优越许多倍。

他长大了，却从来不问自己：他真的变得比过去更为高贵了吗？他会忘记这种追询，忘记小时候所遭逢的友谊。那时候还是童年。那时候他与它简直是须臾不可分离——刚刚一转眼的工夫，它离开了他的视线，他就急得难以忍受，呼叫，跺脚，到处寻找，发疯一般。“我要看到你，我要牵上你的手，你哪里去了啊……”

他们一起走远了；大人们也在寻找，焦急中问一句：“‘他们’哪去了？”

是的，“他们”——哪去了？

“他们”已经走远了，破碎了，撕裂了——“他们”这个词儿已经用不成了，而要分成“他”和“它”。

这个词儿的撕裂和破碎多么可惜。“他们”实在隐含着让人流泪的特质和内容。

“他们”——到底哪去了呢？

后　记

我和朋友将这些图片保留了二十多年甚至更久。可见它们真有魅力。

它们在深层上感动着我们。或者有特异的美，或者能引发想象。我们像看诗一样看这些图片，像重温旧梦一样，进入它们的意境。

我想记录被感动的过程、它们牵引而出的想念。与之连在一起的所有情愫都是美好的，尽管这其中也有许多沉重。

面对它们，回忆涌流而出。这可能是图片才有的功能。很久以前的事情，经历过的，都从头滤过了。似曾相识的场景、风物……从面前倏然闪过。这是梦境吗？

遥远的他乡，从来不曾涉足的异地，而今看来为什么如此熟悉？他乡又是谁的故乡？这些我们都无法解释。我们只能说它在梦中出现过。

生命之中有多少奥秘。

抚摸这些图片，常常也就不经意地触碰了心弦：倾听振响，倾听那些难言的隐声……

除了极少数图片，大多是很久以前的“老照片”了。我曾面对它们写下过一些文字；后来又想补写一部分，并将其汇集一册，以固定个人有意义的回顾和联想。这个工作做得很慢，时断时续，整整拖了两年。

在愉快和不太愉快的时候，人们爱找音乐和图片。它们总给我们以援助。这绝不是文字作品所能取代的。当然，图片也取代不了文字。这二者可在心中结合。写下一些文字之后，隔一段时间再看，更能沉浸；可是这时候又会对图片产生不尽相同的思悟。

所以说心情的阴晴流动，会极大地影响对一方风物、一个场景的理解。

原来那些文字只是在记录某一刻的心情，记录一种循环往复、一种生生不息的流动。

1996.10—1997.9

三　辑

倾吐和记录

这一部散文集编得很慢。因为与我过去的集子不同的是，它的篇目比较琐碎。集子中的文章没有收入其他书中，其中的大部分都没有发表。这是它们第一次变成铅字。

这与我过去出版的集子是不同的。这样做，也是因为一种特殊的心情。现在只想默默地将其印出，存于自己手边；当然，有时又想让它们在一个更为广大的范围里出世和存活。

这是一些充满矛盾的想法。

大概一个人做一种工作久了，就要产生类似的矛盾。这是人的一个阶段，但我知道这并不好。

有一点对我而言则是非常清楚了，这就是：写作对于我越来越像是一种自语。我既想尽可能地不去打扰别人，可是作品仍要出版和发表。这难道不是一种矛盾吗？我有时觉得最好的创作，最好的情愫与思想，也都存于无语之中；可是一个人又要倾吐，又要记录。这不是更大的矛盾吗？

但我这样讲，并非怀疑写作的意义。关于它的意义，尽管过去与现在的认识不尽相同，但写作一直被认为是有意义的。我的矛盾心情，只是更多地局限于表述生命的方式上，并且是逐渐产生的。让写作的意义变得更为坚实和深长，这正是我在这个过程中的思考。我迟迟不决的是这种思考还不成熟。不成熟，犹豫，这之间就难免产生出一些矛盾。

我的这些曲折的思维也就留在了长长短短的文字中。

最后，我还是把它们印出来：以加强我的纪念，以促进我的反思。

1998.4.13

（本文为《流浪的荒原之草》后记。）

“幽默”之类

我们难以想象，一个真正的艺术家会缺乏幽默。因为我们所谈论的，已经超出了风格的范畴，而牵涉到对于艺术的基本理解，对一个艺术家基本素质的理解。对于没有幽默感的艺术家仅仅表示一点“遗憾”之类，好像既不够也不准确。因为有时候，在许多时候，这种缺乏会是致命的。

但是在一个艺术家那儿，如果“幽默”仅仅是作为一种“方法”被其使用的时候，那它又并非是必不可少之物。因为“幽默”说到底根本就不是一种方法，甚至也不是一种风格。它或者有，或者没有；如果有，那么它本来就存在于一个艺术家的独特生命的本质蕴含之中。它原是生命里固有的，是不能改变和学习的。

而在许多艺术评论中，我们常常可以看到有人出于好心，规劝一些作家作品能够“再幽默一点”。他是什么意思？他这样说，就一定真的懂得幽默吗？我们只要稍稍分析一下就会产生怀疑：他是不是在把油滑当成幽默，把无聊当成了有趣？不错，正是这样；很不幸，现在常常是这样。今天，只要一打开书卷一触及荧屏，就会发现一些可怕而低俗的油滑正被当成了生命的智慧去激赏。

如果只有耍耍贫嘴才算“幽默”，那幽默也就太廉价了。一些从未与幽默沾过一丝丝边的拙劣卖弄和表演，反而常常被视为“幽默”的典型。这实在是藏满了隐忧。一个民族竟然在一个时期会不理解幽默，就如同不能理解真理……设若真是这样，那将多么可怕。

但细细观察下来就会发现，原也无须那么悲观。因为人类所固有的敏悟不会泯灭；而敏悟者必有自己的深刻；深刻者又必不会追随油滑发出阵阵聒噪。于是放耳听去，反倒真像是一片倡扬油滑之声。其实哪有这么简单，又哪有这么容易混淆。

幽默既可以来自一个人的善良和热爱，也可以来自深深的绝望和悲悯。他有强烈的冲动，悠远的情怀。他是一个不可复制不可言说的灵魂。幽默不会浮在生命的表层，而总是潜在深处的本色。幽默需要机智，也不乏机智；但机智又时常伤害幽默。真正的幽默非但不会那么外向，而往往是极为内向的。它在大多数时刻不会博得哄堂一笑，却更多地让人品咂、忍耐、咀嚼，让人在长久的玩味中产生感动。它不想奉送一时的快意。真正能够接受和享用它的，一定是那些具有相当的能力和资质，即有悟想，有还原力，有人间情怀，有丰富滋润的内心世界的人；而不会是浅薄的叫好者和艺术啦啦队，不会是平时乐于坐在前台的起哄者。

众所周知，鲁迅是一个使用“匕首”和“投枪”的人，一个伟大的思想者。可是在许多人眼里，他又是现代作家当中最幽默的人，而不是“最幽默之一”。荒唐的是近来有人言之凿凿，将艺术家的道德感与幽默感对立起来，好像愈不道德就愈幽默一样。而我们在人类的艺术史上看到的却恰恰相反：没有强烈道德感的，非但不会是好的艺术家，而且一点也不幽默。他们一般而言都很油滑。

文气不正，在艺术上也不会走得太远，又怎么会偏偏独具幽默呢？

1998.3.17

散文非作文

文章一直地写下来，或者说散文一直地写下来，却越来越不知道什么才是散文。这终于成了一个问题在心中保留下来，要时不时地想一想。想了许多年，现在似乎有了个觉悟，但又不知对不对。

我现在的想法概括起来就是：散文非作文。

什么是“作文”？就是平常意义上的“写作”，是一个人进入这种专业行当之后的一些习惯性做法，比如谋篇结构、寻找角度和巧思之类。“作文”总是有许多规矩，就像每个行当里都有的所谓“游戏规则”一样。比如“小说”这种“作文”，要作就得进入它的规则。当然，散文也会有规则，但那是将一切规则散掉之后的“规则”，即无法之法。

由此我想，散文应是具有很强“使用性”的一种文体。就是说，比起其他文体，它在现实生活中往往具有很具体的目的性：就为了一种实用、一种使用，才产生了一些文字，于是散文便产生了。这种自然状态下产生的文字会是多种多样的，无拘无束的，它们都是散文。所以也就有了“大散文”这个概念。“大”不是指篇幅，而是指范围。

一个人只要有较好的文化素养，都应该能够写出一手好散文。它可以是言论、书信、日记、回忆，也可以是一个人在特定时刻里的自吟自语。后者之所以也可以是好的散文，就因为它所具有的“实用性”：安顿自己的灵魂。这时，它产生的过程也是自然而然的。

写散文或能够写散文，是所有具有良好资质的人的一种基本能力。散文最好不仅是专门家的事情，而要是大家的事情。因为一旦专门家把它做“匠”了，那还不如没有。

1998.5.20

心灵之果

以后，人们回顾今天的文学，也许会发现这个时期有一部分人的努力很感人。他们在倾尽全力，使长篇小说避免成为一种有害的文体。自我苛刻，节俭，还有静心守意。压缩，以使其坚硬，使精神有硬度。今天，读者的浮躁和作者的浮躁是一回事。可庆幸者，是有人还在想办法，在缄默抵御。情感无节制，心中无立场，油滑当幽默，电脑代笔耕。这样的情形一旦普及就可能产生危机。“微机”时代特有的危机。

尽可能不让无聊的读者培养无聊。任何时代的杰作仅仅面向有道德有操守的阅读，即使剩下最后一角。写作者与体力劳动者不同，写作者一旦失去了尊严就什么也不是。诗，散文，短篇作者，他们有时会失去尊严。可是长篇作者最容易失去尊严。稍具历史眼光就不难发觉：长篇作者的傻，摇尾乞怜，追富，粗疏，庸俗，一经时间之河涮洗即全部裸露。于是一个操持长篇的人会时常感到恐惧。

像写一个精制的短篇或一首诗那样写出长篇的每一个字，人和作品才有可能变好。敢于写内心，敢于最朴素地写，有一点点矜持，在这个喧嚣嚎叫遍涂油彩的世界上则需要几分勇气。

迷于长卷的，该试着写出一个完整的短篇；一直镂刻短章的，就开始第一部长篇。

总之，好的作者会在嗡嗡轰响的时代冷静下来，修葺自己的内心，等待，等待一枚或两枚心灵之果。

1998.5

流动的短章

也许真有那么一些好的短篇小说，它们一个一个放在那儿，很精致，很美或者很深刻，很隽永。反正它们很好，是好短篇。但它们很独立。有人说好的作品，当然包括好的短篇，都很独立。

我却渐渐产生了怀疑。因为后来我明白不能过分独立地去看一篇或一部了。一部非常好的作品，真正好的作品，如果没有连绵性，没有连黏性，它就会是刻制出来的半死之物。好作品应该在生命之河里流动：正在流动，而不是有可能流动。它们有可能是液体，但它们终会结成块状，有时会凝成很大的一块。这时候好作品就产生了。

一个短篇出生后仍在生长，一部长篇也是那样。甚至一篇散文也是那样。一首诗也是那样。不会生长的，即是脱离母体的：被时尚的浪头抛出了河床。它会阴干或晒干。

短章在小说中有特殊的地位。严格来讲，没有短篇哪有长篇；没有短篇小说哪有小说。没有找到短篇的年代，荒疏了短篇的年代，不会有真正严整的文学状态存在。新时期的文学从短篇开始，这恰是生气勃勃的表现。当代文学乃至于一个人的文学，都往往起自短篇并进而依靠短篇，而且依靠始终。这样的文学生命必是生气勃勃。

短篇的美与博大，它的永恒性，不是站在专业意义之外可以轻易领悟的。它与一个职业人士的耐力、态度，还有向上的韧性和某种“野心”，都暗暗地、紧紧地相扣。

1998.6.9

感激之余

不用说，我们所有人都在接受现代科技的恩泽。我们非常感激。但我们并非唯有感激。对于科学和科学家，仅仅送去致敬是不够的，而且也不太诚实。技术在当代社会生活中受到越来越多的推崇，甚至是顶礼膜拜。然而区分科学与技术的差异，追寻科学与哲学的关系，也许应该成为当今知识界的首要任务。

真正的科学家也是真正意义上的知识分子，他们无一例外地具备强烈的人类情怀。他们不会是也不完全是精于某一行当的专门家，一些技术工匠。而现在，在社会生活中，好像只有后者才更像个“科学家”。其实真正的科学家总是具备哲人精神，在大多数时候，“科学的”也正是“哲学的”，反过来也是一样。

在当代，整个的人文领域都面临着技术入侵。生活的进一步机械化数字化，它的危险性不仅不被警示，反而正日益成为楷模和时髦。很难有人绕过这一现代陷阱，人的想象能力、对世界的质疑范围，已在无可挽回地缩小。

而许久以前，伟大的康德说：“有两样东西，我对它们的思考越是深入和持久，它们所唤起的那种越来越大的惊奇和敬畏就会充溢心灵。这就是繁密的星空和我心中的道德律。”伟大的爱因斯坦在悼念居里夫人时说：“在像居里夫人这样一位崇高人物结束她的一生的时候，我们不要仅仅满足于回忆她的工作成果对人类已经做出的贡献。第一流人物对于时代和历史进程的意义，在其道德品质方面，也许比单纯的才智成就方面还要大。即使是后者，它们取决于品格的程度，也远远超过通常所认为的那样。”

今天重温这两段著名的话，可以让人生出多么深长的感动和领悟——也许还有羞愧。

一个失去了道德感和社会责任感、在大是大非问题上态度暧昧的所谓“科学家”，对于人类的进步不仅是无足轻重的，而且还往往会是极为有害的。

1998.6.23

术与悟

前不久，在其他的一些场合，也听到许多类似的提问：作家与评论家在才能方面的比较。作家常常茫然。因为作家只好茫然。还有不少人重新把评论家和作家做对比谈，甚至还引经据典评说不同时期，评论家和作家究竟谁才是“第一流人才”的问题。这在我看来太不必要。不是为了维持二者之间的面子，也不是为了二者关系的和谐，而是觉得那种比较缺少理解深度。

当然谁也无法否认评论者与创作者性质上的差别。问题是他们的共同点更多，而多年来我们在这方面给予的关注恰恰不够。抓住他们的一些共同点，就会发现以前关于“第一流”还是“第二流”的议论没有多少必要。

从一个作家的角度来看，会觉得时下有许许多多评论在做一种呆板的学问，或者直接就是一种僵死的学问。为什么？因为这些文评太着迷于他们的一些“学术”。“术”太多而“悟”太少，以至于在一部血脉灌注的活的文学作品面前失去了基本的阅读能力。他们被“术”所异化，变得不会感动了，在富有张力的有生命的文字面前神情麻木，完全进入不了作家在创作的瞬间所能达到的境界。

于是这样的文评家只得用力地分解一个完好的整体：肢解一部文学作品。那么，他们这时候所评的，实际上就与这部作品没有了多少关系。

逻辑分析，量化，分类梳理，完备的资料，这在一个理论工作者那儿永远需要。因为不如此就没法阐述，一切也就成了一笔糊涂账。问题是我们常常看到，这样的“需要”，这样的“功夫”，在许多时候又会转化为一种机械劳动，变质为冷漠的无感情的，游戏的甚至操作的。这就走向了文学艺术的反面。这种工作在本质上只能是反艺术。它不仅无助于对艺术的理解，而且给审美设置了重叠障碍。

艺术评论说到底不仅是一种判断，而且是一种充满了诗意的寻觅过程。在语言艺术面前不能陶醉和沉浸，也就不能进入；不能进入，也就失去了判断的资格。而我们通常所看到的为数不少的文评，就是一些无资格的判断。

归根结底，作家和评论家在很大程度上是相同的。他们都需要一颗极为敏感（甚至是纤细）的心灵——对诗意的敏感。这种敏感也许是天生的，是后天的学习所不能补救的。离开了这种敏感，也就不是特异的生命，也就不是“第一流”的，这一点，对于评论家和作家都是一样。

一个评论家在阐述中的激动，他在那一刻的燃烧状态，是无论多么大的理性和冷静都无法遮掩的。艺术的判断要在这之后，是这个过程冷却的自然结果。如果没有了这个过程，那么一切结论都要大打折扣的。

正因为有“术”的危害，所以我们有时也非常可惜地看到，在一些学术堆积之地，反而更难找到对于艺术的切中深度的理解。这里的严肃，与另一些场合的热闹在本质上也没有多大区别。

而文学是需要一颗内向的敏悟之心的，它的确不是什么场面上的热热闹闹的事情。

作家要求一个评论家的并不苛刻，他只要求对方具有感动的能力，即能够进入，能够读懂。作家对于一个真正意义上的评论家的尊敬，对于一颗文心的波动——挑剔或赞誉——的看重，原本是无须多言的。

(1998.11.7，在香港大学的演讲。)

一条有树的路

我们多么渴望有一条浓荫遮蔽的路。有这样一条路，大家来走，大家都会幸福。可是我们居住的地方一般不可能有这样一条路。我们也很少看到这样的路，更不用说拥有了。我们甚至不能够一饱眼福。

不过这样的路也不是没有。它一般都是藏起来的，藏在一些被隔离出来的地方，一般人想不到，做梦也想不到。我们的国家其实是有这样的路的。

好好用心去找，就能找到。不过一般的人都忙着自己的衣食，哪有找一条路的心情。

有时候，不经意的一瞥，说不定就能看到这样的景致。那时双眼立刻就会一亮。我们会在心里感叹：这是多么好的地方啊，住在这里的人会是多么幸福、多么健康。他们是谁？他们为什么能住在这样的地方？浓浓的林荫路的后面，不远处，往往又闪烁着红瓦顶的小楼。

赶紧走开吧。

我们所居住的地方，过去曾经有很多树。这一点上，一些上年纪的人会告诉我们，会出来做个证明。后来，是因为有一些人不喜欢树，就让人一点一点砍伐光了。他们为什么不喜欢树，这是我们许久都搞不明白的。竟然有人不喜欢树，甚至于发展到仇视树，把它们一棵棵地砍光，这真是一件怪事了。不过这是真的。有谁怀疑，那就让上年纪的人来讲讲过去吧。

很多老人讲起过去的树、林子都满怀深情。可见树在人的心目中并非是可有可无的东西。而在有的人眼里，树算什么！据说首先是要解决温饱。这本不错。温饱都解决不了，还谈什么树？不过那些最爱把温饱挂在嘴上的人，又往往是最能够大吃大喝、穷奢极欲的家伙。这不是一对矛盾吗？还有，我们应该问一句，树与温饱真的就是那么水火不容吗？

这一问我们就找出了破绽。因为我们很容易就会发现，那些没有树的地方，往往也是真正的贫穷之地。而哪里只要树木葱绿，哪里就一定土沃人丰。

土地是否肥沃，固然有一个天然地理问题；但也不可否认，也还有一个维护和培植的问题。人类的愚蠢把一个水草丰润之地弄得寸草不生，这早已是屡见不鲜之事了。

由此我们看出，有砍树癖者不是解决温饱的人，而是使千千万万人遭受贫穷的根源之一。

但因此就简单地判定，说那些把树林搞光的人厌恶树木，回避绿色，又有点冤枉了他们。因为他们总是设法让自己住在一些树林葱茏的地方，而且还要用一道道高墙围起来。他们对浓绿如此的贪婪。他们要将绿色据为己有，完全地独占独享。

我们长期以来就是寄希望于这样的一些人来解决温饱。最后的恶果就是，我们自己弄得连一条有树的路也找不到了。这真是一个极大的讽刺。

让大家都有一条树木葱茏的林荫路走一走，这个要求大概并不过分。可是要做到，却比登天还要难。

要真正地获得这条路，首先得从心上去找。这里不是说要借助于想象才能满足的意思。这里是说：要从心里认定和寻找失去这条路的根本原因，就是说要有一条正确的心路。

1998.4.6

怀　念

一

那一天深夜，我从很远的山地回来。像过去一样，我每一次返回都要首先到你的住处去。我悄悄地走近你，怕惊醒了你的安睡。

我蹲在你的身边，抚摸你。我试图在你的躯体上找到永不消失的温暖。可是这一次我落空了，我伸出的手什么也没有碰到。你的小窝空空荡荡。我的手像触到了冰块或赤铁，猛一下缩回。

我把背囊放下。

我立刻去找他们，询问你哪里去了？他们互相对视，就是不能回答。我感觉到了什么，急得跺脚。他们不得不告诉，你是不久前死去的，是被枪杀的。

射击你的人藏在暗处，而你在明处。那一刻你正抬头遥望南山，望那一溜淡绿色。我想那个时刻你可能正盼我归来。你正在怀念中，他们就开枪了。

这是世界上又一次丑恶的暗杀。

就这样，仇恨的种子在心田里播下，它一次又一次萌发，让人不可忍受。

回忆中，我们没有讲过多少话，因为我们存在着语言障碍。你操着一种我几乎完全不懂的“外语”。在这个星球上，没有一个人使用你的语言，可是你的语言实在不失为一种美好的语言。

它配合你的口形、动作，特别是你的双眼，就有了丰富的感染力。那是一种长于表达的语言。

我从十几岁起就与你形影不离，你理解我的一切痛苦、一切欢乐。有一段时间我失学了，一个人在海滩上游走，像个鬼魂。一天，我正在沙岭上站着，望着灰蓝色的海。起风了，浪花簇簇，没有船，也没有打鱼的人。那一刻我难受极了，恨不得立刻融化在那片渺茫之中。就在这时，我听到了细碎的脚步声、轻轻的哈气声。猛一回头，原来是你站在我的身侧。你正仰脸看我，满脸慈祥。这是一双女性般的美目。

我记得朝你点点头，你走过来，脸颊贴在我的腿上；后来温热的嘴巴又对在我的手背上。你轻轻地吻我的手。我蹲下。我们靠在一起。你一会儿就把头颅挪开了，在离我很近的地方，一动不动地看我。你在默读面前这个人，他的不幸的童年。

就这样，你读懂了我、我的满腹心事。接着，你的身躯轻轻抖动，然后又是用力地抖动。你挨紧了我。再一次用温热的、让人不能忘却的温唇，触动我的脸颊、手背、全身。

你仿佛在提议我们继续往前走，于是我们就沿着沙岭一直向前。

这一天我们直走到黄昏，一块儿结识了那么多花草和树木，还有飞在空中的小鸟，一只鹰，草地上的几只野兔。你和它们打着招呼，非常友好。我们就这样站一会儿走一会儿，结束了这一次旅行。

回到住处之后，我的心情好多了。我没有了那种绝望的情绪。

接下去的岁月，无论是高兴的时候、沮丧的时候，我的身边都有你。我们互相倾吐心事，用不同的语言猜测、分析，一切能够交流的方式都借助了。我相信我们已经心心相印。在这个总是让人觉得陌生的世界上，我们俩真是一对患难与共的朋友。我没有发现比你更美的生灵。

就出于对这种美的嫉妒，有人开始诽谤你。他们暗藏杀机，总想办法除掉你。当我明白了这种残忍和凶狠之后，震惊得一句话也说不出。我差不多是倾尽了全力保护你，直到不得不流浪远方。

一次又一次，我带着对你的想念，返回来再走开去。最后的一次，我离开的时间并不长，一共只有两个多星期。

可是再一次归来就没有了你的影子。

听说你是在离我们的住处不远——南边的那片红薯田里遇难的。我到红薯田里去，试图找到一点儿痕迹，比如说你的脚印和几滴凝固的……

没有，什么也没有。好像刚刚有一场风把这些吹光了。红薯被收过了，光秃秃的泥土黝黑黝黑。这片红薯田的南边是一条东西走向的水渠，水渠上长着紫穗槐棵和死了一半的茅草。渠水干涸了，剩下的就是潮湿的淤泥。有一处淤泥踩上了深深的脚印，还有躺卧的痕迹。我的心一紧。我明白了，那个十恶不赦的暗杀者就在这里向你开枪。

有人总要暗杀，总要寻找最弱者下手。有人总要留下血债，他们欠下的、即将归还的，也只是弱者的。

二

你不喜欢高层建筑。每一次下楼，你都要费力地爬下五楼，小小的身躯显得可爱又可怜。

最后我们商量，把你送到了乡下。

在那里，有一个人会很好地照顾你，她会用加倍的慈爱去对待你。你会爱上她的。就这样，我们依依不舍地分别了。

半年之后，我们刚刚听说你胖了、一切都变得越来越好了。

你的身体正在飞快地长大。几乎与此同时，另一个噩耗也传来了：你死于非命。

我们垂下了头。终于没有一个例外：又是一个不得善终的挚友。

我们急匆匆地返回乡下。在那里，最疼爱你的那个人哭成了泪人。她向我们诉说整个经过：那一天你正在外面游玩，可能不小心吃了一点什么，嘴巴流出了白色泡沫。你急得双手在嘴巴那儿抓挠，不久就倒下了。好几个人抱着你往医院跑去，跑啊，跑啊，一路呼喊。

就在医院的大门口，你永远闭上了眼睛。

显然，你沾了有毒的东西。后来医生说可能是食物上沾了耗子药。

是的，确定无疑。因为在你之前，有那么多可爱的动物都毁在了耗子药上。这个平原的人哪，他们贫穷无告，几乎一无所长，却个个都是下耗子药的能手。结果呢，耗子仍旧满地乱蹿，啃咬稼稞、啃咬这个世界上一切珍贵的东西，越来越畅行无阻。

可那些愚蠢的人，还在满世界布撒他们的耗子药。

你没有了，我这儿只存下你的几张照片。一遍又一遍抚摸。你的眼睛仿佛永远在注视我。一个人不爱你，还会爱什么？一个人不想你，还会想什么？想你比想那些撒耗子药的人不知要好多少倍。

你太单纯了，你永远都是个孩子。

1998.4.10

走得遥远和阔大

对散文的基本认识

散文是一种更自由的文体，形式自由，内容和主题也不一定太刻意。散文的产生方式决定了它的一个特质：直接，真实。比如它常常是为一个具体目的而写，像一个吁请、一次演讲；当然还有自语式的文字，它们这时是针对自己的心情……谈到散文，最好使用“写作”而不是“创作”这个概念。一个人只要具有良好的文化素养，写散文就成了他的基本能力。当然这也可以是专门家的事情。书信、宣言、自语、喟叹、日记、演讲，还有其他文字，都可以是很好的散文。“创作”出来的、“作文”气十足的散文反而不好，因为它们违背了散文发生发展的规律，往往给雕琢得毛病百出。听任散文的自然形成和自然积累，则能够从中更好地体味和理解散文的本质。

将不同的体裁比较来看，散文的质地更为坚硬。

散文意味着什么

在我的整个文字生涯中，“创作”只可能占其中的一部分。以笔发言是我写作的目的。有人要提醒我别忘了“艺术”。是的，发言包括了一切，发言就是艺术。

一个人学会了文字，主要是为了写出自己的心声。散文可以直抒胸臆。我不可能不写散文。没有了散文的写作，我会担心生命褪色。

对当前散文的看法

人们出于生命和生存的需要，在特定的生活情境中写出的文字还太少。就是说，自然形成的、真实有力的散文还太少，而“创作”出来的散文太多。多到让人厌烦，腻，绵软无骨。好像一个百无聊赖的人才最适合写写散文什么的。

其实散文应该很有劲，绝不是哼哼呀呀的东西。

副刊上有一些散文，还有一些“电视散文”（当然只是一部分），有点可怕。它们不仅缺乏为文的基本能力，心理上也不够健康。矫情，哼叫，不能直面生活。这样的风气波及许多方面。哼叫离毫无心肝的谀辞只有一步，或者干脆就是一家。

许许多多的人都在写散文，可谓蜂拥而至；但有真意的不多。缺乏精神硬度，惯常是花拳绣腿或卖乖媚俗。不过这也正常。散文正从我们所熟悉的那种套路里解放出来，但解放得还不够彻底，还时常跌进新的套路。

面临的最大困惑

在高度数字化的现代世界上，一个写作者如何能够沉思和安然，真是生死攸关的大考验。失去一个基础（状态），他将白白跟着喧嚣一生，直到生命耗尽。迎与退，敞与蔽，聪与聩，时下的选择倒让人两难。

散文写作的趋向

我想，从长远的观点看，很可能许久之后，那些并非以专业心态对待自己的散文写作，而只将其视为生命的某种基本需求的人，才有可能走得遥远，走向一个阔大。这部分人不会多，他们会与潮流进一步脱离，声稀迹淡；但他们却有力量潜隐地左右散文的道路，甚至影响一个时期的文化趣味。

（1998.7.10，答《美文》。）

家园之书

这是一套百科全书式的文丛。由于它是以省区为独立单元结构成的多卷本，由五千年来的变革纵横交织起的巨幅画，所以既有凭高总览的宏阔，又有局部细微的精密。更难得的是书中收录的上千幅珍贵照片，使其成为几千年时间长河的逼真图鉴，成为个人纵目一览的斑斓收藏。

在激变与发展的现代社会，人类技术的大幅度提高并不一定伴随了精神的提升。有时还恰恰相反。今天，高科技讯息手段的普遍使用，覆盖式密集型的声像传播，已经把个人的独立思索空间大大压缩。人要巩固自己的思辨能力，专注社会人生的一些重大命题，就必须坚持和扩大自己的阅读。众所周知，不求甚解的浮躁人生是无足轻重的人生。即将进入 21 世纪的人类，只有不断回顾和前瞻，执着于现世寄希望于未来，才会有所作为。所以，作为人生的最重要的意义之一，就是努力提高自己的历史理解力。

而理解历史就要走进历史事件，增加历史记忆。一个人对生活的认识总是从周边开始，进而又因观察范围的扩大得以深入；不断将思维的触角探向纵深，这就是人的成长。我们对整个世界的理解，往往就是从安身立命的这块土地开始的。而对自己家园的全部情感，都需要建立在认知的基础上；认知的深度，即决定着情感的深度。

一个人只有将自己的家园刻进了灵魂，才会做她最好的儿女。

一片土地总有独特的文化，而一种文化的形成和发展也会留下轨迹。辨迹寻踪，以对现代社会的判断有所依据；抚今追昔，以怀上深刻的使命感——在人的诸种使命之中，文化使命可能是最为沉重的。因为文化的土壤中沉淀了一切。

让我们像翻动自己的日记一样，打开这本家园之书。

1998.9.10

（本文为文化丛书《我们的家园》序，山东画报出版社 1999 年版。）

四　辑

闪烁的星光（上篇）

请 回 答

1

尽管不知道你是谁，尽管我们彼此什么也不知道，我们只是在黑色的隧道里相遇……但还是请你回答我。

一个人站在马路对面，看着那个窗帘低垂的居所。

请回答……我不需要什么，我只是请你告诉一句：我往哪里走？你能否在原地等待片刻，伸出指点路径的手指？

哪怕这是一次误指，我也会欣然前往。

天暗下来，所有的光都收缩了。墨绿色的窗帘后面也是一片漆黑。我不期望再到别处，因为这里才有我的信任；我只需要你的回答。

2

很久以前你是一个孩子。可你携带了最甜的糕饼，把它交还给我，却没有收下一枚硬币。真正无私慷慨的一个孩子。你交还了糕饼，又像云雀一样欢叫着飞走，拍打着自己。

你为什么要来？为什么要走？你没有犹豫，也没有质询，纯粹得像一只动物。

所以我重新返回时，定定地站在马路对面。

倾听着夜色，找不到回答。星空、云彩、飞来飞去的铁鸟，一切如旧。这样的夜晚，我多想给你讲一些故事，以作为我的偿还。

浓浓的夜幔下，我们该有多少话要说，就像汩汩河水，就像昨天。我要跟你讲一只南瓜的故事：谁来种植，谁来收获，谁来把它伺弄得光润水滑，长出一层粉绒。我还要告诉你采摘南瓜的季节，第一场秋霜怎样攀上茅草屋顶，怎样在院场上探出可爱的脑壳。它的茎蔓爬成了网，上面有细密的尖刺。眼看一场又一场白霜把它洗得瘦骨嶙峋。那些日子啊！那些一去不返的回想啊！告诉给谁呢？

它不是故事，它是历史。只有那样的日子才是真实的。后来，一切也就是虚假的了。

配得上倾听这故事的，只有你了。

3

请回答，你需要什么？我将帮你寻找。我曾经看到过。后来一切就消失了。等我找到的时候，我会将其交到你的手里。

可是，在没有听到那一声，没有听到指令的时候，我不能贸然行动，寻找也是枉然。你在独自享用我揣测出的痛苦，你只有你自己。

你在展读一个长卷，上面写了密密麻麻的经文。它们一无所知，可是道貌岸然，高深莫测。它们实际上是一些轻车熟路的套活。

我们不去启动那盏明灯。黑夜里，我们可以制造出许多经文、典籍、史志，可以用完一万车竹简。可是啊，你在活生生地叹息了。你留给这个夜晚的回答呢？

你忘掉了我，可是我没有把目光转开。我紧盯着消融在夜色里的那个绿色窗帘。

4

那是我的屋子。离开的时候，忘记了归路。尽管仅隔一条马路，可是我找不到回去的脚步。等待一声回答，因为只有那一声呼唤来临，我才能欣然回返。

我还能记起母亲怎样给我挂上这绿色的窗帘，苍老的手温暖着它。后来就有了这一切：我走了，我来了，我与它隔着一条路；这路，在它和我之间交成了十字。我曾想顺着这路走向他方。我在摇摆，摇摆中也就失去了居所。

无论你告诉什么，只要有一丝声音就行。你是我的密友，我的宝爱，我信赖你，倾听你，依附你。或许连死亡都不能把我们分离。

我疯迷一般寻找你，要在你的怀抱里发出喃喃低语。

你不拒绝我的声音，你录制、记忆、传播，最后再交还我。

5

一个比你更小的孩子，站在了我的身侧。他也在注视你。难道你是他的投影？他的所在？他的窗口？他的兄弟？他的另一个我？

我也糊涂了。

抚摸着孩子圆圆的脑壳，望着他亮晶晶的眼睛，还有这世界上独一无二的美丽牙齿，惊讶得不知如何是好。我扳着他的肩头，抬起他的双臂，叫着孩子、毛茸茸的孩子，你为何站在这里?

扯着他的手，试图顺着这条路往前。可是他拒绝了。他露着一对豁牙，看着我，永远那么微笑。

可爱的孩子啊，无论怎么询问，你还是没有一声回答。

海的另一面

1

它的另一面在思维的旅行中。循着童年的雁鸣去想象，就能找到另一面：沙岸、堤坝、青草、树木、飞鸟，以及各种各样的斑斓。那是情与境的组合。

这是海的孩子。

海的孩子眼睛像海，有一点灰蓝，有一点波澜，有一点惆怅。那时候四周还是一片荒漠。它呈现于他的梦境和视野。梦境与视野隔开了一个海，而海的两面都是荒漠。

这里活动着猎人、醉汉、可爱的莫名其妙的流浪者，以及他的朋友、亲人、无所畏惧的伙伴，还有异性。当时只是一见钟情的人和事。无穷无尽的水使他变得深刻。他能够想象。离开了大水，无边的荒漠，这一类非常抽象的存在，童年就真的无聊了。未来也会无聊。当年还没有电话、电视，甚至没有越野汽车。于是这个封闭而独立的世界就只剩下可爱了。

他的恐惧在想象中走得辽远。

那时候，迟来的爱是人生当中最甜的一次吸吮。而后来它就变馊了。生命中最可怕的一次变质。

2

由大水隔开的陆地，上面各种各样的繁衍、欢乐和痛苦，因为水的隔离而变得分外有趣，变得神秘。可以想象成立了一个又一个王国，产生了自己的国王，有了自己的王后和公主，有了无形和有形的城堡。

地理的阻障是可恶而美好的，聪明人不应该打破这阻障。而且我们的力量也如此有效和有限。海底隧道，电缆，光与影，银屏，只有一个淘干的目的：使其变为平淡无奇的陆地。于是人们不得不更多地倚仗自己的两腿，而不是比闪电还要迅疾的思维。人通过电缆、光纤来伸长自己的触觉，也从无限回到了有限，组成了另一个不自由的王国。

高度紧张的消耗，日夜旋转的疲惫，无法松弛的生命，你和我的对峙，切近的遥远，煞有介事的无聊，都是因为一个完整的荒原在破碎。

3

痴痴地等待麦子返青，等待变得憔悴的麦苗上那一层霜质的融解。今天想象，它是多好的冰激凌，含着绿色，葱嫩，遍布秧田。

一头乌黑的猪从挥舞的灌木枝条中蹿出，践踏一地晶莹。它昂头看着天角，那里是地平线。地平线末端，在另一面，在谁也不知道的一个世界，它听到了一个生灵的呼唤。接着有一群乌鸦旋落。更远处，那模糊的一片灰白，就是上帝栽种神秘的地方。果实在那里生长垂落，再生长，循环往复。

那些没有写出来的信札，经过装订，都寄存在一个角落。它们总有一天会在月光下被展读。

那时候又将开始另一个轮回。开始有光，后来没有光，最后沉入一片黑夜。

我的黑夜和你的光明组合一起，构成了完整的一天。这是力量的源泉。是卑劣的、平庸的、乐不可支的人类童年。

在一片被收获的菜地，我寻找着。那些苍白的、被岁月蹂躏的叶子，正被做成咸饼。我把它们收集起来，交给一个老人。他扯着我的手，把我喂大，再把我送到很远很远的地方。

那是一个犄角，靠近一个山岬，没有海，只有陆地。在那里，我将走向我的第二站。

回首望着它，望着它，返回自己那片被收获过的菜地……

4

我们费了很多时间，一直在琢磨怎样捕获空中的鹂鸟。唯一的希望是它们降落在稀疏的柳树下面，或者是落在那片沙原上。它们啁啾不息，一荡一荡，与我们分明没有任何关系。可是我们要捕捉它们。多么邪恶的念头。类似的念头是如何滋生的，到现在还是一个谜。生命的劣性和顽固原是无须教导的。

我们设想了各种各样的办法，用铁夹、网，甚至研制出了一种药。竟是一个姑娘教给我们：将浑身毒汁的百刺毛虫翻卷内脏，让它的黏液粘上米粒，干燥之后再捣碎，就可以毒死成群的麻雀和飞鸽。

我们试过，一无所获。

或者，它们含着这一味毒药飞走了。如果往北，就要掠过那片大水，就要死在海中。没有任何一个中毒的生命可以跨越这片水的荒漠。

我们曾经遥望过一个岛。迷蒙远处有个黑色的影子。老人告诉，那里是荒凉中的荒凉，可怕的蛇与猫的世界。野猫，后来又是鼠，是零零星星的动物，荒草，船的尸体，白骨。更多的水包裹着它，它也有另一面。

我们应该有鹰的翅膀。它俯视我们，茅屋，丛林和四蹄动物。它是一个不可思议的存在，既可飞翔，又可静止。它比云彩更轻盈、迅捷，像黑色的闪电。

5

有一种不安分的、巧嘴巧舌的小鸟，名字叫云雀。它的窝在花生棵下，圆圆的，像光滑的篮子。最好的手工艺品，没人能够超越的杰作。里面往往有它的三四个脆卵。

有人说，它在高空的歌唱，都是为了自己的卵，它上下跳跃之处，就是美丽的巢的密藏。它在为未来的孩子歌唱。

这其实是整个世界上最动人的传说了。有这样会飞翔的母亲，高瞻远瞩的母亲，怎么会不诞生出一代又一代的云雀呢？

云雀意味着什么？

它是声音，是巧舌，是永恒的歌手。

6

从那时开始，我其实一直在等一个悲伤的讯息。我竟然从那时就料定，不会有什么吉兆。怎么办？生命弱小单薄，站在北风里。最亲近的就是一只犬，它黄色的眼睫送来无限温情。

我们俩一块儿站在沙岗的高处，看着大海，想象它的另一面，想象那里可能有的别一番风景，别人的世界。

实际上那是永远也走不到边的水做的大陆。

很久以后才证明这个想象是对的。所有冲破这想象的，都是荒诞和虚无。

一切都是用谎言编织起来的。无论是高耸的摩天大楼，弦歌四起的百老汇，还有在翻译笔下变得特别动听的“名古屋”，都因为脱离了想象的鉴定而变得虚妄。

人不应该走，不应该移动。人是树木，移动则意味着死亡。人只应该遥望，只应该站在水的一侧……遥望。

无声无响

1

为什么永远注视着一个方向？长长的停顿，永久的沉默。倾听，倾听更遥远的声音，倾听人的内心。耳畔是永久的音乐，它们在旋转。在空中，它们是唯有你才看得见的无线电波。这种旋转是声音的母体，是共鸣。

被泪水遮住的……沉默。我望着你，你却一无所知。你拒绝沉默，同时又嫉妒沉默。沉默充满了魅力吗？

而误解陷入了昏昏沉沉。后来，终于失语。

2

在烟云密布的下午，看到你在街上踌躇。黑蓝色的裙子，雨伞是同一个颜色。脚下是浅浅的水泡，没有任何行人。这是一个少见的时刻，你走得非常从容，像目光。

月光在透明的水汽中往前滑动；远处，长长的街路隐去了，没有声息的一条蟒蛇。它在安睡。这样直到午夜。雨还在下，可是没有声音。所有喧哗的车辆都在休眠。

夜深了，听到了遥远的脚步声。

3

极少有人讨论死亡。更多的人在讨论手中的书，旁边的纸，还有，等待装饰的房屋，安睡的床。可这些都是死亡的部分。

快乐的磨损就是岁月，幸福就是最好的谎言。

在人的一切器官中，的确只有一颗心是智慧的。它在沉默，在沉默中看遍了所有的乖巧和虚无，所以它最早死亡，最早回到没有声音的世界。心没有声音，没有嗅觉，可是它有沉默之力，它在最中间，它会等待。

直到现在，人们很难给“心”一个准确的定义。于是它在纵横交织的矛盾中穿行、摇摆。当代人，特别是现代医学，想把“心”弄得重新尴尬起来。还是我们的祖先最懂得“心”，懂得它是一切的主宰，是智慧的主宰。

4

到了秋天就冷静了。冷静不是严肃，而是无动于衷，是一种能力，是走到了一个阶段的独一无二的品质。许多人在重复一个人，正像一个人在重复许多人一样。这是一个规律，还说什么……

在熙熙攘攘的舞台上，在人的十字路口，在街市，看到各种各样的水果，美女，丑陋和平庸，俊男，一篮诱人的瓜。它们混合流动，来而复去。这时倒想起了童年的那匹马，灰白色的马：

美丽的眼睛。长长的睫毛。光滑的肌肤。它总是沉默，所以它才美丽。它在奴役中高傲。

我在此歌颂它，因为我没有往它身上抽一次鞭子。所以我有歌颂它的权利。我爱它，深深地爱。在很长一段时间里，我都将是它的崇拜者。

5

这是一个枪声远去的时代，所以它才这样空旷，这样美好而绝望。有人不得不穿上猎装，脚踏皮靴。他们到山野，到莽原，到海边，到所有的好地方去。他们不知将在哪里碰到我。

那是我的地方，可是我手里没有猎枪，身上没有猎装。我是流浪汉，头发被风吹乱，像动物一样，在这些地方孤独行走、蹿跳。

我们就这样相遇了。

那一瞬间，四目相望，呆滞，没有声音。在这难堪的、空气即要爆炸的沉默中，一切就那样发生了。

我还没有来得及向他们解释什么——因为时间既不允许，我也没有心绪，再说他们也听不懂我的呼唤。

我的语言不能穿过他们的耳膜，语言像透明的气流一样自然纯朴，无声无息。

那仅是我的心音。

语　言

1

它磨损我们，引诱我们。它们有时候像水，可以洗涤，欢跃流畅。它们在遗忘中记录，洗去我们思想的污垢，可是又携来崭新的泥淖。它们使我们沾上咸味和色泽。它们与思想无关，尽管它们给思想赋以节奏、外形、可以触摸的实体。在无思无悟的时刻里，它们开始逃匿，逃进黑夜的深处。在那里，它们期待黎明。可是曙光往往比它们预料的来得更快。于是它们重新找到一个奔流的山隘，倾泻而去。这对于思想是不幸的。

2

思想是曲折而柔软的线，裹成一团，没有头绪。这不是坚硬的、可以分节的、或短或长的语言所能表述的。在连夜的一场雨水浇泼之后，在高粱地边，看着它银白色的叶络，听噼噼啪啪的拔节声，想象词汇。两个字和四个字的词。有人把那些陌生的词，刚刚生长出来的词，键入库房据为己有。这是愚蠢的当代人在语言魔鬼的驱使下生出的又一个诡计。

金黄色的地衣草攀附在绿色植物上，它没有根，像一种令人怀疑的菌种。它攀附、吸吮，离了绿色植物则没有烂漫的一生。金灿灿地铺展在原野上，人们看到的只是它，而不是其他，不是从泥土里萌发的那些枝叶和茎秆。

它用于遮蔽，而没有果实。

3

人们最爱的是它们，是它，而不是别的。甜蜜而危险。这是一种结合、借助，一种互相映照。可是它将在人的体内消融和瓦解，然后没有了自己。它滋生出的是另一个，是形貌宛若相似的变质的灵魂。它告诉了什么，他心领神会。他答应，他点头。

可是他正在背离自己而去。他拥抱自己的影子。影子和它们才是真正的孪生兄弟。

4

它们是贴在泥土上的薄片，是月光和阳光下泛着褐色的、比空气还要轻薄的一种物质。其他生命，从这轻薄中寻找它的存在。他们试图去抚摸扑扑跳动的脉搏。

这种努力总是失败。

生命与生命之间的隔膜就这样造成。除了目光，身体的气味，肤色，在风中撩动的毛发，什么也没有。他们中间是透明的物质，是一种流动的因子，这一切由什么去连接和沟通？没有工具。顽强地寻找这种工具，还有机会，结果都失败了。没有任何办法，只有坐等。

生命带着永久的亏欠和哀伤消失了。而且，真正的表述，对这一切完整准确的表述，仅仅是压在深处的那一点沉默。

5

在真正的奇迹、巨大的事变、灾难、狂喜以及诸如此类的事物面前，令人厌恶的喋喋不休全是多余的。只有意识与无意识的表层之下的——沉默，才可以与发生或正在发生的那一切相匹配，相对应。

人世间的饶舌者都是一些无可奈何者。他们是大悲哀者，大悟彻者，也是大浅薄者。我讨厌他们，可又不得不与之为伍。我也在组成他们。

它们在我左右，形成了我们的毛发、汗粒，甚至成了我们自恋的睫毛。就在它的包裹和簇拥下从东到西地奔走，流浪开始了。

在你责怪目光下，我感到羞愧。可是没有办法，我只有继续行走，行走，走到自己的尽头。

最终的沉默会到来的。那一天我失去了知觉，意识的表层次之下，蓬勃的一切才开始生长。

那时候，我要从零开始。

6

为人间万象，特别是为灵魂谱写的这些简谱，跌宕起伏，像一曲悲怆交响乐一样缠裹了我们。各种各样的赞美都献给了它，可是我们和它们之间到底是一种什么关系？前边讲过，它们与我们是一种生死不离的爱恋关系。可是排斥和反抗呢？拒绝呢？对生命的腐蚀呢？它对我们的戕害呢？这个变声走调的歌手谁来牵引？

它们是一些不幸的孩子，孤苦无告地来到苍穹之下。它们想返回自己的星球，星光却用自己的清辉排斥了它们。

它们又不愿匍匐在泥土上，所以就像磷火一样在黑夜里流动。

急切的实质

1

在温和从容的时刻，你也无法遮蔽自己的心情。你正急于离开这个大厅，走向自己的那个地方。或者是一个街巷，一个亭子，一片水，一丛灌木。到哪儿去？干什么？为什么如此急切——急切的实质？它为什么这样顽强地牵拉你诱惑你？

它是母亲给予的。它的生父是泥土，而母亲是一条河。它在泥土上流动，泥土吸吮了它，又滋生了你。你像母亲一样急于赶路，你又像父亲一样饥渴。父亲的毛孔张大了，眼睛张大了，嘴巴和鼻孔都张大了。你的父亲是一个贪婪者，你的母亲是一个流浪在大地上的歌女。你的盲目的智慧使你看上去手足无措。你的聪慧全在你行走的背囊里，它们小得可怜。你单薄的衣衫矫揉造作，它遮盖不了单薄的躯体。只有你的眼睛映照着母亲的色泽，那条河流的色泽；而你的皮肤，却反射出父亲的颜色。

2

你在寻找一个泉，它在山的另一面。可是你不知道。你觉得这个泉就是母亲年轻的时候。实际上你永远也走不完父亲的脊背，你踏着他往前，直到衰老的那一天，你都摸不到他的肩胛骨。你只是在他的肋骨上走来走去，感觉着博大的弹性、不可战胜的辽远。

前面没有那个泉，泉旁也没有青草和桂花。那一片打破碗花是一些可怜的脚印变成的，那儿当年也有过一场急切的奔走。

它们诞生在泉的旁边，变成了一片打破碗花。

3

而你却没有这种机会，没有这么幸运。尽管最终你们都差不多，可你看上去却分外急切。你比它们还要急不可耐，行色匆匆。你从一个场所奔到另一个场所，甚至不停地呼号、辩驳，紧紧地拥抱。后来，你躺在自己的卧榻上。

4

为了掩盖急切的实质，你幸福地笑，痛苦地呼，或者是深深地嫉。嫉恨像一间狭隘的囚笼，把你管束起来，使你远离了终极。

你在遗忘，所以你在嫉恨的囚笼里得到了最好的休息。

嫉恨是急切者一种煞有介事的心情，一种遮掩。

那个时刻

1

简直判若两人。时空转换的魔力太大了。有什么在这期间消耗了，或撤换了。你身上至为宝贵的什么已被悄悄地吸走。

一个人待在这片暮色里，蓦然间感到一阵惊讶：我在哪里？我是谁？回忆，不断地回忆……那个时刻离我太遥远了。我开始恐惧。我害怕这个事实，就像一个人感到了生命力即将枯竭的恐惧一样。

坐在无声的黑夜，一次次抚摸记忆中的那个时刻，像抚摸周边的水流。时光之水浸润着五指，毛发，眼睛。一个个关节抚摸一遍，向它们发出问候。泪水在眼眶里旋转。可是，我已不可能回到那个时刻。我抚摸的只是它的影子。

那些悄语和泣哭还在耳畔，它们仍然也只是它的影子。

2

记得那个黄昏，你从内蒙携来的香瓜，还带着鞍与马的气息。长长的鬃毛披挂下来，在夕阳下闪烁光泽。

一个老人的故事讲了又讲。我的手和老人的手贴在一起，感受那种多皱的温暖。我在你们之间闭上眼睛，安坐，倾听，倾听老人的鼾声和你朗朗的笑语。我看到你把一个明光瓦亮的镜子端到老人面前，为他梳妆，给他整理紊乱的鬓发，给他揩去唇边的一滴泪水。

也就在那个时刻，我爱上了你。

3

你怪异的眼神闪动着异邦人的色彩。你回不到自己的故乡，而只能回到老人身边。

另一个南方人，多趣的秃顶，画一些很简单的画，写一些长长短短的句子，用以遮掩自己的心情。他和北方的那个老人多么相像，宛若一对孪生兄弟。

你则是他们最好的孩子，手中的拐杖，一株自作多情的小蓟。

我从你身上学到了什么是柔韧和悲悯，学到了怎样缝补破烂的衣衫。

发胀的双眼让我再也不能思索下去。只能站在此地幻想那个时刻，多么荒谬，而且无济于事。

我缺少一本红色封皮的书，它印得精美、光滑，薄薄的，疏朗的字迹，柔顺而清爽的纸张，均匀的墨色；还有，它应该具有吸引人的内容、曲折和美丽……我会携上这样一本小书，赶赴那个黄昏。

我将把它交给你，告诉你：它们都在这里了，我的秘密。

4

你冰凉的声音，像是穿过千里海底而来，冷漠得不忍卒听。这就是我期待的回响吗？这就是一道墙壁被击打之后发出的嗡嗡之声吗？而这之前，你美好的传闻送达我的耳郭，在那唯一有效的通道里，你柔顺而温驯，让我感谢。

在山路，野外，我们多么顽强。直到今天，还能兴致勃勃地领略天上的星光，手边的茅草和带刺的果实。真应该庆幸啊，庆幸留在心里的一道闪光。

那个雨天，干旱季节听到的哗哗水声。我们发现了它正美好地开放：传说中苍耳是不开花的，而谁如果在万分之一的机会里领略了她的绚丽开放，谁就将成为一个超凡脱俗的仙子。

现在，再一次回忆那个时刻吧，我们会看见苍耳开花。

早　晨

1

人类会有完全不同的早晨：一种是暗淡的，一种是明亮的；明亮到光洁剔透，像多棱的冰块和水晶。这样的早晨少得可怜，但它能够记住。这样的早晨易碎，可是终于没碎，完整，银光闪烁。

蜻蜓在树叶分割成的光束里飞旋，或者是一只蓝色的翠鸟；还有它的声音；露水和蘑菇；长成指甲大的果子。这样的早晨可不仅仅是留给了童年，它簇拥在生命的每一个阶段。

黑色的早晨也是这样，它说不定什么时刻就降临下来。

黑色的早晨，太阳升得很高，世界一片忙碌。在黑色的早晨，人渴望着光。于是，在草丛中走来走去，让露珠沾上双脚。俯身看晶莹的珍珠落在十指、手背，计算着颗粒，看它们渐渐汪成一片。它们像什么？让人想起什么？

有时不由得要抱怨：周围这片无边的丛林和草地，何时才能走出？而有时又那样恐惧，恐惧有一天，所有的早晨都突然从这里消失。

就这样，让萱草的泪滴漂洗着，冲涮着。就这样，直到完结。就这样，心甘情愿地往前，一直不停地往前。

2

恐惧自己在一个早晨变成自由落体。那是永恒的象征，唯一的完美，放弃的依托，瞬间的飞翔。承接它的是一片大水，一片广漠，是地平线。从那一刻起就永远失去了早晨。

这种恐惧来自她的眼睛。她的目光告诉了人的这种怯懦，彼此的怯懦。她转过身，就看着他走去。

她牵挂他，害怕那样的时刻。她要看护他。而他还是不得不离开。

他没法说明，也没法解释。这是伟大的忠诚和可笑的背离相交织的一个时刻。这其实是一个悲凉的喜剧。在他豪放的歌唱中，我们曾如何地震惊和陶醉。然而他在这个早晨轻轻地迈出了一步。

这是何方？世界的某一端，最嘈杂的地方。激烈的旋转，涡流，白天就是黑夜，午夜就是早晨。无数街灯夸耀着，向太阳炫示。它们忘记了母体，走入了荒谬。

这一瞬间世界化为一片裸岩，在海水的拍打下，变成了一片荒凉。

3

极力捕捉那个时刻，靠忆想、回味、感悟。稍稍放松一点心弦，一切就会疏失，并且不再复得。把这一切记录下来，一个一个格子填好，让它变得有声音，有色泽。顽强地再现那轮太阳：怎样升起，又怎样消失。顽强地指认那个事实，这就是后来所做的工作，它陪伴一个人走向苍老，走向最后。

这时候我们就该回头看另一轮似曾相识的太阳了。它在世界的另一面，另一个方向。

这些话你都不解。你微笑地看着，一双眼睛闪烁陌生。你很生僻地看着四周。就这样，突然想起没有做的是什么。没法完成，因为没有时间了。

4

假若把所有美好的故事都告诉你，你一点也不会惊讶。你羡慕一个人走过了遥远的路途，从一端走到另一端，从一个时辰走向另一个时辰。你赞美，说他像个初生的婴儿，像哗哗流动的水，像四下里迸溅的冰凌和雪片。

这当然是你的错误，是你的误解。不知道磨损是不是一种积累，疲劳是不是一种收获。只知道在高山封锁的谷地，地黄花毛茸茸地开放。迷恋那些岁月，就像迷恋那条河水，冬天的冰。那样的岁月啊，那才是全部早晨的综合。

现在，时间没有了。无论怎样，他都在永远寻找那样的早晨。你和他一起去寻找吗？你有没有这样的勇气和耐心？这是他无法说出的遗憾。这也是你无法理解的。

5

这么多无聊无趣的东西汇集一起，让人不知如何是好。像过去习惯的做法一样，把它们洗掉，抛弃，归拢，最后再背过身去……

可是不能，因为总觉得刚刚背向它走来，前面还有一个遥远。

他一直透过丛林上方的天空，追逐那颗没有消失的星星。

那就是希望啊，未来啊，一个人的青年和中年，还有暮色辉煌的老年。

时光像一条顽皮的鱼，网它不住。它蹿跳，挣扎，逃避自己的死亡。时光在死去，而不是他，这是她后来一个惊讶的发现。语言在死亡，而灵魂却永远活鲜，这也是她后来的发现。这是她的两次惊讶；而他早把它记在纸上，键入硬盘。

你在那个黑色的早晨看了，听了，念出了声音，然后会心地一笑。

我们寻找着自己的根柢，费力地探索。找到了，它在深处，在非常滑润的深处。我们不能够解脱，重复、向往。最后又很平淡地回想，回想刚刚开始的时候。

6

我们拒绝重复关于孤独、孤单等字眼，就因为它们是永恒的事实。所以要永远拒绝。排斥它们，正像排斥最害怕看到的那个早晨一样。它们可以存在，却不必谈论，不必染指。当与它发生共鸣的时候，一个人就不可救药了。荒芜了，颓唐了，破碎了。一个人与它们发生共振、共鸣，然后就会被剥夺得精光。

他会无从回忆，会忘记自己是一个赤足少年，而且曾经长了那么一双明净的眼睛。

忘记了一切，唯独忘记不了她的赞许，她抚摸的感觉。那是怎样的一个时辰！那时候啊，他就这样记住了。

那时候他还完美无缺，一直损伤磨砺到如今。小心翼翼地维护，结果也是枉然。

一天开始以后，必然要走向结束。要紧的是不能忘记那个时刻。只有那时，我们被告知的才是真谛。

然而他在一个早晨，往外轻轻迈出了一步。

刻痕无墨

1

只有刻痕没有墨迹。时间沉淀在刻痕里，断断续续。用力摩擦，那是污垢。我们都在不自觉地动手刻制，所有人都是如此；可是没有留下墨痕。没有留下隐秘的心路。每个人都变得不可言说。

用斧凿，用肉体，用所有的一切。刻制的声音通宵达旦，没有终了，叮叮当当。从早晨到午夜，休憩的时刻都被舍弃。

还听到了隆隆的声音，那也是在刻制。可是何处着墨呢？有一种损伤的恐惧，摧毁的惧怕。惧怕后果。惧怕未来的一天，害怕巨大的责任。

刻制者远去了，痕迹还留在那儿。会有人循着这痕迹追忆。惊心动魄的追忆。有些沉默者在做这些事情。可怕的沉默者，他是我的兄弟；郁郁的沉默者，我只用目光传递讯息的兄弟。

2

更多的时间是这样度过：不吱一声的沉默。劳作、困苦的折磨、无声的奔突、不分季节的收获。这是一个现代人匆匆走过的里程。到处都是耙痕。还有蜕下的甲片。

真正的劳作不需要记录，也无法记录。可是它有痕迹，有隐隐的刻痕。

它刻在心扉上。最隐秘的一个角落，正磨起了厚厚的茧子。

3

从那个场境里抽身而去，大概什么都没有遗下。脚步声消失之后，到处一片漠然。一抬头看到的是梧桐叶翱翔的蓝色天空，是嘈杂的车流，拥挤的人群，是恍若隔世的高楼林立。一转眼就是黄昏，而另一个方向却是黎明。

就这样走了，了无痕迹。踏在坚硬的水泥和柏油路上，没有留下痕迹。如果踏在一片松软真实的土壤上，就会踩下深印。这是自己的刻痕。当一场雨水冲涮或狂风吹拂之后，它又会平淡地得到修复。土壤上总长出一些生命，绿色的草、荆棘，那时就有陌生的小鸟在上面做巢。

风中传来铃声，一串脆响，还有音乐。它们一起掠过了，融化了，没有墨色。

对于有些人，特别是后来人，墨色才是一切。那些摄下的图片，银屏上闪过的图片，如果留下了焦黑的拷贝，也是墨色。这是为尘土飞扬的俗世着色的一种方法。

无墨的刻痕在看不见的角落纵横交错，如同芜草。

4

汗牛充栋的黑色纸页、密密麻麻的雕刻碑石，它们在风中或土中翻卷、腐烂、沤制，最后又化为浆屑，在时光之河掺搅和流失。其中最沉、最浓重最坚硬的一些勉强存留下来，迎来的是又一次浓浓的着墨，又一次深深的刻制。

新鲜的生命诞生了。

原来生长是这样，永恒是这样。永恒就是轮换的生和死；是消失、诞生和再一次消失；是被擦掉的墨和被填满的痕；是刻制，一次次地刻制；是不厌其烦的重复过程。

要

1

他等待，等待不及就睡去了。永远睡去就是长眠。世界上堆满了要而不得的长眠者。他们伸出两手蜷在阴暗的光色里，表达自己委婉的乞求或急切的索取。

没有什么交还给他们。似乎得到了，对在眼前观望，才发现是虚妄的幻影。于是他们又重新伸出两手，重新开始渴望的表达：我要！我要！

要什么？要见过和从没见过、经历和从没经历的一切；要使人狂躁或安宁的一切。

是一根草吗？是一粒种子吗？是一滴水吗？是一块糕饼吗？不知道，反正“我要”。

2

他得到了，可是因为从没见过这种获取之物，就把它当成尘土一样，留在了指缝里或某个再也不会光顾的角落。当他的目光离开它、神思离开它，它又消融飘离在苍茫之中。

他将来也要像它一样，随之飘移游走；或者落在泥土上，踉踉跄跄。这样一生，从今世到来世。人的一生就如此地完结。一路上他都睁大了哀怨的眼睛，不断地重复着那一个字。

就为了这一个字，整个世界都在旋转，全部机器都在摩擦。隆隆的发动机，引擎吓跑了飞鸟。宇宙、天空、水滴、山脉和平原，到处都是这隆隆的引擎声。

我们怎么办呢？我们在它震耳欲聋的声音里，也重复那个单调的字眼吗？不知道。可是我们对于这个世界没有另一种回应的方式，没有另一种表达。这就是我们苦难的根源，是我们最后的羞涩之情、最后的难堪和尴尬。这是我们与他们貌似不同的一点点区别，它是一种颜色。

不，我们要的应该是不同的东西。我们都在要。如果能够不要，也就有了彻底的松弛。我们是组成生命的原子，松弛了，涣散了，流走了，一切就归于一个字：无。

3

一些大智慧从来没有伸出自己的双手。却有人把他们的手从背后拖出来，在他们松弛的食指上缠绕一些东西，堆积一些东西，告诉他们怎样抓紧、握牢，怎样抓进自己的口中或自己的居所去。

他们真的没有要吗？可是他们睁开了眼睛，那目光仍在捕捉什么。他们仍然张开了嘴，有时喃喃自语。他们的双手也在活动，他们粗鲁无知。

这不是要吗？他们取走的东西跟别人有什么不同？只是方式的不同。如果他们没有要，那么谁又在给？如果他们没有要，那么你能给予他们什么？在他们随遇而安的一座座驿站里，我们分明看到了很多残渣。那是骨头、断发、碎肉、面包屑、果壳、剩茶和其他一些杂七杂八的东西。

他们一路疯疯癫癫地行走，就留下了很多这样的垃圾，还需要后人为他们打扫。一边打扫还要一边发出称赞，把这些痕迹叹为奇观。多情的人还把这痕迹保留下来，尽可能地集中到一起，供后人瞻仰。

4

这是一个互相交易和交换的世界，人们已不再羞羞答答地谈论自己收取的那一份。这是一个索性和爽朗的世界，所有人都醒着，奔走着。其实这儿什么事都有可能发生，只要你愿意，只要你不愿意，都一样。

我们不知道有什么东西在最终制约我们、规范我们。谁都没有力量，没有决定性的力量。而且我们也失去了主题。

没有主题，只有思想在纵横交织，织成了网。这一张硕大的网把什么都拢在了一起，搅成一团。

这么多的思想里面，真有一条切实可行的思路吗？有一条清晰的、并非恍惚的思路吗？那么多玩弄字眼的骗子，周围站满了迷迷糊糊的崇拜者。一群真正的傻子。他们把迷茫的文字四下传播，疯狂地呓语。

可是这些所谓的真知灼见者、博学者、经多见广者连麦地也没有见过，连冬瓜也没有见过。他们甚至不认识最普通的植物和动物。天哪，我们究竟用什么办法去表达起码的厌恶和拒绝？

没有。这是一个没有办法的世界。在这个世界上，你吐露呓语，也得倾听呓语；你自语，也得倾听自语。你只得和别人一样荒唐，只得如此。可是你将被荒唐所覆盖，就像一块铁在盐水下必要很快地锈蚀一样。

感谢原野上那一场春雨，它滋润，发出甜美细小的声息。我们看到那些大大小小的动物一起奔走，它们小心翼翼地呼告，伸出自己的前爪或是双翅；它们身上的美丽花纹，它们动人的行走的样子。

我们跟随它们还是它们跟随我们？这片美丽的荒原啊，刚刚萌动的青草啊，绿芽啊。原来这个世界在要我们，或者是我们在要这个世界。这样生动淳朴的、永远像早晨一样的时光，这被水洗着或者是已经洗过的天空、大气、土地和万物，多么清秀，水灵灵的。

谁会到这里来？是什么力量阻挡了我们回到这里来？一切都在记忆中，在昨天；只是没有明天。

明天，当我们跨过你的门槛的时候，我们看到的将不再是这一切。

我们究竟“要”什么？

阶段性的思念

1

一个声音，一个词汇；不经意地翻动一下书页，你就出现了。你是什么？你或许不是一个人，而是一个场景，一种感觉。总之，是让人留恋之物。

你总是突如其来地造访，做一个不速之客。我不得不放下手边的一切。你可以中断我手中的所有工作。打开电视，翻开书页，一切空白处都写满了两个字：想念。

真的想念吗？我们甚至对这两个字也怀疑，我们总是不知道自己是不是真的在想念。

思念是一个作品，是它的片断，是内心独白。它们用不着割断，因为它们本来就是零碎和散乱的。

2

已经许久没有出现你的影子，它在遥远之地。有时它像隐隐的雷声一样滚动在云层里，有时又像一棵水中的树。你怀疑它有根，它是真实的。它漂浮在那儿，像传说中的一种水怪。它闪烁不停，像夜里一束颤颤摇摆的、即将被风吹熄的光。可就是不能将你遗忘。你强烈地吸引着这里的白天和夜晚。回忆首先是一片海洋，后来慢慢潮起潮落，显露出一个黛青色的岛屿。

上面没有光，在一片墨色里荡动闪烁。一个岛屿又一个岛屿，在远海无边无际的苍茫上显露。我们像一个个鸥鸟，一会儿飞向一个岛屿，一会儿又落在另一片礁石。每一个岛屿上都沾一滴腥咸的水，可是我们无法久留。我们跳跳跃跃地飞开，回到平庸的大陆。

大陆啊，看不到海，看不到包围我们的汹涌的浪涛，所以在感觉上反而要安全得多。

3

可是我们从来没听说有谁死在记忆的岛上，于是他们将永远丧身在古老的大陆。大陆上所有的砂砾都是相同的，颜色相同，焦干焦干，攥成一把，汪成一片。大陆堆满了谎言，造成了谎言的拥挤。谎言从一个耳郭跑到另一个耳郭，每天周游不息。

只有你奋力逃开的一瞬才会获得一个新鲜，好比是你露出水面时那宝贵的第一口呼吸。你依赖它而生存，它才是你的活命粮。

你有多少感激要告诉他们，可是已经懒得去做了。你越来越懒。可能是年纪增长的缘故，也可能是其他的缘故，反正你懒得移动，懒得相告，懒得表白自己，也懒得做任何说明。你只是偶尔荡动一下，像一只沉沉的老鸦，从一个枝丫荡向另一个枝丫。

你真的老了，你的双目，你的头发，还有你摆动的双手，都说明你已经走向了暮年。你心中装满了故事，只是不愿倾吐。只有那些闪闪跳跳的片段，在片段中出现的故友，才让你嘴角漾起一丝微笑。

那里面有多少欢快的、稚嫩的歌声啊。你闭着眼睛和他们一起吟唱，像个孩子一样。没有人愿意倾听这样的声音，他们太忙了，他们的一颗心变成了一块焦土，那里再也发不出一瓣嫩芽了。

4

四处都在围拢。这种善意的围拢、可怕的围拢，使你几次要奋不顾身地跳起来。你想用嘶哑的呼喊撕裂夜幕，撕碎这张网。

你疲惫地跌坐在那里，不想动了。你在困倦的角落瞌睡，眼睛里没有泪水，也没有乞求的神色。你双脚是一双笨重的皮靴，它们磨毛了，碎裂了，露出了脚趾。它们沾了不同颜色的泥巴。

你就这样埋首想象，回忆你那只亲爱的羔羊。它玉石色的眼睛，移动的三瓣小嘴；它看着你，不停地诉说。你在梦中亲吻它，拥抱它，它是你这个夜晚的珍宝。

你发现自己有那么长的时间都没有想过它，是它自己闯到了你的黑夜里来，来给你撑起一盏记忆的明灯。在灯下，你重新看清了它的面容。它无所不在的嘤嘤叫声表述着对这个世界的爱恋和向往。这声音追逐着你，不再放松，把你引回那些年轻欢畅的时光。

多么好啊，我的羔羊，美妙的所在，一切的根据，思念的源泉。从你那可笑的目光里看出，我可以找到我曾经光顾过、打扰过的那一个又一个岛屿。它们在水色天光里渐渐变得明亮、清晰。

我又要重新去造访那些岛屿了。

5

我这里还剩下了什么？最后的一口食物，一片焦干的菜叶。我想送给你，尽管我不是一个布施者。我是一个好客的人。我倾其所有，是因为我只能做到这一点。

为了你，我只能这样。我没法让你了解，因为我不能移动。你把我看成了一个自私者，甚至是一个贪婪者和攫取者。你错了。在这个角落，没有那样的一个老人。他只是太老了，像这个世界一样老；太疲惫了，像这个时代一样疲惫。你如果不信，可以去看他的眼睛。他醒着的时候，眼睛就会发出那种光色；他睡着的时候，倒像一个激动的少年。他在睡梦中双手攥成拳头，大概回忆了很多。芜杂的声音吵得他难以进入安眠的深层，所以他愤怒了。

他交还的、给予的，都是一些很粗糙的物品。可这是他仅有的一点东西。获得者若无其事地领受了或抛弃了，他们丝毫也没有感谢他：一个无产者最后的馈赠。

6

我向前伸出一只杯子，不是希望你给我注满，而是把杯里仅有的一点献给你。因为你是一个旅人，你在我想象中疲惫而干渴。

你把我的举止看成了疯子。因为你既不疲惫也不干渴。你不需要。但是我在想象中你已经走过了很远很远，翻过了一座又一座山脉，双脚磨出了鲜血，手指和头发都留下了磨损的痕迹。

为什么要这样想？因为我牵挂你，默默地注视你；还有，我真实地想念你。你像他们一样，可以不理会我的情感；可是我总要让你明白：这世上有人像我一样。

我所能告诉你的就是这样一句话。

我走向哪里？哪里才能让我落脚？

你走了很远很远的路，我不过想问你一句：哪里才有我需要的那片方寸之地？

水光溜滑的小孩

1

你是所有人精神的甜饼，小巧，完美，一个神圣的幼雏。谁把你生下来并撇在这个世界上？他们怀抱你，手挽你，高擎你。

你顽皮地笑，而我却领受得非常认真。我觉得这是一个庄重的时刻，我在看这个世界的奇迹。

我非常感谢她，因为有她才有你。你到底为了什么？为什么会变成这么一个不可思议的存在？

你的手扬起来，抚摸自己的头发。你超过了所有的动物，所有的生命。你超过了煌煌巨著，超过了完美的史诗，超过了天上的星光，不会破碎的社稷，美妙的圆周，绒毛小狗，千娇百媚的猫儿。你是一个水光溜滑的小孩。

2

如果老人不是为你而活，那么这个世界早就完了。树木经过四季的折磨才生出一枚果子，这果子有精致的果核、五彩的表皮，它们仅为了护佑一颗种子。

我给你穿上图案光怪陆离的圆领衫吧，给你买一只号角吧，还有，我送给你一个故事。只是，什么都难以表达我心中极端的柔情。

是的，我不得不用“极端”这个字眼。我在这个时候变得比任何时候都慷慨无私的美好。我不太顾怜自己，因为我的确看到了这个世界上最真实、最朴拙也是最美的事物。

我有什么不能交给你啊，我有什么可以隐瞒你啊，我还要伪装什么矫饰什么？我想去你去的地方，到水边，到苇丛，到逮蝈蝈的灌木下。

你到底要去哪里，亲爱的孩子？

3

他笑而不答，不是不信任我，而是太顽皮。所有顽皮的生命都是新鲜的生命，只要是真实的顽皮。可是我们常常看到的却是一些故作的天真，他们幻想自己是一个孩子，骗取爱护和娇惯。他们在向成人的世界撒娇，向苍老的世界撒娇。

苍老的世界古怪极了，有时并不拒绝他们，还真的把他们当成孩子。可是这些假孩子一旦得到他们所要的东西，就恶狠狠地攥紧了拳头，生怕再一次失去。他们狡猾的心眼之门上早已磨满了老茧。多么可怕啊，我的孩子，我不忍心把这些告诉你，可是我又不能让你定格在这个生命的短促阶段。让阳光躲开你的皮肤吧，让一切的艰难和辛苦都远离着你吧。

可是你还要走自己的路，我的孩子，我们整个世界的孩子，共同的孩子。

就这样，我遥不可及地注视你，试图牵上你的手。

4

我永远也弄不明白的是，这样完美的个体到底从哪里来？我不相信他的出处，我无法相信；谁也不会相信。

他是一次神秘的诞生，因为他不是一个平凡的孩子。我们所知道的一切只不过是一种很神秘的力量，是它的一次巧妙的遮掩。

他们极力要说服我们相信的，就是他不过像千千万万个人一样来自那里，来自他们，来自人间。

可是我却不会相信，永远不会相信。

田园深处

1

一个宁静、隐蔽的处所，很远，很曲折。它是内部的代名词，是遮蔽的代名词，需要寻找，需要用声音远达它的内部。一声声呼唤从里往外，从外往里。

我们希望沿着渠畔小路去寻找那间茅屋，去寻找老树、枯藤和热情顽皮的黄犬。还有那只喜鹊，陌生可爱的四蹄动物，以及花花色色的飞鸟们。

这是谁的手织起的一片园林？错落有致，成行成垄。它的四周是灌木丛生的自然茂密，无边的荒芜。冬天、春天，还有深色的秋天，它都独自在这里安宁、沉着。

2

这个世界里的情感都沉淀在这片轮廓分明的自然之园里了。这是我们的幸运。它给我们想象和悠思，潜着我们正在描写的故事，我们花费的这些言辞。它缠绕着很多彩色的词汇，它是语言的化身。它不过在把一切用一种魔法给凝固了。

我每次看到它都获得一份独有的灵感。这是提摄的潜藏和蕴含，所以可以称得上灵感。它富有张力，膨胀着，成为驱动之力。它如果是显现的或肤浅的，它就没有了力量。

它安静的笑容，松弛而真挚的心态和神色，都难以转叙也无须转叙。

它不需要语言。它需要感觉，需要默守。

3

在臆造的现实之中，我们思绪狂舞。我们的触角飞旋不停，不能终止。只有长久无声的跋涉，只有找到深处，才能触摸到它。它是我们灵魂的宁静。它是个完美的循环。

它向我们发出问候的时候，声音那么短促和轻柔，就像呵气一样。我们把这问候悄悄接受下来，像接受一件信物，包裹起来，放到角落，偶尔取出来抚摸。

这是一场不为人知的经营，辛苦，快意。这是一首无行的诗章。

4

如果比作一个孤儿，往昔只有北风里的流浪。何处寻找这个安慰？何处寻找驻留的驿站？

在这个世界上，这是唯一的田园。

他永远找不到深处的居所，他的向往之地。走向深处，更深处，那里有一个等待。他重新往前。在槐林边，在芜草旁，在一蓬枯朽的马兰旁，他蹲下了。他从中嗅到了深处的芬芳。

那里有个信号，有个呼应。他站起来，看着它，继续往前。

他的背囊上落了一只麻雀，那只麻雀打着瞌睡。它平稳地合上了麻籽似的眼睛。

这只鸟儿是他安静下来的灵魂。

不能，不能了

1

这是最后的一章，不能了，不能继续下去了。艰涩的忍耐走向了尽头。是的，一切应该这样终止。

有什么在遏止你、牵制你，使你不能够举步？不知道。可是你一再地告诉自己：不能，不能了。为了坚守这决意，你要维持自己的精力。可是一觉醒来，一切面目全非。原来，能与不能是一个精力问题，而不是一个理念，不是一种志向。

你的勇敢就是被这一切所维护，你将失去的只是生命的力量。你非常惧怕，觉得有什么就要折断了。它是一根弦，被频频弹拨，有声音。弹拨中被不断地抻拉，你感到了隐隐的裂痕。你恐惧了。

它断裂的时候就会有红色的珠粒渗出，一滴滴渗到泥土上，渗到脚下。

2

一声不吭地等待一个转机。这等待漫长，勉强。你这样一直等待下去。夜晚，你看到酒浆与它是相同的颜色。许多人在悄悄叹息，为你的不能畅饮而惋惜。你把杯子一次次推开。你告诉自己：不能，不能了。

滴滴答答的雨声中，你看到一只鹭鸟向荒芜的西部飞去。它飞得艰难、沉重，痛苦的爪子缩在羽中，颤抖地飞去。你就看着与它分别，然后无声无息蹲下。你把脊背朝向朋友，他们知道那只鹭鸟带走了一切。

3

他的告别这样突然。他可能听到了什么，感到了什么。很烈性的人。再无一点讯息。就这样，隔绝了一个世界。今后只有深处的沉默，只有回忆了。

忘不了那一次跋涉。大雨，浑浊的山水冲涮下来；我们和一个老人涉过纵横奔流的浊水，穿过呼啸的杨树林，向前。

真是一次痛苦的欢笑。欢笑没有维持多久，你就捧起了自己的苦钵。这苦人人都得经受，可是对于你，来得太早也太多了。别人都是无病呻吟，可你病入膏肓还在笑着。

我们替你呻吟，我们把可能有的呻吟如数拾起。

4

抑郁无法排遣，总被它缠住。无法说出这种抑郁，因为这个时代的抑郁太多。鼓足勇气，结束一种循环。这是积蓄已久的苦，平庸的苦，习惯的苦，毫不陌生、一望而知的苦。就是它们叠加一起，化为一些无聊和无足轻重。

可这的确构成了太多的尘土，它终将把人埋掉，埋掉一个又一个活灵灵的生命，包括你。

5

我们让自己在激愤中度过每一小时、每一天。这种激愤需要滋养，包括痛苦的滋养。绿茶渗出的可爱汁水，经过时光的过滤，变成了苍白浑黄的颜色，就像思维的色泽。从亢奋中走出，走向单薄的形式。忍受它的束缚和捉弄，并且互相传递着快乐。一种自欺。这牺牲太大了。这只是一种忍受的无聊。紊乱的、无秩序的、勉强的快乐，一切都该终止了。

邪魔与自我

1

他不相信摧毁自我的，恰是自己的邪魔。它潜在心的深处，在那儿探头探脑，望向自己的黑夜。它动用恐惧、不安、怅意，各种各样的方式来摧残你，摇动你，使你惶惑和绝望。最后，你完全没有生还和康复的希望。

这样来磨损自己、毁坏自己。邪魔最喜欢的东西就是欲望。邪魔靠它饲喂，转而抵抗另一个“我”。各种各样的欲望，它们是饱鬼还是饿鬼？只有邪魔自己知道，另一个“我”是不知道的。

另一个“我”非常可怜。他奄奄一息地在一个观众席上张望。他时有乞求，毫无自尊。他瘦骨嶙峋，却看着邪魔被欲望饲喂得越来越大，像一个无聊的胖子，油光满面地站在自己的对面炫示。

整个生命的过程，就是这种不成比例的对峙，是胜负早已规定了的决斗。另一个“我”没有支持，没有帮手，甚至找不到起码的友谊。他就在这一个封闭的世界里哆哆嗦嗦地让它吞噬自己。

2

那一次次的凶险经历宁可遗忘。他总是一个失败者，疲惫极了。只有在没有月光、没有星光、真正阴暗的时刻，他才可以悄悄记录痛苦、记录与那个阴影搏斗的过程。他并不甘心让那个阴影把自己全部遮罩，而是努力地走出，走向自己阳光灿烂的天地，哪怕仅仅是吸一口清新的空气。可惜很少有这样的机会。

在他心惊肉跳的午夜，他看到另一个“我”坐起，十指颤抖捋着枯发。“我”喃喃自语，声音小极了，生怕寄生在自己体内的邪魔听见。那时它会和他合伙作祟，再一次把他击倒。

他每天都在想法对付那个阴险的影子。办法很多，每每奏效。可奇怪的是他最后仍然发现自己的失败：满身创口，血痕，溃烂，惨不忍睹。

3

他看到朋友们都与寄生的精灵结成伙伴，或者干脆与之融为一体。他们完全不再使用自己的语言。语言，最可怕的利器，而今却变为不可战胜的虚妄。所有的语言都是陷阱，把人拖进去、绕进去，最后残酷地杀害。准确点讲，这是一场谋杀，语言的谋杀。

所有的阴谋都在声响、墨迹，在头尾相环的痕迹里了。他再没法接近那些所谓的朋友，因为他们居然以自己作为榜样，让别人也像他们一样举起双手。不仅如此，还要跪倒，不能站直。

他不敢。他牢记这个世界是分成两半的，牢记自己是一个永不屈服者。他要杀向那个试图遮蔽一切的阴冷角落。如果不能胜利，他就死亡，立刻死亡。

温　柔

1

经过那场风暴之后，他好像变得特别能够忍受了。

其实他在抑制着阵阵冲动。他没法不愤怒，暴烈才是他的本色。没有办法。因为他找不到眼泪去冲洗，所以只能把手边的东西毁掉，磨成屑沫。他躺在屑沫上从头回忆，寻一些没有头尾的故事来充塞自己空旷的、大病后发胀的脑际。

他靠想象去恢复另一种感觉，以排斥欺骗。这时候想象才是一种真实。真实竟然依赖于这样的土壤。没人敢于正视真实，他们总是把眼睛转开，转到一些虚假的地方。如今他们反而安定了。这是一种默认。

谁有勇气经受时间的检索。往昔的朋友，所谓的时代诤友，如今都背过了脸去。他们已经不再能从检索中获得一种有力的感应。

百无聊赖的、苍白无力的情状下，还有人只会泣哭。泣哭实际上也非常冷酷。

2

相反，此刻你却感受着双倍的温柔。是什么催发了你柔软的心肠？你在想象、咀嚼和揣摸。

你的眼中一切都是婴儿，是他们柔软发黄的毛发打动了你。多么好的婴儿啊，婴儿的世界。早晨的太阳、一棵小树、一只花鹿，都是婴儿。你拥抱他们，拍打、亲吻。你只希望给予他们什么。

你觉得最可怕的就是喋喋不休。你这时怀念起母亲：真正的母亲是沉默的，是抚摸。她们没有声音，唯恐惊扰了自己的孩子。所有的生命都是她的孩子，她是涵盖一切的母亲，她不会是伶牙俐齿的人。伶牙俐齿的母亲在这个世界上是不存在的。她沉默，抚摸，细细数点孩子的椎骨。她从不会喋喋不休。

她从孩子的骨节上看到了明天。她想流泪，她忍住了。这是热烫的泪水。没人能想象得出这时她的心肠是何等柔软。世界上最美的一瞬，美极了，不可思议。从她的手指到她的睫毛她的目光——她挨近的任何事物，都立刻变得美丽。温柔的母亲永远美丽。

3

他现在尽可能不去分析对象，因为再清晰的分析也会毁坏和破碎。美是柔软的，不能拆卸的。光环和气体是包裹之物。只要稍微移动一下，他就会感知那种特异的牵拉之疼。而存在和失去都是神秘的，有时候渺无痕迹。

他迷蒙的双眼看到的只是形式，形式不需要感觉。那一声声尖利，淡在遥远之地。他可以把它收在身边；而在切近的地方，他却觉得与它融开了重重山地。它不属于他，他们离得太远，远得让人绝望，背气。

他冷得发抖，从夏天陡然跌入数九寒冬，冰凌划破了脸。一切过往的细节他都不愿回想了，因为再无意义。

他有时也急躁起来，疯迷一般寻找它的痕迹，不是挽留，而是擦掉。他太惧怕这些痕迹了。

4

她不明白自己的孩子为什么这么快就可以长大。她希望他长大，可她只是惊讶。这是始料不及的迅速生长。

他长得粗糙了，毛发坚硬了。她不知该对这一切欢迎还是拒绝，她不能够亲吻了，不能够像过去一样紧紧地把他贴在胸前。他们有了隔膜。

成熟就是一种隔膜。果子落在地上，不久前这果子还在眼前，在她一歪头就可以触摸的地方。北风来了，她用衣襟遮蔽他。可是现在他要保护她，要用自己开阔的身躯为她做一道屏障。

多么可怕啊。她流下了泪水。她很久没有这样哭过了。

月　光

1

一道漫坡沙岗上，有个泛亮的影子。它蠕动，像荧光一样闪亮，出现复又消失。

我在渠边看着莎草，看莎草里落下的那个影子，等待它再一次出现。四下都是沙涛，像柔软的涌。

多么安静，偶尔有咕咕的叫声消散在草丛里。

这是一个凝固的时刻，它可以完整无缺地移动到另一个时空，在那儿封存。我们可以把固定的时间打开，再关上。

离开那道溪水往前，直走到很远。依旧寻找那个影子，它再也没有出现。可是我刚刚还看到了它。我不会放弃。温暖的、清爽的气流，引我伸出双手。躺在草地上，眯着眼睛去迎接。

多好的一段光阴，这个时刻必定会发生一点什么吧。

费了多少周折，才来到这片沙原。

2

我们离得那么遥远，又像近在咫尺。遍地洒满你的目光，它驱走了我的愁绪。你的心音就像凝止的溪水，给我一个默默。

你应该在清晨去找，而我应该在夜晚来寻。尽管我们分处于不同的时刻，可我们举步前行的时候都踏着同一个节拍。这就是我们永不相见的原因，也是我们思念的原因。

像夜晚思念早晨。我为什么不能像鸟声啁啁的清晨，像你一样走进晨雾？那时我因为一夜无眠，刚刚进入酣睡，又在中午时分醒来。

因为我想到了你。可是我知道你不属于这个时刻。于是就苦等夜晚。

3

而你却在夜晚啜泣。这么安详的时刻你也不能平静。思念，啜泣。你找到了它，它跟随了你，然后一直没有分离。

我像一个狩猎者，四处奔波。你听到了踏踏的马蹄，听到我嗖嗖的弓弦，就一直仰望西北天，想象那里的雁鸣、流沙，还有飞来飞去的鹰、奔跑的犬。

那是我们共同编织的生活。

而今我只在一个角落，只寻一个夜晚走出斗室。我迈着比火狐还要轻的脚步往前，找到一团静水，然后悄悄守候。

这一切都不会让你知道，因为你会对我失望。我不停地诉说使命，可是却不愿回到那个早晨。这是不为人知的奥秘。

我是为了诉说才回到自己的夜晚，在一片柔恬的光色下享受和咀嚼。我口唇中仅有一丝苦味。我以这种咀嚼换来无边的幸福。

4

奇怪吗？一点也不。我刚刚从麻木中醒来。我在重现一个场景，重构一段记忆。我在这种状态下，把一切变得抽象，又把抽象还原为具体。这种游戏只有我来做。

你从来也没有告诉，你在这样的夜晚将走向何方。而我，又为什么来此与你共守、心的共守。

5

欲望无时不在，这就是生命之隐。一切都是它的缘故，它使人不能忍受，又使人坚硬如钢，使人如此执拗如此恍惚，使人变得纯洁变得污浊。

我像一位老人一样沉默，徘徊不语。它就在我的手边，我不需要寻找。它联结着你，而你又与我隔开了它。它不愿说出真相。它可怕而又可爱。它支持了我又损伤了我，帮助了我又亏欠了我。

我一直没有为它找一个恰当的形象去比拟。我对它毫无办法，我紧跟它的脚步行走已经有四十年了。我想象当我衰老的时候，它就会离我稍远一点。

那时候我将回到你用体温焐热了的那个小巢。

你不会拒绝。

6

记忆当中，我们一起滋生了多少拒绝和哀怨。你用这种方法展示自己的贤淑和缠绵。实际上完全不是这样。

只有在远处我才能感到你所要表述的一切，它们都掺和在这片沙原的夜晚。今夜光色使我想起了你的目光、头发、衣饰，你的一切;包括你蹑手蹑脚的行走，包括你在风中轻轻拂动的衣裙。在这样的夜色，我不由得追问:

为什么总要独自一人呢？

这追问包含了难以廓清的内容：哪一个人？他是谁？是我还是你？

我想这个人应该是你，因为是你要离去，是你使我们形单影只。

你竟然在这样的夜晚还能够那么固执，木然地待在一个地方。你竟然漠视这样的月光。

这是人类所能看到的最美的光，我已完完全全被它吸引为它征服。我把它认作了你，奔向了你。在这个时候，我已经口不能答手不能书。

我把你们合二为一了。

五　辑

闪烁的星光（下篇）

狐

1

它对我说，所有的人都嫉恨它。我注意到了它的神情，更注意到了这个词语中的前一个字：嫉。

它离开后我在想，它有什么可嫉的呢？因嫉而恨，人和狐之间的一种情绪吗？我觉得不可理解，起码我不会理解。

后来安静下来，我又在想：是否真的存在这“嫉”？

想不明白，想得很累。余下的时间，我就来到所能找到它的地方。

那是一片青苍暗绿之地，宁静的丛林和渠畔。它没有出现，连它的尾巴也没有看到。这时候我才发现：我心里真的有了一丝嫉。我嫉的是它可以在这么好的地方安然躲藏、休息，做自己想做的一切。它可以全然不顾别人的欲望。我们人类自己能够做得到吗？我们做不到。

我们会想得很多，总是在一种有形无形的召唤下寝食不安。还有，它那一层苫绒布似的皮毛，漫凹的小脸，水灵灵的眼睛，机智的神色里掺着一点哀怨……这些都传递出不可言喻的美。我承认它是美的、聪慧的。它昂起的鼻头、灵巧的身躯，也都在为这一美好的结论做着最好的注解。

这里的人差不多都听说过这样一个故事：在一个雨天，有一个猎人，他的弹药潮湿了，所以当他举起枪来盯着一个火狐的时候，那只火狐立即站起来向他发出微笑。后来它又幻化成他的女儿。猎人愤怒地放下自己的枪。就在这时姑娘跳蹿了一下，迎着他走了一步，又重新显出了火狐的本相。猎人再一次恼怒，端起了猎枪。那只火狐重新变成了猎人的女儿。猎人不得不放下枪。但几乎是紧接着，女儿又成为原来的那只火狐了。它在猎人面前微笑，何等妩媚。猎人终于没有耐心，这次一举枪即钩响了扳机……回到家里，他的女儿屁股那儿受了枪伤，躺在那儿昏迷不醒。猎人哭得死去活来。

好不容易女儿才苏醒过来。她告诉父亲：她亲眼看到他用枪瞄准了她，她吓得大声呼叫，转身就跑；可是刚一转身，父亲的枪就响了……

类似的传说很多，奇怪的是，这些传说大多都是关于它与人类的爱情。这说明在潜意识里，人类还是爱狐的。可是他们又因为这爱而诅咒它们，骂它们狡猾、残忍，甚至是猥亵。这公允吗？说不上。从那些数不胜数的传说中，我们知道人类最牵挂的动物中，就要数狐了。人们怕它爱它，又总想与它们相遇。

到哪里找那样的一只狐呢？所有的努力都失败之后，就把它做进梦里。

2

有一次，我在不经意的时候逮到了一只狐。

无论它怎样哀求、泣哭、做可怜相，我都不愿把它放掉。我吸取了远近一切经验，想束缚它、改造它、挽留它，最后再善待它。我用层层盛装将它包裹，又找来许多胭脂让它化妆，喂它最好的食物。

可它一点儿欢欣也没有。

我顽强地挽留它，用尽各种招数。我差不多胜利了。

有一天，它带着我交予的一切，千层万叠的彩衣，还有那些妍丽的胭脂，包裹着、涂抹着，落荒而逃。

它站在远处，霞光勾勒出一个妩媚的身影。我看见它向我做出一个告别的手势。

它离去了。残忍而狡猾、无情无义的狐。它留给我的到底是什么？只有一段曲折美好的记忆。我应该感谢它。

青鱼和网

1

冷月下的忙碌令人难忘。一群孩子蹿跳在忙乱的大人中间。

我看见一个老人，看着她头顶稀疏的头发、她关节凸起的手。木垫、刀，旁边是一个木桶。她在木垫上把青鱼剖好，然后扔进桶里。她周围的所有人都在做这种活儿，他们大多数是上了年纪的女人。离她们更远一点的是吆吆喝喝的男人，是网，是在网中蹿跳和吱吱乱叫的青鱼。

2

我总能清晰地记起青鱼的叫声。后来不止一次有人给我纠正，说它不会叫，至少不会像你听到的那样叫，不会发出那样的抗议。可是我却分明听到了。

为了证明我的记忆，我又询问了很多海边的人，他们也一概否认。他们只肯定地回答：有那样一个秋天，青鱼像米饭一样稠，它们被大网围到岸上，几乎毫无反抗地就被卷到了焦干的沙地上。由于来不及运走，就找来了大批的打工者，让他们在海边上剖洗腌制。

那时候，到处是漫天飞旋的小虫，蹿跳的狗，哞哞叫的牛。牛为什么来到了网与青鱼之间？不知道。反正在太阳下到处都是奔忙的人和垂死的鱼，是男人的酒气、散乱的胡须，还有女人沾了鱼鳞的手。

多么可怕而又诱人的岁月。

我看见铁锅烧沸了，里面满是翻动的青鱼。我和别人一样，伸出了贪婪的瓷碗。那时天天喝青鱼汤，肚子胀得圆滚滚，然后就跳到海里。

3

一位老太太在歇息的时候告诉：“孩子，就要大难临头了。”

她的眼睛充满了恐惧，颤颤抖抖的刀握在手里，让人害怕。我为她取下了刀，放在垫板上。我想好好听取可怕的故事、它的原委。

老太太喘息，擦着汗水说：在她记忆当中，十一岁的时候，海边上也有过这样一次。那时候青鱼也像米饭一样稠，也给大网围到岸上，也是招来了许多人剖制青鱼。结果呀，就在第二年春天，敌人来了。那些人也像米饭一样稠，乘着柳木船密密麻麻地挤到岸上。他们烧杀抢掠，无恶不作。许多人，特别是当年剖制青鱼的女人们，不论年龄大小，都遭了劫难。

“这都是遭难的先兆啊。”老人说着，流下了泪水。

我像她一样害怕，浑身颤抖着缩到了一边。

4

离开记忆的那个秋天，那样的夜晚和白天许久了。至今没有老人所预言的灾难，好像什么也没有发生。

真的没有发生吗?

今夜我怀疑地睁大了眼睛。

我像冻僵了一样凝在那儿。找不出发生了什么，可是一遍又一遍寻思的就是：那么，为什么要有那个秋天，为什么要有那样的夜晚和白天?那么多的青鱼，它们像米饭一样稠，它们从哪里来?它们为什么要不畏死亡地涌上岸?

我不明白。我相信青鱼是有灵性的，它们不会无缘无故地那样。

不能停止的诉说

1

我觉得他已经死亡，停止了活动、停止了思维。可奇怪的是他还在诉说，喋喋不休。这种感觉太强烈了，因为他的声音这么清晰、逼真。是他着了魔还是我着了魔?这是完全错乱的感觉吗?躁动不安，没法安息。“安息吧。”人们对逝者总是这样说。

看来安息才是最为重要的，是他们最为需要的。但如果不是最难的，不是最难做到的，为什么活着的人一次又一次劝说逝者？

是的，死者不能够安息，他要诉说，不停地诉说。

2

我发现了很多游魂。它们之所以游荡，其目的就是为了把自己的声音留在人间。它们仍然要说服那些生前没能说服的人，让他们信服，让他们屈从。

多么顽强的生命啊，像磷火一样顽强。它们简直是无孔不入。在这个时候它们行动起来就更为方便了。它们可以潜入一个人的梦境，可以在一个人熟睡的时候将其征服，也可以在一个人生病的时候，在他昏昏的耳旁灌输自己的思想。反正它们无孔不入。

我发现，每一个游魂几乎都要这样不停地诉说许多年，而后才真正地退出人世，退出了这个活着的世界。那时它们才不得已地“安息”了。

它们在荒凉的泥土下，在苇丛边，在松树叶下，在零零星星的鸟鸣下，一声不吭了。

3

我们于是分不清那些活人的喋喋不休是否由自己的意志所决定；分不清这是他们自己的嗜好，还是由某一个逝者所左右。因为从文字的记载上，从浩如烟海的典籍中，我们听到了太多死者的诉说，看到了太多激烈争辩的记录。

那些真正的雄辩家，他们怎么会轻易地死亡？那些特异的生命，那些了不起的舌头，怎么会就这么停止？就带着这样的恐惧，我们才小心着身边的饶舌者。尽管看上去时光还算充裕，但对于他们来说，却是太急迫了。是这种急迫感使他们面红耳赤，不停地诉说。

我们都有理由相信，如果把生命的时间延缓两倍、四倍，他们可能会平静得多。这怨不得他们，这只能怨造物主，怨那个戏弄生命的、无所不能的罪恶之手。

4

有人可以在嘈杂的世界里享受特殊的宁静，设法找一个僻远之地，远离人流，特别是远离城郭。只有在那里才有真正的安静。他发现连游魂也不愿到清冷之地，因为它们恰恰是为了逃脱清冷才要诉说。

所有的诉说都要寻一个对象，自言自语者太少了。尽管那些享受宁静的人也有诉说的癖好，比较起来他们却更喜欢宁静。他们怎样搪塞这癖好呢？唯一的办法就是自言自语。这是一种不愿打扰别人的诉说，他们自己将其称为“道德的诉说”。

同样的诉说，有的是自语，而有的却在张开嘴巴之前就对准了别人的耳郭。诉说原来也有一种方式和方法，正是因为它们的不同，才体现出诉说者的道德感。一种自顾自的诉说，一种回到了冷僻之地的诉说，不能不说是好得多了、道德得多了。

5

我为什么要吵醒你？你在酣睡，我把你猛然惊醒，这显然是不道德。是的，我没有这个权利，我会记住这一点。

尽管生的欲望同样催促了我、推动了我，我有时也要忘情地说点什么，可是我将回到自己的地方。

如果我的声音原来稍许大了点，惊扰了你，那么我真感到歉意。我回到自己的地方去，不仅是告别了你、你的朋友和我的朋友，而且还将告别那些喋喋不休的游魂，那些更加可怕的家伙。它们身上连带着另一个时世的疾病和细菌。

我们的冷僻之地也不仅仅是想象的那样孤寂，尽管我们并不害怕孤寂。我们会看到各种各样的植物、动物，它们诉说的声音倒是别致多了，有趣多了。我们和它们的交流没有什么嘈杂之声，没有什么相互厌恶，而是新奇、接纳，是欢愉中的谅解和理解。那又是多么美好。

就这样，我离开了，走开了。尽管我也许像它们一样，有不能停止的诉说。

“我们一样吗？”我问一株红色的碱蓬。

嫉　妒

1

首先说，嫉妒是存在的，愚蠢者的嫉妒是存在的，智者的嫉妒也是存在的。愚蠢者的嫉妒不必讨论，而智者的嫉妒却首先是为了欺骗自己。

既然有着一双犀利的、能够望到终点的目光，为什么还要嫉妒呢？

因为这条路太漫长，又太短暂。短暂，他就希望多一些曲折，这才是他的本意。情感的曲折、经历的曲折、想象的曲折，只要是费尽周折就好。人生好比一盘棋，连胜即失去了趣味。这里必须充满了搏杀的痛苦，必须险胜，才有最大快意。

最大的痛苦是什么？是嫉妒拍碎了情感的陆地。而嫉妒的产生又是自然而然的。一个“我”醒着，另一个“我”仍在沉睡。沉睡的那个“我”有时候比醒着的“我”更有力量，因为它积蓄了自然的精力，在自然的天地里吐纳。一个梦游者做下任何事情都不会遭到怪罪，起码可以找到开脱的理由。嫉妒就是睡着的“我”的一些行为。它可以做出很多失去风度的事情，可是它能够代表真正的“我”吗？智者在醒来时大睁一双诧异的眼睛，这样自问。

他问得好。他自言自语地告诉自己：他从来不知道什么是嫉妒，他只懂得庆幸，庆幸他、他的四周、他所看到的一切。

在庆幸当中，他做着自己有条不紊的工作。他随着自然的节奏向前，一直地走下去。

2

一切就像真的一样，他在紊乱中寻找着自己的秩序。充满坎坷的焦虑、急躁、孤注一掷的冒险，许多人都是这样。他也是这样，简直没有什么区别。

生活由此增添了烦恼也增添了乐趣，增添了生的欲望。只在这样的状态下，生的欲望才那样强烈，那样痛苦的多趣和多趣的痛苦。这种状态是无须解释的一种通俗，或者说他用通俗的面纱把一切晦涩都悄悄地包裹。其实这是一种真正的费解和晦涩。没有人能够洞穿其中的奥妙。

欲望之火在熊熊燃烧，它会烧毁什么？它真的在燃烧吗？它燃烧的方式就是我们所看到的方式吗？其实这一切都可以大打折扣。当睡着的“我”慷慨激昂地梦游时，醒着的“我”却像看一出轻喜剧一样，带着微笑。他将因为另一个“我”的辛苦而感到庆幸，感到深深的抱歉。

3

其实一切都是多么简单，简直不需要多少智慧就可以洞穿。没有出路的困境，没有变化的结局，一切都是那么分明，留给人选择的余地非常小了。这条狭窄的通路刚刚容许你侧身而过。刚刚是黎明，转眼又是迟暮，一切都来不及了，来不及从头做起，甚至来不及回顾。

一切仅仅是一场预演、一场彩排，正式的人生的戏剧还没有拉开帷幕，夕阳已经开始降落了。

4

他眼前永远不能泯灭的一个光点，是记忆中的那一轮太阳。最初的许诺是它升起、落下，周游不息。他将随着它的轨迹而动。现在看那是最靠不住的一句承诺。

后来他发现，所有的承诺都像这个差不多。他只有依靠自己。还有，他必须脚踏大地，真正依傍的，只有现实。

他发现，四周都是同情和怜悯，那是智者的目光。这些目光和他自己的双眼联结起来，交织成一片，这才是人类的光明。

他发现自己最后只剩下了“同情”二字，对自己，对他人。

太阳照耀东边的山凹，松柏显出一片碧绿。他多么羡慕它们。在他所记忆的一切、传说中的一切出现之前很久，它们就在那儿了；而且它们将永远在那儿，永远被太阳照亮。

他嫉妒吗？他真正嫉妒的只有它们。

悄　语

1

琐屑细碎的话语，若有若无的内容。这种语气才能够与某一种内容匹配。比起内容，他（她）更珍视这样的语气。悄悄的，口吃似的，说出一些无关紧要的话。

他盯住你，或者是只看自己的双脚。这就是他自己的语言。平常，大多数语言都不是自己的，而是别人的。操着别人的语言，让它在世界上流动。多么痛苦。但这样久了，他会忘掉这痛苦。他在习惯中疲惫，消耗。

实际上他明白，在他发出悄语的时候，并没有多少隐秘可言，既不需要遮掩，又不需要惧怕。他说出的都是最简单的事情。他害怕的其实只是自己，害怕失去自己的权利、一个人的权利。在大多数时间他是不具有这种权利的。

2

这种语气也极大地刺激了他自己，这刺激又变成了一种内力来推动他。他一个人时悄悄告诉自己：天哪，我多么准地打中了自己。我打中了自己，看见自己浑身颤抖，鼻尖冒汗，浑身上下都热辣辣的。他感到了幸福。像一种按时进行的操练，这使他血液加快，心跳加快。

就这样，他满足了自己，像进行了一次小小的冒险。他告诉自己：我还要说出一点什么。

说出了什么？什么也没有。他不过想用这种方式将自己和更多的人区别开来。

“我只告诉我自己，只告诉你和你们；我要面对极少极少的人，只告诉出一点点什么。”

3

他发现在自己细声细气地、左右环顾发出悄语时，还能获得一种撒娇的快感。娇惯自己，心中充满甜蜜。

无论是谁，只要回到了这种语气，也就回到了撒娇的情境。即便一个人年纪很大了，也仍然具有这种要求。这是与生俱来的一种要求，没法舍弃。舍弃了它，会非常痛苦。它在内心里发作的时候，就需要寻找机会。

这样的机会是越来越少了。这种近距离的转告，显得新颖而又亲近。原来这种语气所要达到的效果、表达的意味，主要是亲近。在冷若冰霜的环境，他需要这种情感热度。人总是要求一种特殊的关切。这种要求并不过分。

4

而且它常常有事半功倍的效果和效率。这是一种良好的语气操练。它让对方注意，适时地提起精神。对方专注地看，或者是侧耳倾听，头颅用力地歪着。对方已经把注意力从别处收回，收到一个角落，一个点上。这真使人愉快。

他发现，这种近乎自言自语的状态能够撩拨另一个人的好奇心。这在今天是多么了不起的事情。渐渐，他发现在生活中，已经有很多人熟悉这一技巧了。这一技巧扩而大之，会有多少事情可做，多少惊人的效果产生。

恋人之间的语言就是一种悄语。这种语言具有一种特殊的韵律。有一些诗人，他们在很多的时候正是用这样的语气进行吟哦的。他们是为了告诉一个隐秘吗？不，他们是为了引起周围这个世界的注意，让你把目光收回，把感知的重心移动。这才是诗人的目的。

所以，从某种意义上讲，所有离开了悄语的写作都必定是失败的。

老人的琴

1

他总是把一双手抄在脏脏的衣袖里，看着蒙了灰尘的角落。我对他充满了同情，每一次走到他面前都有这种感觉。他的上方是几张古旧的画，宋代的，或者更早时候的，不得而知。旁边是两张古琴，蒙着灰尘。我从没有听他把它们弹响，但是我从来也没有怀疑过这是他的琴；而且，他时时弹起。

琴的灰尘是怎么落上去的？那也不得而知。

我总觉得他与它们有一种特殊的关系。

老人屋里的陈设都是古旧的，式样是几百年前的或更早时候的。他坐在那儿，从来不吃一点东西，不喝一点水，闭着眼睛打盹儿。但是我觉得他在与我交谈，他的话不急不缓，如徐徐流动之水。我也没有说话，但我没有闭眼，而是在注视他。我坐在那儿，面前连一杯水也没有。

我离开了。

我又来到了。

我并非按时拜访。他既没有拒绝我，也没有欢迎我。许久过去了，我才觉得从这里听到了很多。那是岁月的声音，极为感人；还有，那是他的声音。

连那种音色、语言的习惯，我都记得清晰。

2

听老人弹琴。老人坐在那里，两手仍抄在衣袖里。可是这一次我闭上眼睛，听到了琴声。

两只古琴像吵架一样，发出紊乱的声音。后来，是一只琴听另一只琴。沉闷的单音一下下拨响，琴上尘土飘扬。尘土弥漫在屋里，如烟似雾。可是它们顷刻间散发出上一个世纪的香味，扑鼻而来。像桃花，不，像柑橘的香味。

我闭着眼睛，一直没有睁开。我害怕一睁开，这琴声就要从面前飘走。

3

我从未问过老人与谁做伴，每天的生活细节，比喻说喝什么、吃什么，是否常常走出这片阴暗的屋子。

没有问。我只知道，每次跨进院门时，这门都没有关合，它总是开了一道缝。它时刻准备让人推开。

进了小小院落，是翠竹夹起的一条卵石小路，细，弯。绕着走上一个半圆，看到一丛月季，上面开着沉默的、不太旺盛的花。然后就是进屋。

屋内地面比院子要低上许多，一脚踩进去像落进一个窟窿。可能就是这一声沉重的脚步通知了老人吧，他微微抬头，虽然仍旧闭着眼睛。

4

我观察过那两只琴，发现它们的弦很粗，很旧。我心里料定：这样的弦是没法弹拨的。或者是触摸上去太松弛了，或者是由于岁月的关系，它们稍微一用力就会折断。

好几次，我想亲手拨动一下那几根弦，可又唯恐惊扰了它。它上面有一层灰尘，那是神圣的。

5

一天，我做了一个簇簇如新的梦。梦中我看到老人站起，睁了眼睛。我记得他的两朵眉毛怎样耸动。他一点也没有看我，而是直接起坐，走到两只尘封的琴前。

他没有坐，没有像一般弹琴者那样取一个姿势坐下，而是直接弯腰，把两手放在琴上拨动、滑动。两只手像马蹄一样在弦上疾驰，简直是疯狂。可惜他弹了什么我一点也不记得。那只琴像雷声一样轰鸣。我就在这轰鸣中醒来。

就因为这个梦，我不假思索直奔老人居所。还是推开虚掩的门，走过翠竹夹起的卵石小路，跨进黑乎乎的室内。

我发现，屋里空空如也，什么也没有。我平时坐的那张椅子还在；对面的茶几、老人坐过的那个座位，都被移动了。

我的目光急遽寻找那两只尘封的琴，它们都没有了。墙上垂挂的那两轴古画也没有了。

我的心揪紧了，想呼喊一声。可这声音在喉头那儿噎住了。我一声不响地坐下。

柔　情

1

很奇怪的一种状态。他对这种情绪无以名状。从早晨到晚上，他一直走在一条乡间土路上。看着阴沉沉的天空，看着西边橘红色的流云，想象这一天怎么度过。

这儿多么熟悉，这里总是给人一种怅然若失的感觉。他觉得没有着落，一点也没有。一些古怪的念头不知怎么打发；与此同时，一种强大的关怀力却从心底泛起。他清清楚楚地感到了，它是那么强大，推动他去做一点什么。这时他的心地是那样美好、明亮。

是的，他是那么的柔和与多情，如果不做点什么，简直不能忍受。他在一株树下停止了脚步，背靠着它，望着繁茂的枝叶，想象它是多么美好。它美极了，像一个青春少年。他注意到它光滑的、没有一点缺憾的树干，抚摸它，想象它未来的、没有边际的青春欢畅的岁月。

2

因为有过许多痛苦，所以他懂得把两种不同的情绪加以对比。这种比较让其更加感到时下的幸福，甚至感到了自己的责任。应该做点什么的欲望愈加强烈。他这时候只想帮助别人，帮助一切人，而绝不愿接受帮助。

这时候他想编织一个故事，并且把它记录下来；可惜这时候他手中没有笔，也没有纸。他把这个故事在心中一遍又一遍温习，以排遣心里盛得满满的那种柔情。

3

深深地沉浸其间。这沉浸的情形有点像大地沉浸在傍晚的霞光里。他看到那些鸟雀起起落落，吵闹着，享受天光，一天里最美好的时刻。他记得，从早晨到现在，他的心情已走到了最浓烈的时刻，就像这霞光一样，越来越浓，甚至有些沉重：因为太浓稠而沉重，却不是因为悲苦。

这一切难就难在没有语言去表述和记录。如果记录下来，可以在不同的时间里加以比较。很难。

4

他在这个时刻甚至是爱上了痛苦。这是一个百无聊赖的时刻吗？不，这是一个富有作为的、心情良好的时刻。他并没有更多这样的时刻，它好得简直没有来由。它是一次潮汐。可惜潮起潮落间隔得时间太长了。

他陷入遐思，想得过于遥远。思绪随着缓缓流动的河水奔向远方，一直到达海洋。在海洋深处，它被消融、汇拢，然后就完全没有了。思路是这样行走：它们在大地上欢跳有声，曲曲折折，划下自己的痕迹。可是它们最终还是要汇聚到思想的海洋里。

今天，在暮色中，他注视它们怎样向前流动。

5

他回想自己曾经是多么虚弱和怯懦，他曾有意回避许多意想不到的危难。他不知做得成功与否。它们使他惧怕；不是它们强大，而是它们与他的性情相悖。

他走开了，在霞光下徘徊。他没有逃匿。他此刻正在自己温暖的生命之流里仰泳。它们离他非常遥远。恐惧被激流给冲决了、释掉了。

6

许多生灵在远远近近活动，他向它们发出问候。他举起手来，它们视而不见；他打一个唿哨，它们没有回应。他的声音啊，他的声音像情感一样遍布原野。

脚踏的这条土路那样缠绵，匍匐大地，往前，走向自己的绿色。冬天，上一个冬天，他无数次走过这条覆冰盖雪的路，它的中间踏出了泥土，露出了本色。那时他只跨向旁边，在没人踏上脚印的地方行走。他回头看自己的痕迹。四季轮回，一闪而过，它们都像绚丽的图片一样，镶嵌心中。

他爱它们，会永远爱下去。当哀怨来临时，他会尽快把它们打发掉。

这个时候，他只怨自己的手臂不够长，不能够展放开去拥抱大地。

他坐下，贴近了大地，感知它的脉动。他惊讶地注视自己的内心，被自己的热情所打动，泪水涟涟。他在心中惊呼：天哪，怎么办，我怎么办！

随着夜色来临，情感之潮再一次涨满。他再一次差点脱口而出：天哪，没有来由的感激，没有来由的温情；只想温暖许多许多，尽管我的身材这么单薄；只想拥抱许多许多，尽管我的手臂这么短小……

与怪人对话

1

他总是皱着眉头，腰有点弓，高高的个子，秃顶，很严肃地看我。他这样看了一会儿，开始指责说："你为什么赞扬那个人？还有，为什么赞扬那本什么都不是的书？"我说："我觉得这本书有趣；而且，有很多地方真的打动了我，吸引了我。"他鼓起一对金鱼眼："真的吗？"我点点头。他笑了："恐怕这不是真的吧？"我有点不解："那我……为了什么？""你说你为了什么？"

这是个怪人，越来越瘦，被什么折磨着，在屋里踱来踱去。他因为过分的焦虑，肩膀两端往上耸起，骨骼凸露着，像是要撑破薄薄的衣服。

2

怪人又一次见到我，一根手指指着泥土说："你为什么不去斥责他、他的那篇文章？为什么？"我说："我没有看到。""你为什么没有看到？”我说：“因为我当时正忙别的，再说我手里也没有那份报刊。”“你真的没有看到吗？”“真的。”“恐怕不是真的吧？”我说：“为什么不是真的？”“你自己知道为什么！”

他气势汹汹地看着自己的双脚，低着头。这时他后颈上的大椎骨凸起了很高。我看着他凸起的那块椎骨，不知说点什么才好。

他像个鸭子一样，两肩端着，在我面前匆匆走了个来回。

3

怪人的两个拳头使劲碰撞着，发出叭叭的声音，一边碰撞一边往我面前挪动，这使我有点害怕。后来我鼓起勇气站住了，迎视他那双被皱纹密密包裹的金鱼眼。他一开口就是喊叫，口沫横飞：“那是一本什么破书啊，天哪！”他接着吐了几个黄色字眼，一连串的黄色字眼使他的脸色发青，“你竟然把它们说成那样，你真的以为它好吗？你不恶心吗？”我说：“不，这实在是我的真实看法。”“是真实的看法吗？”“是真实的。”“恐怕不是吧？”“为什么不是呢？”

他继续咆哮一连串的黄色字眼，跺着脚，“你就不怕，你就不怕？”我不知道他说的“怕”指什么。

我觉得奇怪的是我，当然也包括他，我们都怕些什么？

4

怪人砰砰砸我的门，打开门，他一头扑进来，双手握住我的手摇动：“你再也不能了，再也不能了！”我仰头看着他，这才看到他光光的头顶上满是汗水，纵横流动；脸上不知是汗水还是泪水，涂了满脸。我问：“怎么了？”他说：“你再也不能了……”

他用一连串黄色的字眼牵引出一串人的名字，“那都写了些什么东西啊，狗杂碎！”

我眼睁睁地看着他。

“你如果再这样一路赞扬下去，你就完了。”

我镇定了一下自己，说：“我并没有完全赞扬啊，只是有什么说什么。当我感到不太好的时候，我就会把那种看法说出来。”

他吼叫着，松开了我的手，“你算了吧，你什么时候感到了‘不太好’？你看他、他们哪点‘不太好’？”他又吐出一个黄色字眼，喘息着坐下。仅仅是一瞬间，他又砰砰有声地拍起自己的胸脯，“你这样不行，一点门儿都没有，不信你就试试看！你看吧！我什么也不怕，我怕什么？”我真想告诉他一声：

“你压根就没有必要怕，谁又让你怕了？”

5

怪人捶打胸脯，细声细气地嚷叫：“没有比我再懂得义气、再忠诚的人了，我敢对天发誓……”我告诉他：“没有必要这样，你到底是怎么了？”怪人用非常浓浊的方言对我嚎着，我勉强能够听得懂他在说：我简直不够义气，我为什么不到他的家乡去玩一次？接着他又一连串说出家乡的各种特产，他那里有多少多少舍命朋友，那些朋友啊，多得吓人，足以把我们全部淹没。那些朋友准备好了一切美酒佳肴等待着，可是我——简直坏极了，简直丝毫不懂得义气，竟然违背承诺，到现在还不到那里去！一次也没去！

我哭笑不得，他砰砰拍着桌子，像要打人的样子。我连退几步，告诉他：“我没说过什么时候一定要到那里去啊，也许我会很快到那里去的，但是我……我对这事一向没有什么恶意。”

“你当然没有恶意，可是你不够义气！”他再次拍打胸脯。

我不知自己究竟犯了什么罪过，只害怕他言不由衷。我坐在那里，望着他。他揪起了自己所剩无几的头发，那凸起很高的喉结一下一下活动。他专注地看着窗户，吐着：“呸！那都是写了些什么狗屁玩意儿啊，有人还替他们吹捧、吹捧，瞎了眼的东西！”

有趣的羊

1

它们长了角，很多时间互相碰撞，跷起前腿，把身体的全部重量往后倾去、倾去，以求得更大的撞击力。那是多么危险的碰撞。有时候它们身上唯一重要的武器——两角给碰折了，鲜血流淌。

可是更多的时候它们是那么温顺，简直是温柔驯良的代表。它们吃的是草，贡献的是奶。它们的后一代也仍然是羊，温柔可爱的羊。

人对付羊不仅用鞭子，还有牧羊犬。羊当中有“头羊”。这一切都是制约羊群的良方。

一个年纪大的羊对另一个羊说：“他们最后把我们卖掉、宰杀，是这样吧？”另一只羊说：“哪里是那样！他们不过是从我们身上取走一点毛，那是他们看到我们御寒有方，向我们借一点温暖罢了。”

说这话的是一只绵羊。

一只山羊走过来摇着头说："你把他们看得太简单了。他们什么御寒的东西没有？棉花、鹅毛，还有更高级的什么丝绵。他们从来也没有从我身上取过一次毛。"

年纪大的一只老羊看着它们两个，摇摇头走开了。

2

有一只羊告诉另一只羊说："你们知道吗？那个经常向我们抽鞭子的人其实也是一只羊。"

旁边的羊哈哈大笑，胡子最长的那只羊笑得都倒下了。那只羊一板一眼说下去，说它早晨透过栅栏看见了，因为它醒得最早；它看见好多牧羊人肩上挂着鞭子、懒洋洋地从工棚里出来，而另一个膀大腰圆黑脸膛的家伙气势汹汹地拃着腰，一个一个怒斥他们，还用脚踢他们。"你看，他对待他们的样子就像他对待我们一样。"

旁边的几只羊再也不笑了，站起来，神色肃穆地看着，有的垂下了头。

一会儿它们都抬头寻找那个在旁边抽烟的牧羊人了。

3

风雪之后的一个晚上，有一只狼咬开了栅栏门。最早蒙难的是睡在边上的一只小羊，它还没有发出咩咩叫声就被咬断了喉咙、拖走了。

那个夜晚啊，风雪声使它们一块儿颤抖。一连多少天它们都不能安睡。

牧羊人来了，犬来了，它们都一起向其鸣诉。他们似乎没有发现什么。后来，是那只犬首先发现了栅栏边的血迹。它嗅了一会儿，吠叫着，一边吠叫一边跑向牧羊人。牧羊人也走过去，用鞭杆拨拉着地上的草，仔细查看血迹。最后，他迎着一个方向吼了几声。

从那天开始，就在栅栏边上，牧羊人搭了一个窝棚，抱着一杆猎枪睡了。羊们从此有了安全感，过去对他的所有怨恨，这时全都烟消云散了。

它们感激地看着他。他睡在那里不冷吗？一件老羊皮袄披在身上，打着瞌睡。他还吸着烟斗，烟斗已经熄灭了还没有察觉。多么可怜可爱的人啊，让我们怎么说好呢？

它们这样互相注视着，询问着。

4

在春天来到之前，那个又黑又高、拃着腰骂过牧羊人的家伙用手指点着栅栏。立刻有几个牧羊人扑过来。他们在羊群中间挑选着，用绳索狠狠地捆绑它们。

一片哭泣，一片咩叫。

结果有五只羊被绑走了。剩下的羊全都瑟瑟发抖。它们抖了一会儿就开始谩骂，骂牧羊人、骂那个黑脸家伙。可是骂了一会儿，有的羊又想起那个人在寒冬里为它们抱枪守夜的情景。它这时不敢讲他好还是不好。

另一只羊可能也想起了这一幕，赞扬起来。它跟上赞扬了几句。

一只黑羊喊起来："可是你没看到他来绑我们时，下手最狠，用膝盖抵住了我们的肋骨？"

赞扬的那只羊愤愤不平地反驳："他要做的就是这样，他就该这样，你不让他抵着肋骨，你又让他怎么样？"

所有的羊都不吭声了。

悬　挂

1

那一声回响还没有到来。多么简单，只须轻轻的一声回应，一切也就完结。可是没有，一点声息没有。等待得太久了，十天，二十天，一年，就这样推延下去，海水都要枯竭了。

就像一个人特别需要一轮月亮，可是它总也不能从东方升起。还有，这个夜晚太长了，无光无色的天宇让人烦闷。看不到安慰的绿色，看不到明亮的道路。

比预计的要长，长上许多倍。光阴原来是这样消磨和分割的，很可惜。有没有其他办法能够忍受？不知道。他相信这个世界上有许多人在这样的状态中。这种生存也太无趣。他想象有一只手能够把他解脱，而那只手太忙了，它要做许多事。也许那只手首先要解脱自己，使自己落到地面上来。天哪，那将是多么可怕的一种等待。

2

他看到所有不能垂落到地面上的物体都为之难受，因为这使他有一个并不过分的联想：对于一切前途未卜的生灵来说，都是一种悬挂的过程；在没有到达终点之前，一直是这种状态。

你能够准确地告诉前面有水、有草、有一座山林或是一座茅屋，茅屋里有一张歇息的床吗？如果你能够告诉我，能够进一步告诉我，歇息之后，前面将出现的又是什么？前面的前面呢？是海洋吗？海边上有一只帆船吗？它能够将我安全地送达彼岸吗？送达彼岸之后又有什么？一座庙宇？一个客栈？一条光洁的土路？两旁栽满了核桃树？

一直这样问下去，任何人都会举手告饶的。好了，于是我们又回到了永恒的悬挂状态。

3

正因为如此，我们才可能寻找忽略的方法。这是一个必须忽略的时代。我们看到的许多不守信、不求真，以及神情恍惚、粗枝大叶，也许都是这种忽略的结果。多么可怕，忽略是走向无意义的一个开端。可是没有办法，所有人都在一个大前提下被谅解了。因为我们实在不能够忍受悬挂的状态。虽然这种原谅也包括了对不义的原谅。

谁来对我们苛刻起来呢？由于这种苛刻又是现代人能否承受的一个问题，于是我们都大声呼喊着“宽容”。为什么不“宽容”呢？我们都在一种悬挂的状态下。

4

人的无数次忽略，每时每刻的忽略，能够缓解什么？精神上的缓解是有效的吗？它是否能够积累成更大的折磨，即因为对一切的不信任、对一切的淡漠而造成的更大焦灼？不知道。这是完全有可能的。

如此痛苦地等待，回应我们的总是一个默默的无言。仰向天空，看星辰和月亮，它们排列如仪，甚至是温情脉脉。它们没有一点过错。太阳升起，它们将隐退。一切就是这样秩序地循环。既然如此，为什么不给我们一个回答呢？

我想这回答是现成的、就在每个人的手边。为什么不能将它拾起，双手交还呢？我想这是一场阴谋，是一个欺骗。我拒绝这样的状态，我一生都会拒绝。

我拒绝的姿态也许是无济于事的，并不能够改变我的存在；可是它却能够给我增加一份有用的心情。这心情至少对于我是有用的、必要的。我会认真地告诉自己：悬挂是为了宰割，所以我要拒绝它。

对庸人的乞求

1

他使人忐忑不安。站在高处，似乎眼角都不向别处瞥一下。他看看另一个人，那个人立刻得到了满足。

这种满足感使他快活；可是有时他又会因为这个不停地骂着自己。这是另一个时刻，是醒来的时候，他就这样毫不留情地对待自己。

千方百计地让对方理解、费了很多言辞。那个愚不可及的心性、拙劣的判断力，都让他找不到头绪。让对方谅解需要头绪，需要从一个方向着手。为此，他不得不向对方发出乞求。

你明白，你觉悟，但你不能实施自己的觉悟。因为到处都是庸人的联盟，他们的力量无所不至。你实施的过程也就是彻底失败的过程。你唯一的办法就是改变路径、改变声音，使对方变得能够通融、理解。这种变通的过程也许才是你唯一的出路。

可你既然心存巨大的蔑视，又要做那些与他人并无二致的事情。这让你多么痛苦、多么绝望。到后来你发现自己才是一个真正的庸人。你没有向别人、而是在向自己乞求。

2

他非常严厉地、自以为大权在握地向你扫了一眼。你觉得非常有趣的同时，却不能不感到恐惧。有趣、幽默感和恐惧感，这里有着多大差别，相距遥远。可你硬是把它们缝合到一起。因为你觉得与庸人周旋的时间是短暂的，一阵风就过去了。这当然是一种安慰，是一厢情愿的事情。另一个庸人还会坐在他原来的位子上，还会与你做着同样的游戏。你能绕开他吗?

绕不开。你逼迫自己，与自己作斗。因为你听说有一个可敬的人物，他一生都在与平庸做斗争。你由此而将他封为楷模。可是你今天终于发现，这个楷模是不足取的，因为他起码是无法效仿的。

你自己寻找楷模折磨自己。你内心深处对楷模的正确和必要从来都深信不疑。是的，你的信念和信仰的困境就在于此。

3

他听不到你的声音，他背过身去，压根就不愿听到那声可怜巴巴的乞求。多么好啊，秋天来了，落叶铺地，一切都该有个决断。你似乎下了决心，想背过身去。可是你又发现这根本就不需要，因为这是不可能的。

当你背过身去的时候，你就看到对面的位子上早已有人在那儿等待了；你发现你所做的一切，就是继续你的乞求。

有什么办法能够让你像踢开路上的顽石和土块一样，把它们踢开？没有，从来就没有这样的办法，因为这是违背规律的。

你只得像过去一样，把希望寄托在别处：绕开他们。当然，这也很难做到。

爱的边缘

1

不止一次有人指出：你走在了爱的边缘。

他们认为你处在这种微妙的状态下，所以非常有趣。而且你留下的痕迹有趣极了。这是一个度，一个不可超越的度，它需要多么高深的智慧才能够把握。

它令人惶惑地提出了一些概念，使人越来越糊涂。对爱糊涂，不知道什么是爱。性爱吗？对异性的爱吗？还有其他的什么？这是一种泛指还是一个狭义界定？谁也弄不清。

不过似乎能够让人模模糊糊地感到那条线，所谓的“边缘”。

一切事物都有一个边缘，在爱的边缘上能够把握这一点，也就能够摸到所有事物的“边缘”。这是一种美好的风度吗？是酒后的浑浑洒洒，那样的一种放松感，还是一种紧张、拘谨的状态？谁也说不明白。

2

常在河边走，谁能不湿鞋？常在“边缘”走，在这条线上走，又是多么危险的事情。不得不小心翼翼，万分谨慎。你忍不住要给面前的这一餐饭撮上一撮盐，于是你的劫难也就开始了。麻烦接踵而至，被人赞许的“边缘说”也就彻底破产了。

有人说他特别安于这种“边缘”状态，他们做的所有事情都属于“边缘”。光荣在“边缘”，永恒在“边缘”，无所谓的屑琐汇集在“边缘”，最后竟可以凝固成一个“永恒”。

3

我非常怀疑这些高论，我知道边缘就是边缘，它永远在那儿飘荡、汇聚，但是不能凝固。有人勇敢地打破了一些界限；是的，他们刚劲有力，言之凿凿：我就是我，而非其他。

他们指斥“边缘说”实际上是一种中庸说，是一种一戳就破的把戏。也许这是对的。实际上这是一个非常让人觉悟的时代，中庸的君子已经消失，孤注一掷的小人倒大批涌现。那些含蓄的、笑眯眯的绅士早已经回家休息了，剩下的都是一些彻夜不眠的大玩家。他们在任何时候首先做好的一个准备，就是随时要长驱直入。

4

他说：“我不喜欢这个时代的风气，我愿意读一些老书，在那里面寻找一种风度和感觉，你准备效法吗？”

“不，我一直是这样做的。”

他的微笑让人不敢怀疑。他抚摸着那些发黄的书页，引诱我们和他走入同一个空间，做同一种游戏，就像让我们相信他自斟自饮的那一壶酒真的无比甘甜一样。

当代的饮料我们又舍弃不得，这真是一对矛盾。那种美好悠长的滋味我们也不曾怀疑，那是老酒，“边缘”的酒。多么雅致、精致、古典的美酒呀。

失去了名词的动词

1

名词先于动词而存在，它们的渊源更古老。它们甚至是独自存在了很长时间，没有邻居。它们的产生是非常奇怪的，奇怪到了谁也不能理解的地步。它们很平凡、很固执，它们之间没有什么联系。为了产生联系，也就造出了动词。动词是很有力的，可是它们没有名词有力。

动词常常变化，变化色泽，变化长度，变化方式；而名词只是数量的增加，却不太会变化。

出于现实的需要，名词和动词常常在一起磋商。商量的结果是，它们要一起造一些形容词。所以说，形容词出生的时候，名词已经很苍老了，动词也长壮了。

2

动词总被名词扯着手行走。有一天，可能是一个黑夜，而且有雾，没有星月，所以，它突然就迷失了道路。蓦然回首时，就没有了名词。动词喊哪喊哪，四处寻找。没有了，失去了就是失去了，于是它疯癫一般横冲直撞，而且没头没脑。它不知道自己从哪里来，到哪里去；不知谁在指派它做什么，为谁去做，为什么要做。

它坐在午夜的岩板上泣哭，哭个不停，非常悲凄。形容词非常同情地走过来劝慰，紧紧倚着它的肩膀坐下。这就使它变得更为尴尬，更不可爱。它知道自己的不可爱，说："我态度暧昧，看上去含蓄，实际上我是一个没有立场的莽汉。"

形容词说："你比我要好得多，那些很年轻很年轻的人才喜欢我。他们稍微长大了一点儿，经历了一些世故，也就更喜欢你了。他们把你视为更为坚固和实在的东西。"

动词说："你是颜色，你是尺度，你是一种分寸感。"

形容词说："可你是活生生的，你是正在生长和正在进行的事物。谁能取代你呢？没有你，一切也就凝固和静止了。"

动词说："你错了，我在这儿机械地狂舞。你若看到一滴水从叶子上滴下来，它要滴到哪里？它肯定要滴到下边，滴到地面上。从叶子到地面这么短短的一段距离，就是我存在的时间。至多一小会儿，我就无影无踪了。我只是滴的过程，叶子和大地比我更重要，因为它们是名词。"

3

形容词在动词旁边渐渐地枯萎了，茫茫的世界上只剩下了动词自己。它太孤单了，这种孤单又转变为一种狂怒。它疯狂地挥舞自己的双臂，四周被它弄得一片狼藉。后来，它发现在这种肆意挥舞中，在这冲撞和扫除的过程中，自己产生了特别的快意。它发现它获得了空前的自由。没有名词的制约，它变得更加随意、洒脱，它觉得仿佛这个世界上的所有目光都在注视自己。它可以大步地追赶、来去，没有任何事物能够把它阻挡。因为它的名字就叫“动词”。它完全可以忘记原来的那些嘱托，那些嘱托曾告诉它：每一次行动之前都要弄明白从哪里来，到哪里去。而现在这些定律和原则已经完全不适用了。

4

动词们聚集一起，互相交流自己的感想。它们共同的体会就是：这个世界上如果全是动词多好，那样也就简单多了，省去了好多繁琐。层层关卡，行步艰难。

这是对以前的生活的一个终结。

它们也不喜欢那些咋咋呼呼或是吞吞吐吐的形容词，那更是多余的。形容词稚嫩、简单、徒有其表。至于其他的词，它们更是连谈论都不屑了。

有的动词喘吁吁地说：“如果没有名词，我们存在的时间是不是会非常短暂？我是说，我们大家的寿命……”

其他动词立刻制止：“不会的。只要这个世界是浑然无序的，只要是昏头昏脑的，那么我们就会永存。谁能够取代我们呢？”

思　乡

1

有一个思乡者，他曾经是一个叛逆者。他最厌恶的就是自己的故乡。除了那里的一条河流、山脉，其他，特别是具体到人的声音，他们的眼神，举手投足，都令他厌恶。于是他离开了，被迫地，自觉地。反正他离开了。

尽管是这样，他还是时常地怀念它，带着说不尽的恐惧和厌恶去怀念。他不允许任何人用不屑的口气去谈论他的故土。可是当他高兴的时候，他又会领头去诽谤它。这实在是一种诽谤，因为它的任何缺点都被他夸大了。他在异地的兴致勃勃的生活很大程度上是取决于这种愤懑、不屑一顾的状态和古怪性情。可是他又自觉不自觉地寻找那些同在异地的老乡。他试图从他们相似的乡音中听出一点什么。他试图寻找共同的厌恶、共同的癖好。

思乡是一种矛盾交织的状态。大部分思乡者都是很勉强地爱着故乡，或者说强烈的思念再加上强烈的排斥。种种往昔的不愉快、童年的疤痕，都一块儿浮上脑际。

无论故乡有多么贫瘠，他们几乎无一例外地留恋和憎恶：留恋那里的自然环境，而憎恶那里的人际关系。原来他们只是一些地理意义上的思乡者。

2

因为从地理意义上去看，故乡的一切景观都是神秘之手植下的。那里的河流、山脉、平原，构成了其他一切的根据和依托。这就等于说，一个人爱自己的母亲是不会错的。他不记得自己母亲的丑陋和其他弱点，只牢牢记住了母亲的温情、她的饲喂、她给予的乳汁。故乡的风像一双手一样梳理着他的头发，抻拉着他的衣襟，这就够了。

一个人实际上一生也不可能从故土上走出来。他大致是在沿着那样一个同心圆在不断地徘徊，扩大着自己的视野。他自以为绕开很远了，真像一个游动无方的、浪迹天涯的人了，可是有一天他蓦然回首，仍然会发现他还在沿着故乡的那棵树打转。那是一棵高高的树，影响和庇护了他童年的树。这树上没有果子，是一棵不结果子的树。

可它的果实后来却结在他的心里，而且硕果累累。他不停地摘取了一生，它还是那么丰硕诱人，挂满枝丫。

3

他只在背后、在一些极不重要的内部场合才叙说对故土的怨恨：那里恶劣的气候，特别是坏透了的人情。而在稍微公开的场合，特别是遇到了同乡，他立刻被唤醒了深情的怀念，露出了由衷的微笑。

这都是真实的。每个人都能从故土上寻到一个最初的爱人：我多么爱她，我多么想念她。后来，他就再也没有这样讲。奇怪的是，每一个诉说这种故事的人都没有编造。这是为什么？原来，无论是谁都有一个适时而至的爱情。它可以不成熟，它可以刚刚萌芽，但它是真实的，它是爱。他会从爱的回忆中发现自己已经走得很远。他极大地被改变了，首先是爱的心情被改变了，他不得不爱其他的事物。

后来所发生的一切爱，颜色似乎都已经变淡了，淡得不如原来。童年的感觉总是分外强烈，后来的一切场景与其比较起来，都大大地逊色了。这才是他思乡的根源。

4

他常常设问：离开故乡对于自己的一生是一种发达还是一种萎缩？是一种前进还是一种倒退？如果不从那个故地走出，他能经历这么多、看到这么多，他能够举一反三地了解这个世界和表述这个世界吗？他没有这个把握，不能直接予以肯定和否定。

但他更为确定的是，如果他现在就回到故土，回到那片童年滋养了他的土地上，他一定会在各个方面得到更大的发展。对这一点，他从来就没有怀疑过，而且有许多实实在在的理由从内到外地支持着他。

按照这个思路推理下去，他变得对异地越来越烦躁、越排斥。他开始自觉地把自己看成属于那片故土的人，因而觉得自己眼下的确是生活在他乡。他乡，流浪者寄托身体的地方，是权且之计，是一种苟且。这种岁月一定不能太长久，一定不能。他这样叮嘱自己，下着决心。

5

就带着对异地的极大厌恶，他生活下去，日复一日地重复。他不得不做令自己厌恶的一切，收获着大大小小的抱怨和欣喜。

“我总有一天要回去，要走，我为什么还在这里呢？”他非常不解地问着最亲近的人，也问着自己。

他发现，最亲近的人也恰恰是最大的拖累，他热爱的工作和事业也是最大的拖累。这一切才构成了对他生命的磨损和延误。“这是一场多么大的误会啊。”他这样自语。

他一次又一次地在心里设想着打点行装，从长计议，想象着归去的旅途他会怎样的欢欣。“最好选择一个春天，万物复苏的时候，让一切从头开始……”

6

就在各种各样丰富的设计和安排中，他差不多要走完了自己人生的全部路途。这时候他还仍然在做出不甘屈服的样子。终有一天他明白了：一切都是不可能的了。

究竟是故乡撇下了他，还是他背弃了故乡，他也说不明白。他只是知道，一切都是无情无义的，只有自己对于故乡，故乡对于自己这个游子，才是实实在在的一份情感。它沉甸甸的。他在那里没有了亲人，特别是没有了母亲；可是他们仿佛一直还在那里张望他，牵挂他。他想起了一个老词叫“落叶归根”，自己这片落叶离故乡那棵大树却越来越远了。

他只有在梦中变成一个儿童，在那棵大树上攀上攀下，嬉戏玩耍。他梦见树梢上落满了彩色的鸟雀，它们一点也不怕他。他呼唤它们，它们歪着小脑袋啁啾不停。这时候他闭着眼睛，不仅想起童年的乐事，而且还能想起很多令他不愉快的人和事。他在那儿甚至也有仇人，一个个面目狰狞和滑稽。奇怪的是，这时候他一点也不恨他们，倒有些想念他们，想面对面地和他们叙旧，谈论一点过去的事情。

而对于身边的这个异地他乡，他却一点也不愿原谅。就因为对它的不原谅，周围的人和事他也不愿原谅。

是的，在异地，在他乡，他变得越来越倔犟。而对于故土，对于故乡，他却像个温驯的大孩子。他拄着拐杖向那个方向遥望。由于年老昏聩，他不知道遥望的方向恰恰不是他的故乡；但他心中永远装着它，他的心中永远也搞不错它。

眼　睛

1

也许是离得太近了，观测的机会太多，他到最后反而没有弄明白自己的一双眼睛。它就是他的一切，可是他弄不清它是怎样的。他看着自己的时候，就惶促，他不得不离它远一点。他转过脸去看别处，他有时望着镜子中的眼睛，觉得它是一个遗物，它离自己非常遥远。

自己对自己生命的全部陌生，都表现在这两个明亮的、闪烁的、不知是美丽还是怪异的眼睛上。多么奇怪呀，它眨动不止，它代表自己。

他发现一个生命最恰切的代表物就是眼睛，没有一个部位可以超过它，甚至可以说没有一个部位比它更重要。是的，他最重视它了。

2

眼睛不会思索，又不能够把血液推到四肢维持生命。失去了眼睛比失去了心脏或其他器官更不容易影响到生命。可是这样想想就是犯罪。一个人如果不爱自己的眼睛，那么他就什么也不爱了。如果不爱自己的心脏或其他器官，他还可以爱其他。

平常人们说一个人的心坏了，那么他肯定就有一双邪恶的眼睛。那也等于说他的眼睛坏了。而他的眼睛坏了，如果又仅仅是生理意义上的，那么就会让人分外地同情。

眼睛会表现出极大的喜悦和悲惨，还有哀痛。

3

也许一百年二百年之后，只要活着，人们就会回忆起他的眼睛，首先是它，而不是别的。他说了多少话，他写下了多少文字，他告诉了我们那么多，可是由于我们见过这双眼睛，我们的眼睛和他的眼睛对视过，所以我们怀念的仍旧还是这双眼睛。

一只花鹿如果没有那双美目，怎么会让人那么爱怜？猫和狗的眼睛，还有马的眼睛，都是引起我们爱怜的原因。反过来，那些让我们憎恶的动物，也主要是眼睛流露的邪恶和恐怖造成的。

4

我曾经见过一个非常有名的人，他的两眼像石头一样，坚硬无光，非常沉重地转动。他的手里夹着一支粗粗的雪茄烟，硕大的脑袋，可是留了儿童似的整齐短发。他额头上是深深的三道深皱，鹰钩鼻子，有力的、贪婪的嘴，两腮胖胖地鼓起。

就是这个人，曾经留下许多非常奇怪的著作，让我惊叹不已。其中的一大部分完全是胡言乱语，我相信没有一个好人会读得懂它。可是他不知所云的崇拜者——当然是些盲目的崇拜者，那么多，遍布各地。

我百思不得其解。我把他的书翻来翻去，扔在一边；后来又忍不住取在手里。我想看出一些奥妙，仍然不得其门而入。

这完全是一些鬼话。我想造成这一切的原因，都是因为他那双眼睛，石头似的眼睛，沉重地转动着的眼睛。

清澈而动人的朴素的生命，是不该由这样一双眼睛去表述的。

自语的特征

1

自语，就是会得罪人的话。因为它不顾及别人，不顾及客观，是充分主观化了的一些词句。自语是一种随意的流淌，对自己的叮嘱，对自己的劝慰；还有，当某种情感非常饱满、不可抑制、按捺不住的时候，会一次又一次地倾吐。它可以是旁若无人的笔记、写作，也可以仅仅是留下来的声音。自语是没有什么功利性的，自语者是急躁的善良者。自语者是靠这一种极不安分的举止来维持着自己的安分，他没法用另一种方式来表达自己的安静，他没法用其他的举止来保持与这个世界的联系。

自语，不停止的喃喃叙说。他只用这声音告诉自己仍然活着，而且他认为，自语就是他劳作的某种方式。他动了，他没有停息下来，这就是工作。

他靠自己的动，留下食物来饲喂自己，比喻说饲喂自己的精神。这就是自食其力的一种循环。

2

那些圆滑动听的美丽言辞，那些非常周密得体的记录，无论如何不能看作是自语，那是表演，是向外的表叙。它们不具备应有的一丝内向性、原始状态和朴拙的面貌。尽管人们喜欢，但是由于它的质地是松软的、不耐久的，所以它终究还是要被时间所遗弃，因为它的本色不好，质地不好。

一个生命在某一个阶段是可以向外诉说的，但是这样的阶段只是整个生命的组成部分，它整个言语所组成的河流却不会是同一的色泽，它整个流淌的节奏却要一再顽强地体现自语的特征。

它没有学说，没有在表演和表达过程中沾染上他人的色泽，而永远是极其个人化的，极其独特的，即地地道道的自己的声音。

3

从某一个阶段上看，从局部看，自语者的创造物，或者说他遗留下来的可以触摸和感知的物质，总是那样不具形式美。仅仅是内容，是那些不够逻辑甚至是有点乱七八糟堆砌之嫌的内容，才吸引人的注意。它不时涉及一些尖锐的问题、触探到了人生的敏感部位；它有的地方甚至是相当粗糙的，但它们由于很少重复别人，重复已有的痕迹，所以还是极为别致。

但是纵观一条生命的河流，我们首先被打动的，还是它极为惊人的形式美。一点不错，形式美，它创造了一个极其独特的个人的、声音的世界。整个生命化为了声音的河流，滔滔不息地向我们涌来。它时而和缓，时而激情澎湃。这是怎样的一条河流，这是独一无二的河流，这是弯弯曲曲刻在大地上、切割了山脉和平原的巨川。仅仅从外部规模上看，我们又怎么能忽略它呢？它存在着，而且将永远存在下去。

它用自己的生命在大地上做了一个永恒的标记。

4

他的语气常常中断，常常出现干涩，不那么流畅。他的生命到了低潮期。可是，这种状态往往不会持久，强盛的生命力会重新使他焕发起来；他的语气会重新变得激昂和急促，再次一泻千里地向前冲涮。他对于他的现实和读者全无顾忌。

在紧要关头，他没有了妙语如珠的表达。他哑了，嗓音沙哑。人们费力地听，还是听不清一个字。后来他勉强吐出了只言片语，似乎又被自己吃掉了。多么可怕的朦胧。他是他自己，他想怎样就怎样，因为他在自语，他在说给他自己……

1998.4

六　辑

台港小记

不 陌 生

作为一个50年代出生的人来说，总会对台湾这样的地方有一些特别的想象，比如相逢后起码会有较大的陌生感，或者看到许多想象中的奇形怪状。因为我们不久以前对这个地方还是一无所知。它是另一片土地，阳光可能不太充足。但绿色很盛，是绿色遮住了阳光吧。想象中的宝岛是阴性的。

亲临其境，却觉得这里原是如此的熟悉。仿佛只是来到了大陆南部，那样的气息，那样的韵致。一切都一样，南国之音不绝于耳。

由于面积小，人们又要在这么小的一块地方做一些大事情，所以就尽量地利用起来，所以也就分外的拥挤。城市很多，很密，许多地方真正是“城乡一体化”的。所以说地方虽小，但要尽情地领略，详细地了解，还需要好好地费一番工夫。因为以单位面积而论，这里的巷子要多得多也曲折得多。

首先是建筑。中国文化衍生和决定了一切，学外国，用力地学，还是改变不了血液里的东西。这里的建筑与大陆差不多，尤其是气质相同。与建筑同理的东西还有许多，都可以想象出来。文化是母体，母体繁衍了其他种种，它们可以改变名称，甚至在一定的时期内改变法度，但最终还是要表露出母体的色泽，散发出母体的气味。

绿色，山峦上的亚热带植物，那么茂盛的大竹林。这儿对大陆上的北方人刺激会格外大一些。北方人，若不包括东北林区居民，那就大抵是在光土上过日子，一见了大绿，莫名的感激会呼呼涌出。比如说我第一次去海南岛时就是这个样子。看了海南，还有安徽南部的秀山绿水，再看台湾，心情也就会平静一些了。

说平静也不平静。因为这里毕竟是几十年在另一种“主义”中生活的地方。我们要看看他们弄出了什么，他们有什么法物和宝贝。

看来看去，小处相异，而大处相同。

太 忙 碌

我们的一些人口密集的大城市，给人的感觉就是太忙碌。人活得真不易，这样忙到老死，一切全都丧失。我们的文化里难道就包含了如此的忙碌？因为不仅是中国城市，也还有儒家文化圈里的日本韩国新加坡等等。这些城市里的人整天像工蜂那样奔波，起码是给人这样的感觉。当然，无论在哪里，有闲阶级是不必这样或不一定这样的；我们这里说的是总的感受和印象。

台湾的忙碌图像大概只有日本和香港一类地方才可以比拟。无论是多么秀美之地，这么多人拥挤，乐趣何在。那乐趣他们知道，拥挤的人自己知道。不过拥挤要出汗，要急躁，这都不好。人流车辆，风尘四起，绿色和湿气都压不住。

多少车啊，汽车摩托，交织着，诉说着发达的痛苦。如果更发达了，他们就会想出办法；现在还不行，现在则主要是忍住。看到在大街上，红灯一亮，所有摩托一齐停在一条线上，那儿立刻成了一片机械和钢铁的灌木林。头盔一片，城市的魔怪。

不言而喻，一座城市正在日夜不停地旋转和燃烧。这种大喧嚣大热闹谁能忍受，富人不能忍受，于是大多数时间逃到边缘一点的静谧之地去了。剩下来的是奋斗者，是充填一座城市的平民。富人只偶尔钻到城市的中心来一下，来称颂这儿的繁荣。这儿的繁荣是他们的。

喧闹是耗人的，一直到把人耗死。耗的过程中有富人的利益。

台湾是很有钱的，按照全世界竞争力排名，台湾是很靠前的。外汇储备也排在世界前边。不要忘了这儿只是一个地区，一个小小的岛子。可是巨大的财力并没有让这里变得更加美丽和井井有条。看来美丽来自心路，条理首先也是心路上的条理。这让我想起欧洲，那里的一些国家好像远没有台湾有钱，但是那里规整可人，处处都像个大花园。亚洲的许多城市值得让人好好反思，反思我们的文化。

难道我们的文化只有两个功能：或者使之贫穷到空空如也，或者让其混乱得面目可憎？

还有肮脏。

为什么这么脏？大陆上常常有些物质主义者把一切都归结到“贫穷”二字上，所以他们一直认为，脏乱差，甚至是人的道德水准低下，一概都是因为没有钱的过错。有钱能使鬼推磨的理论到了极致，也不过如此。其实我们面对的这个世界哪有这么简单。

钱在任何地方都不尽是汗水的结晶，所以说钱在许多时候是不干净的。所以我们把洁美的希望放在不干净的钱上，当然是大错而特错了。

求古气

台湾人中的一大部分，我想也主要是中产阶级以上者吧，极愿在衣着或其他方面求一点点古气，比如古声古气地说话，比如说穿一套中式绸棉衣裤之类。

他们没有忘了传统，起码看上去是如此。但多少也偏重了些形式主义。国学在他们那里普遍要好一点，这倒是真的；可是内在的深层的浸染，我也没有把握。

我们知道，台湾在几十年里与西方的关系并没有割断，他们的智识阶级比较大陆，英文起码要流畅得多。他们的西装也穿得要早，许多年前就在这些方面讲究了起来。但是这并不妨碍他们追求古气，像古香古色的家具装点的居所，特别是中式高档饭店宾馆又很多。中西结合之间，中的比重正在加大。

中产阶级把西化视为帅气和不让世界潮流，而把古气看成富裕的表现和资本。闲适是有钱人的事情，而最能凸显闲适和玩味情调的，当然还是国人这一套。一提起富裕的国人，人们立刻会想起柔软的绸装和水烟袋，想起手串子健身球之类。这些东西也许真的并不坏，但不知为什么总是给人一种腐臭的感觉。

时代不同了。在这样一个时代刻意地追求一种古气，会流露出其他东西也说不定。这是一个松弛的时代吗？我们都知道不是。这是一个松弛的小岛吗？我们知道也不是。可这是一个富裕的小岛，这儿的中产阶级多一点。而这儿的智识阶级中，中产阶级的比数起码要比大陆大得多。这样一想，心中也就了然。

我们有时候希望看到更朴素更自然的展露和流露。因为人的心情是无法从衣着举止上遮掩的。一个振作和奋斗中的民族，一片生机勃勃的充满了生长力的土地，一般都给人风尘仆仆的干练的感觉。

某种形式主义的漂浮感从学术场合也会看得出。一方面我们时时遇到学贯中西恳恳求真的读书种子，另一方面又常常遭逢一些不求甚解自以为是的假斯文。仿佛热衷于此道者多，具有深入领悟力的少而又少。像大陆一样，这儿在学术场合凑热闹的人总是多数。这些人吃惯了这一口，而且往往乐此不疲。这部分人讲起话来引经据典，古香古色，颇像那么一回事，实际上既没有学术也没有艺术。他们只是惯于起哄，在最通俗的层面上打转转。

在这种学术和艺术的引导下，台湾也就出了那么多我们所熟悉的电视剧，言情和剑侠小说，出了那么一大群所谓的青年艺术追求者。他们当中缺少钙质，缺少力量和立场。风花雪月太多，而风花雪月更多的时候是对人生的欺和骗。当然，观众和读者也需要这些；只是这里要指出的是，需要，包括热烈的拥赞，都不能掩盖事物的本质。

还珠后

香港在感觉上离我们近得多了。起码是去去容易。去台湾，直到现在香港还是重要的一站。我们都认为比较理解香港，曾经更近距离地看望过她，说她是东方明珠。她与台湾差不多，也具有强大的世界性竞争力，在世界经济格局中有何等了得的地位。

不仅是从图片上，就是亲临其境，我们更多地注意的，也还是她亮丽非凡的一面，挺拔秀丽的一面。我们忘不了她的幽蓝之水，神话般挺起在绿水蓝山之侧的金属玻璃结构的高楼。西人管了她许久，他们的蓝眼睛把她的许多地方也染得够蓝。这就是另一种文化施补的好处。西人要在这里住上许久，所以他们也需要她的洁净和媚人。他们需要在视野里愉悦自己，以便让自己有个好心情。

另外那儿是寸土寸金，除了填海造地，就是极需要向上开拓空间，这是高楼林立的主要原因。填海更难，想想一寸寸填出来的土地，那要多么珍惜，所以在填海处建出的东西也就分外美丽可观。

如果说她是一颗明珠，那么现在确是还给了我们。还珠之后，我们在感觉上离她更近了，可以更好地观赏她、理解她。一珠在握，灼灼有光。我们把这珠子放在手心里摩擦，贴在脸颊上亲近。于是我们终于发现了她的残缺，她的可怕的污垢。

原来她把最不堪的一面放在了身后，放在了角落。我们不得不去稍稍留意一下她那又窄又脏的巷子，那冒着浊气滴着浊水的无名屋檐。几乎紧挨一起的耸起的塔楼，上面有无数的分割出的小小格子，要知道这每个格子里都要接受和庇护一户香港居民。我们平时在街上所感受的汹涌人流，喧嚣之潮，都要按时收进那一个个小小的格子。这儿真是破败脏腻，干燥拥挤，几乎没有什么绿色，都是清一色的水泥高垒。这里最经常看到的是随手抛下的垃圾，是那些匆匆行走的市民，是在路口上憋着一口粗气的汽车。

我们不难想象闷在这样的小格子里的感受。这很快让人想起了常说的两个字：生存。他们在生存着，生存在这个世界性的都市里。这儿连气流都是滚烫的，所有的气流都是匆匆市民的肺腑把它焐热了的。吸着这样的气流，我们还会想起另两个字：挣扎。

没有众多的人在挣扎，没有他们为了基本的希望，为了温饱，为了一口舒畅的呼吸而去挣扎，也就没有了这个明珠的光泽之源。那时她将暗淡下去，她将熄灭。

这也多少使人明白了为什么世界需要贫穷和饥饿。保留了贫穷和饥饿，并让它们像影子一样紧紧跟在许多人的身后，让他们不顾一切地拼命摆脱。只有这样，财富和华丽，高楼，神秘不解的富豪，超出想象的享受，这一切才能如意地创造出来。

贫与富的差距有多大，创造的张力也就有多大。这儿没有我们所熟悉的公平和人道，这儿只有竞争与发展，有速度，有无所不在的引诱。一个最繁荣的现代城市在许多时候不会是一座伟大的城市，因为要繁荣就要注意留下许多穷人。穷人从来都是最强大最有效，也是最泼辣的劳动力。没有穷人，也就没有所谓的文明，没有宴会上郁金香酒杯里的香槟。

在这个明珠里活动着的一些人，他们西装革履，文质彬彬，尽情地享用和消受。而在另一些角落，在小屋小巷中，许多人要一大早排队来买几根油条和一碗豆汁；偶尔让脸色焦黄的卖主用剪子剪碎一个松花蛋在碟里，就是一次真正的享受了。香港人要晚起，可是起早买油条的人还是那么多，他们才不管什么红灯绿灯，趿拉着鞋子，有的还边走边揉眼睛，呼呼蹿过路口。

这可能是世界上最拥挤的地方。同样的道理，只有在这样的地方富人才会格外高兴，因为他们觉得人多好办事。而他们自己呢，住在僻静的水林之畔，只是偶尔才出来看一下繁荣。他们要看看别人怎样日夜冶炼“明珠”。

1999.6.22

有个依岛

我在初中一年级的时候见过最小的一个岛，它叫依岛，就在渤海湾里。我去这个岛是因为这之前总有同学向我吹嘘，说谁也不敢去那儿、它有多么了不起之类。结果我就去了，结果也就遇到了不少怪事，还差点死了人。

我们是瞒着大人偷偷坐小船去的。绕过四五道激流、三处礁石，一口气爬上小岛。真像探险一样。这里真静，连海浪拍岸声都没有。到处是小叶杨和紫穗槐，还有爬蔓的荆条。

原来它三面环礁，只有南边是细白沙滩。离南岸不远竟有一座小屋，很旧。我们赶紧跑过去。离它十几米远时，突然有什么从窗户和大敞着的门呼呼蹿出。原来是一些猫。真是猫。大家叫起来，天啊，这里有这么多猫。它们在不远处探头探脑，就是不过来。有人抛过去吃物。它们犹豫着出来，吃完了就看我们。大家争着给它们吃物。

结果所有的猫都跑出来，足有五六十，再后来大概有一百多。

原来这是一个猫的世界。而当时别处都在大把大把撒耗子药，想找到一只猫可难了。

它们多美，一个个干干净净，花纹鲜亮，两眼水汪汪地看我们。大家开始议论这些猫是怎么来到这儿的，想不出。不过都知道它们来这儿吃鱼。

看了一会儿猫就进了小屋。这么好的地方，炕，小锅，劈好的柴码在那儿。这都是谁弄的啊？有同学说这是渔民们许多年前盖了的，就为了避难。什么难？海难。船在海里遇上大风，有时怎么也回不了家，就到这个岛上来。我们想象：外面大风大浪，小屋里呼呼煮鱼。真棒，让我们也遇上一回这样的海难吧！

天越来越热，中午我们一头扑进水里。游泳，还想逮一条大鱼，放在那个小锅上煮。

果真有一条扇形大鱼贴着沙底游过来，大家欢叫着扑去，一齐围堵。大鱼乱蹿，后来不知是谁踩住了它——他刚刚高兴得喊了一声，然后就嚎，嚎声吓人。他的脚肯定被鱼咬疼了——他也太娇气，一边叫一边倒下了。

我们赶紧把他从水中扶起，他还是嚎。抬上岸一看，这才发现脚内侧有一个不大的红点。没有流血，但四周好像生出了几道红线。他咬咬牙说：我就要死了。谁也不信。他又说：刚才我是被土鱼蜇了！

同学们一听都哭了。因为海边上大人小孩都知道：被土鱼蜇了就活不成。天哪，那是一条土鱼！

正哭着，突然一个最矮的同学急急咕哝：以前听爷爷说有人就在这儿被土鱼蜇了，那人剩下了一口气，还是爬进小屋里，掀开炕席子找到了一包东西，就活了……

几个同学对视一下，马上抬起受伤的同学往小屋跑。进屋立刻掀炕席子，到处掀——真的找到一个纸包——里面有一撮灰白色的粉面。

粉面搽上去只有半小时，伤口四周的红线消了。受伤的同学一抹泪：“我活了……”

离开小岛已是下午，猫齐齐地站在岸边。我们这才想起要捉一只带走。没门。它们大概害怕岛外的耗子药，死也不跟我们走。

回去后，我们最急着弄清的就是纸包里的秘密。大人们摇头，我们还是问。最后一位老人被缠得发急，只得告诉：那是小姑娘——十几岁的小姑娘剪下的小辫，焙成的粉——只有这粉才能对付凶狠的土鱼，这是老辈传下来的方儿……

如上是一个真实的经历。几十年过去了，我还是无法忘记那个荒岛、美猫与凶鱼。特别是关于伟大的小辫——这是真的吗？

1999.7.10

关于唯美（外一篇）

一

我们提倡“唯美”，抵御粗鄙。匆忙的、不求甚解的、紊乱急促和众声喧嚣的情状之下，我们愿意寻觅另一种境界：精心的经营。我们不难发现，粗鄙也具有自己的传统，并且自然而然地成为文明的敌人。粗鄙可以从一切方面毁坏生活。所以，维护美，实际上就是维护劳动和生存。相对于粗鄙而言，美在任何时候都是一种勇敢的存在。

今天，美并不等于纤巧细弱。健康朴素，顽强追求，勇气和立场，真实，都可以是一种美。当然，我们还要在自己的实践中进一步诠释和定义：究竟什么是美。

我们特别希望在物欲满涨的浮躁时刻，有人尚能够保存自己的某种矜持，能够坚持，能够拥有一份美的敏感和渴求。我们欣悦于淳朴真切的表达，也赞赏一丝不苟的匠心。专注和刻意，执拗与追寻，真实袒露的个性，精心守护的自我，这一切都与苟且敷衍的心态、粗枝大叶的方式、得过且过的作风格格不入。认真会克服粗糙，独守会生发美感。在美面前，恣肆乖戾和阴鸷贪求都只会变得愈加丑陋。

那么，就让我们在自己的实践中进一步诠释和定义：究竟什么是美。

二

我们痛感于这样一种现象：在这个随着商品经济模式的引入，文化多元化多声部形成的时代，艺术却并没有相应地出现生机勃勃的充满创造活力的局面。相反，急于求成、制作与炒作、投机博名者比比皆是。美作为一种向往和心仪，作为一种企求和功课，早已从日常生活中消退于其次。

近来更出现一些本土的疯癫与乖戾。本土的却没有本土性，也就是说，这并非是本土的自然滋生，而是泊来和模仿。他们与北美当年的“嚎叫”同腔同调，而且也想象自己的“在路上”。可惜，这里毕竟与物质极大丰富的、现代主义源生地的西方不同。相对于八亿农民，寒冷的旷野与生存，一切都显出了格外的别扭与虚假，脆弱与贫瘠，甚至也显出了另一种冷酷。

说到底这不过仍是一种粗鄙，是赤裸裸的欲求再加上伪装的反叛而已。这里绝对没有他们标榜的痛苦，而顶多只是一种游戏和冒险投机，是急于获取而不能的焦苦和野蛮，是贪婪。一个时代回应这小小得计的当然会有许多方法，不过最有效的还是对美的始终不渝地追求和坚守，是为此而投入的勤勤恳恳的劳作。

三

在喧嚣与热闹之后，空有一片狼藉残留下来。热闹过了，嘈杂过了，捧过了也谀过了，回头看不过是一场空虚。披红戴花忙乱一场，弄到最后发现自己并未进入。

与其他行当也许稍有不同，这里有一种沉默的深奥。她平时沉默不言，唯有铁硬的准则悄藏于内。欲踏此界者，须有灵性，更须有自尊。如是不知羞耻二字为何物，胸无半点诗情可点燃，纵然有长舌坚喙，冒失蹿入，也不过是自讨惆怅。

我们平时谓之“唯美”，时下可理解为真挚切实之追求，特立独行之坚持，完美至境之探究；可理解为对一切粗糙货色、大路制作、人云亦云、无心无绪、油腔逗笑之斥拒。“唯美”者，唯美是求也。

我看《时代美术》

电视上有个《时代美术》栏目，我经常看。有人说我不看电视，这是误解。电视上的新闻，介绍高雅艺术的，讲科学探索的，我都非常入迷。把深奥的东西放大了，通俗了，这本身就是一个很了不起的事情。反过来，本来就是很直观很通俗的表现手段表现形式，再要一天到晚搞一些低俗的东西，就会变成极有害的工具。而《时代美术》搞的是电视节目中最有意义的内容之一。说它有意义，主要是指这些年来西风渐强，我们民族最优秀的文化处于被漠视的时期，文化上无根的忧虑越来越多，通过电视这种深入民众的形式讲一讲国画，讲一讲中国文化的精妙博大，实在是功德无量。

更年轻一代的饮食趣味倾向于汉堡包之类。可是我们知道，那是非常简陋的食品。文化上的趣味又如何？我看也差不多。但是，讲到文化趣味的优劣高下，远没有饮食趣味这么容易理解。所以我们要想法让其变得直观一些。于是我在这里赞扬电视，赞扬《时代美术》这个栏目。

还有，为了表现我们的视野开阔，我们放眼世界的气度，不妨将这个节目的内容扩大一点，比如再加上西画。名画，大师，艺术，总而言之往这方面使劲，就是今后电视文化的正路。我们不能顺应低级趣味，那不是民众的根本文化利益所在。

但是，仅仅只抓住国画这一个点，也不能说就是艺术和文化胸襟不够宽。因为我们可以单独介绍美好深邃的中国艺术，这种介绍本身就是对于世界艺术的贡献。

1999.10

存在与品质

一

作为一份刊物，有的引人注目，有的基本上被淹没。现代文字传播方式已经是如此的普遍，如此的繁衍更迭新旧交替，以至于不能标新立异就只有萎蔫消亡。这种现象其实也不是所谓的信息时代所独有，而只是在今天才变得格外凸显。

一份报纸存在了五十年或更久，也确乎不易。她只有在强有力的支援下才能得以存在，也只有在这种种支持下才会有所发展，有自己相对稳定的道路，才会确立和形成自己的品质。

她要长久存在下去还是要靠优异而独特的品质。任何一份拥有自己悠久历史的报刊都会有灵魂，有相当顽强的追求，都会在这个过程中建立起自己不言自明的某种传统。也就是说，她将在文明的接力和继承中变得面目清晰，真挚感人。

她如果属于青年，就会有激情，有内在的激情；她有生命力，于是就有勇气，就能够更加坚持真理。

二

有一些十分庸俗甚至恶俗的报刊读物，很长时间里竟拥有着极大的读者群。它们像是不会消亡。它们的生命力来自何方？但从另一方面看，也一定有什么力量在遏制它的繁衍，因为不然的话就会有一场更为可怕的泛滥，会满溢无边。那种遏制之力真的存在着，但实际上却非常陌生，尽管这种力量就寓于我们自己心中。

是我们的自尊，我们向上的精神在遏制它。有人认为任何时期对于恶俗的有力阻挡只会来自行政干预，来自类似于一纸命令之类的东西。这真是过于天真。那根本就不会是一种长久的可信的力量。

恶俗毕竟是在成长和延续，那么其维持之力又来自何方？

这种力量同样也只能来自我们自己心中——而且这种力量人人都熟悉，人人都不会陌生。

艰难的生存使人想到去找一些庸俗无聊的读物，它们会是一剂痛苦的缓解药。但我们最后总是发现，它们不仅无济于事，而且还往往加剧我们的痛苦。

三

现在的文化商品，常常把成功寄托在偷袭般的智量上。这多么可怕。他们已来不及回顾和前瞻，更不愿寻找文化史上真正的不败的英雄。瞬间的快感，吸毒般地获取，积累着他们的孱弱和短命。

这时满纸驮载的已不是文字，而是书写的痉挛和抽动。我们面对它们只是在感受痛苦和不幸，只是在倾听我们匆促奔向末路的那种绝望的长嘶。

他们一再地表示，他们已经不再相信，对善的力量不再相信。他们也不太相信所谓的美。即时欢乐，并不断强化这种欢乐，对于他们才是真正重要的。一切可以延长的传统都要被埋葬，都要被藐视。他们妄想替代一切的成功经验。

这样不幸的时代来临了吗？我们正恐惧地面对了这样的一个时代吗？我们不能相信。

我们仍然依赖着品质，我们一直仰望着她的存在。只有她才会真正长久地存在下去。

1999.6.24

冷寂之余

人们总喜欢围绕一些数字做许多游戏，也生出许多感慨。好像人类生活离开了量化就真的没法料理。结果我们的岁月到处都划满了刻度。生命正是在自造或认知的刻度中消逝和更替。所谓的“世纪”之类，它的区分，也是人手造出来的。自己造出的东西常常让自己感到恐惧，现在，记录世纪的数码让人害怕了。这就是所谓的“世纪末惶恐”。

人世间的纪年法不止一种，那么关于它的数字惶恐大概也不止一种。不过不同的是，现在的惶恐是被夸大了，并且又挟带着某种文化时髦一起播散开来（西方惶恐什么我们就跟着惶恐什么；正像西方的大街上有要死要活的球迷，我们很快也有了一样）。其实真正值得惶恐的事情还有很多，只不过并非此类罢了。这其实是很可笑的事情。

不过无论如何人们还是要不时地总结，要憧憬，要自觉不自觉地进行这种工作，要低头与抬头，要生出一些希望。就此而言，这并不可笑。

我对现在和未来感到不安的，倒不是几个人为的数码，不担心它们会带来什么厄运，因为幸运与厄运与这些数码没有关系。我忧心的是其他，比如飞速发展的技术，它在当下和未来对人类的制约和摆布。我才没有多少心情去为技术的进步欢呼，因为技术的进步并不在本质上标示着人类的进步。从历史上看，科学技术如果不能与人的道德精神一起强大，那么它的结果只能是更快地使世界走向劫难。

比如电脑，它是靠数字运行的。在这里，数字又一次通过某种形式左右了人的生活。如今我们常常被告知：数字，只有冰冷的数字，是它们在变幻组合，正是它们的不同组合才表述着一个斑斓的世界。

世界真的如此简单吗？

诗，悟想，爱力，它们也都是数字的不同组合吗？如果技术真的可以制造和再现它们，那么它们也就成了我们所熟知的比较廉价的东西。但实际上我们知道，它们不是那么廉价。而目前最可怕的，是这个世界上那些自认为最聪明的人，那些每个时世都不会绝根的灵动人和快腿人，都成了技术主义者的知音和宠儿了。他们带着深奥的浅薄，正忙着总结和策划这个不幸世界的未来。如果真是这样，前途说不定就会毁在他们手里。

任何时代，冷静的思索者常常都被当成了保守主义者。其实保守是人类至为可贵的能力之一，是很了不起的一种力量。正是保守主义者平衡了这个匆忙而草率的世界，使她不至于倾斜，使她能够生存下去。极而言之，就连技术本身，它的保存和积累也要最终托靠给保守主义者。

在技术的时代，就特别需要她自己的道德家。

道德家也许并非比技术专家更实用和更显赫，但他们总是因为格外稀少，也因为其超乎寻常的坚韧性而显出了珍贵。他们对于人类的伟大贡献从来就无法估算。是的，有他们在悲悯地仰望星空，有他们伸着警醒的手指，我们会觉得安全得多。

这里我们不由得又想到了这个时代的不幸之一——文学。文学在跟从与唱和方面，起码在几十年里是做得如此的出色、如此的卖力。现在呢？现在它所能做的自感光彩的事情之一，也就是为技术唱和了。它恨不得立刻拥抱这个世界上最新奇的发现，铭誓般地宣告自己与时代潮流的偕同不二。它剩下的一点点质疑对准的倒是自己的迟钝不敏，它希望自己能够如光速一般跟进，而不再像过去那样快疾如风。的确，风速在计算机时代又算得了什么。

文学嘲弄和清算保守的年代终于来临了。殊不知这也正是它自己的末日。

与西方不同的是，我们许久都没有感受过为物质丰盈所迫的滋味了。还有，经过儒教的几千年濡染，中国艺术的“嚎叫”与“垮掉”大概也没有什么文明基础。要论起数字，用数字表述，那么盲目的清算和盲目的模仿都早了(或晚了）半个或一个世纪。太早了。由于对技术的推崇指数并不能马上换算成货币，因而财富也就来不及折磨这许多人，不能使他们真的痛苦起来。

可以设想的是，日后的时间（下个世纪吗？）会有怅怅的冷寂生出来。这冷寂对于我们都是好的。冷寂中，我们会，也许会设法独自思考一些问题。

冷寂之后是自尊。但愿如此。

1999.10.11，于济南

做人如做树

目前计划

一直想写一本小书，可总是难以完成。准备了很久，也写了许多片段。但真要通下来就得花费许多时间。大概还得两年。

我平时要不断地写一些片段，让它们存在手里，说不定什么时候就用得上。

到山里读一年书

到山里读书，这是一个诱人的好主意。不过还真有这样的山、这样的地方。古代和尚他们住到山里，主要就是读书。其实如果真是一把读书好手，待在哪里都读得进。的确，今天用读书抵挡浮躁和流言胡说，不失为上上良策。

现在西洋的东西处处成了标准，从经济到其他。西洋爱好什么，我们都赶紧学。都说世纪末的这样那样，其实在我们这儿主要是世纪末的窝囊。我更多地读了些中国古代的书。我的体会是，我们得有自己的爱好。我们是所谓的“知青代”，此代以下，恐怕还是盲目信了外国的多。这真是危险极了。

从春秋战国提出百花齐放到现在，儒家对于一个民族的成长多么重要。不过这可不是封建王朝手里的儒家。只要是他们的人，都不会理解儒家。儒家治天下的方法比西洋更好，更负责任，也更有眼光。西洋，特别是美国那一套，尽管有好有坏——从短期看，起码长于竞争——但从今天看，从长远看，总的结果是把人心和地球都一块儿搞坏了，而且已经搞得不可收拾。

对自己怎么看

似乎写了不少，但总觉得一切才刚刚开始。要说的话、要表达的诗意，都刚刚破题。回头看，我喜欢自己的一部长篇，它叫《柏慧》。随着年龄的增大，如果能多写些这样的作品，就好了。它单纯，干净，当然这也只是对比自己的作品而言。

风格和题材是否改变

大概会有。可能我会越来越专心于自己所熟悉的东西上面。现在看有些东西我多么熟悉，可是，原来，我并没有好好写出它们。这对我是个遗憾。

在文学和思想的浪涌里，做一个人就如同做一棵树，根扎得再深也容易摇动。不过，只要根不拔出来就好。

最突出的特点

没有什么太突出的特点。可能我有一点倔犟。这份倔犟其实在暗中护佑我，而不是损伤我，如果我要写作的话。

我希望自己成为一个冷静和安静的人。这样的人会有原则和勇气。潮流来了，先是站住。有原则的人才能谦虚，而不是相反。要写作，就必须永远警惕那丝“精明”之念，当然也不必装傻。

现在的钱都从广袤的乡村收到大大小小的城里去了，以便让城里“现代”起来，凑近西洋。我以后可能主要是到收过的乡村里去。那里的生活更真。真实的生活能教导人，教我们做人真实。多去乡村，并绕开粗鄙的暴发户，谎话就不再信了。

不去乡村，作家就会变成小孩。作家跟踪所谓“现代化”的高谈阔论，还不如多想想八亿农民、他们的现状，问一句怎么办。

冷漠无情的荧屏，现代传媒，街头小报，总的看一直是站在诗与真的反面。真正的作家不能偶尔才疏远它们，而是要持久深刻地表达自己的厌恶。

回顾 99 中国文坛

我对文坛事情注意不多。感觉上许多作家，我是指优秀的作家，还有好的文化人，与时尚保持了距离——进一步保持了距离。一些幼稚浅薄、嘈杂无根的拙劣媒体，简直是与他们处在两个世界，分得更开。这是极好的现象。这就是一个时期文化和艺术的进步和成熟。

存在哪些不足

在更多的冷静之下，作家对于一些荒谬甚至是肮脏的东西直面性的批判不够。这也许是因为他们有更多的大事要做。其实批判正是大事。我也一样，也一直专注于自己的专业和计划。

今后，大概文坛上能多一些批判的自觉？说不准。

个人的创作计划

我一直处于阅读和准备之中。我总是要写作。尽管感觉上有无数的东西要写，但还是要沉下心，一点一点写。时代快了，那么就让我慢下来，大概是越慢越好。

（1999.11.21，答《中华读书报》。）

小说：区别和判断

现在，如果是一部好小说，首先要是一部文学作品。因为小说这个概念经过了多年的演变，已大大不同于我们古书上的了。它应该是属于散文这个大范畴的。

如此讨论，就不应包括本质上属于另一门类的品种，比如曲艺类的通俗、言情、武打、演义等。诚然，文学与曲艺的界限并不总是明显彰露，但一般来说还是较易看出的。这样划分并非为了使小说突出高贵，使其他转入末流，而实在是为了提示一种区别。因为失去了区别的讨论就极易产生混淆。

依据这个基本的原则，临时想出几条好小说的特征，可能也不得要领。

一、有比较明显的、强烈的诗性。这样的小说更纯粹，直接进入了文学的本质。这极有可能是当代所有好小说所必备的、最为重要的品格。

小说的故事、人物、语言和思想，一切都服务于一种意境、综合形成着一种氛围。一些深邃难言的东西蕴含其中，只交给读者的领悟力。小说的吸引力、生动性，也都在营造的意境之中存在。

作者在形成一部小说的过程中，首先是被启动和领受了一种诗意、进而在它的牵引下结构起整部作品。这样的结果就是一部小说具有了诗的品质。它从形成之初就与其他小说造成了区别：不是立足于讲故事，不是立足于传达思想。

二、有比较明显的本土性、原生性。这样的小说才会真正含有自己的东西，才会是一个人独自完成的。它如果也受到其他作品的影响，那么这种影响并没有严重到了伤害作者独自感悟和认识的地步。

作者始终在一个领域里梦牵魂绕，其感受和表述最大程度地保持了某种单纯性，即较少被时尚浸染。这样的书一本是一本，无论是讲述的口吻还是传达的思想，都具有一定的陌生感。

这样的小说才是深刻的。它作用于艺术和思想界的，是生鲜和真实的魅力；它对于已有的一切，是一种补充、一种刚刚增加的重量。

三、有较强的内向性、稍稍矜持的品格。这样的小说在品质上更为贴近文学。作为意绪和心灵以及思悟的特殊表达方式，它要与日益覆盖过来的声像艺术拉开距离，独守品位，遵循传统。

它一般不会是喧哗和嘈杂的，不会是裸露的故事和理念，更不会是对大众话题的直接应对。它自有一种寂寞气和清高气，只让时间、让当代的一部分读者心向往之。它让人钟爱和心动，让人长期悟想和留恋。当然，它更适合于阅读，而不是讲叙。

它的特性会阻碍“轰动”和“强烈反响”之类。它使现代传媒的操作变得棘手和尴尬。它意味深长地处于喧嚣之城的一角。如果比作物质，它可能是最能抵抗挥发（分解）的一种。

四、有较强的当代性。这样的小说自然而然地源于生命的激动和创造。当代性的强弱常常是决定作品价值的重要因素。当代性往往与道德感结合一起。强烈的道德感可以成为批判意识和时代审美追求的动力。

当代性的强弱与作者所表现的生活领域并无决定性的关系。作者如果具有与时代对应的立场，那么就会从语感、思绪，从字里行间的一切方面，携带和透露当代社会的全部信息和奥秘。

平庸的作品无论叙写怎样时髦的内容，就是不能触动一个时期最敏感的神经。社会肌体与活的心灵丝缕相连，时代脉搏就会与作者心跳暗暗相扣。一个时代的作品，理应是其他时代无法取代的。

五、有朴素自然的形式。这样的小说可以囊括各种风格、各种探索。这种朴素当然由作者的心灵质地所决定，他的真实诚恳表现了一种自信和勇气，所以也最大程度地走向其他心灵，走向交流。

从屈原到乔伊斯和普鲁斯特，都可以看成是朴素自然的。矫情，惊世骇俗的方式，是内质虚脱和胆怯的表症。真实和率性，谦逊，纯真的本色，都会带来朴素。朴素本身就是一种深度，一种美德，更是一种长存的魅力。

每个时期的艺术先锋都是最朴素的。朴素更可能带来变革，无华也常会引起惊讶。所谓的艺术探索，就是走向时代深层的一次次“原来”；表现出来的只是一个个“如此”。任何一个时期，她的最优秀的艺术家都必然具备了两条：先锋与朴素。

（暂时想出如上五条——艺术学徒之见。）

另外，虽然艺术上没有对错之分，但作为一部小说，缺乏善意的思想倾向仍要减分；虽然风格上要提倡多样化，但作品中的油滑倾向仍要减分——这些大约也都是艺术评判史上的惯用标准。

除了如上五条，要详细说来条目可能还有许多，如语言、故事、人物、思想、批判属性，等等。不过它们大致也能包含在五条之中了。

1999.12.6

中学生与文学

武侠小说

现在武侠小说的中学生读者很多。我注意到报上关于这类小说的争论。许多人认为武侠小说是文化糟粕，是极为浅薄无聊的东西。还有人认为，中国应该有人写出自己的《堂·吉诃德》，这样就像当年西班牙盛产无聊的骑士小说，而《堂·吉诃德》的出世使其绝种一样。这个看法当然很有意思。总之一个精神上无所寄托的时期，许多人容易向往一些无聊之物。

有人从文学的意义上厌弃武侠小说，这倒没有必要。因为这多少也算文不对题。广义上的文学可分为两类：一种是纯粹意义上的高雅的艺术，另外一种是流行的通俗读物。而武侠小说就属于第二类，属于曲艺的范畴，有些类似于评书、相声什么的，因此它不属于现代严格意义上的文学。但我们还是要看它在曲艺方面的地位。把武侠小说与纯粹的文学拿到一起，其可比性很小。好的曲艺作品同样是好的，不能说是糟粕。问题是武侠小说的本质是对一些丑陋东西的颂扬。所谓的“侠客”，即是稍稍经过伪装的流氓，是流氓的一个变种，一个流派。这一点必须界定。

现在如此大面积阅读武侠小说之类，已经引起了有识之士的忧虑。不过我看这事也不能太急，因为急了没用。这还要等待一个民族文化素质的提高，到了适当时候，人们就会自觉扬弃一些无聊的读物——像武侠小说之类。

炒作的作品

有的作家喜欢与媒体紧密结合，这是一种选择。作家与作家不同，有的作家总与当代传媒保持一定的距离。不可否认，被炒作的一部分作品是相当好的，而另一部分不好。看来只要好，商业化也化不掉其中好的部分。反过来，如果不好，任何炒作都不能使其变好。倘若真是文坛上不可多得的佳作，怎样都不让人厌恶。

现在的实际情况是，越是浅薄的东西，就越是大肆张扬。

好的思想与艺术，在一个没有标准、失去心灵秩序的时期，会被误解和淹没——人们起码有这样的担心。这当属正常。不过炒作常常是不择手段的。优秀的作家任何时候对手段本身都会选择，无论其目的多么高尚。

语言的苍白

写作之初会遇到表达障碍，这很正常。其实这种障碍会伴随写作者的一生，只不过出现的频率和方式会有不同。中学生是一个全力克服障碍的时期，广泛吸纳的时期，当然不能急。现在心里想的是十分，表达出来的只是四五分，好一些的六七分，再好一些的也只有八九分。还有生活阅历的问题，阅历的短浅会限制思想，限制想象。其他如词汇量不够，缺乏丰富的联想、想象，等等，这些综合一起也限制了表达。所有不利的方面加在一起，交错影响，表达就进一步失去了动力，没有了主动性。因此在写作之前一定要经过深思熟虑——虽然有时也讲创作应最大限度地保持“临时爆发力”，但中学生作文之前还是要想透。

不要综合报刊和网络影视之类的语言。这些语言与文学语言是相反的。这是一种流行性的、在接受上做出了极大妥协的表达方式，没有个性。而文学最基本的就是要讲个性，讲自己的而非任何人的话——无论别人说得多么有趣和有意思。也不要向他人模仿个性——个性是生命里的东西，是不可以学习的部分。学习文学，写作，这个过程即是认定和发掘自己个性的过程。个性总是朴实的，而绝不是故意闹怪，更不是逞能和轻狂。现在的一部分中学生的写作总是以狂妄为主，以为这是个性。其实这是学来的——如果大家都狂，都一样，这还有什么个性？

从小朴实，本分，求知若渴，这样在将来才会成大器。

平时的阅读

我所知道的中学生，有一部分读的东西不好。这会长久地影响他们的生活和写作。仅仅是将写作破坏掉，这还不算太大的损失——因为将来也不一定从事写作；它的可怕在于破坏了人的观念，染上了不良意识，不能好好做人。

许多人的意见我很赞成，它由简单的一句话即可概括：少看电视，多读书。

电视对人的伤害很大，因为电视的图像和声音，不必经过大脑的思索就会进入。它会使人的思考能力退化。人是非常脆弱的，人仅仅因为思维能力才变得强大。想想看，比力气，人不如马和牛；比迅猛，人不如狮子老虎。人实际上就是帕斯卡说的“会思索的芦苇”。在现代，越是素质高的人，越是自觉地与电视拉开距离。当然不是说一点都不能看，电视上也有极好的东西，比如“探索频道”、“地球的奥秘”之类。

通俗歌曲少听一些，或者干脆不要听。这些哼哼呀呀的东西有百害而无一利。书籍方面，能看大部头自然好，不过就怕你们没时间。小报上的散文要少看，电视散文也要少看。这些散文中的大部分都是商业时代的俗气作文，充满了市侩气和娃娃腔，没有作者自己的语言，更没有独立见解，不能算文学作品。

港台散文好的也比较少，其中的很大一部分是商业化的，水平停留在“青春留言”之类的层面上。

人生只有一辈子，我们有权选择高雅的精神结晶，并拥有它。不要总去接受廉价的东西。

懂与不懂

有些文章貌似读懂了，实际上却不一定。现在也许不要读太深奥的文章，晚一点读，尽可能读得懂它。也不要读太浅的。就像取东西，既不取手边的、低于自己视线的，又不取极高处的；应该取跷一点脚刚刚能拿到的东西——这样有利于身高的增长。随着长高，取到的东西也就越来越好。

懂是一种见解和分析，要有穿透性的目光。不仅艰辛的著作不好懂，哼哼呀呀的东西也不好懂——我们要看透它的本质就不容易，比如它与一个时期的强势的结合，向潮流献媚，无情剥夺底层劳动者的利益、这种种残酷性——因为哼哼呀呀的东西说到底是一种遮掩和粉饰，它们麻醉和转移大家的分析。我们都知道，失去了分析，人就像动物差不多，就可以让人随意宰割。

女 作 家

不仅是文学领域，还有航天工业、自然科学等方面，女人的机会还是少了。男性由于扮演的社会角色与女性不同，他们有更多机会经历大欣喜、大悲哀、大苦难。因此他们的生活比女性还是要相对丰富。由于人类的生活观念，女性往往退居二线，这样对生活的感触就要少于男性。有人可能说那就专门表达“二线”吧，这就会胜过男子。当然，就有这些成功的例子。

问题是，“二线”总是“二线”。

要根本改变这种现状，女性作家就一定要像男性作家一样，把自己投入到一线去，勇敢融入生活，最大限度地接受各种信息。作品中，要能够把伤感过度到悲痛，再过度到苦难。这就比如有两根弦，一根粗，一根细——拨动细弦，声音脆亮动听，但震动的是人的耳膜；拨动粗弦，会发出嗡嗡的声音，震动的是人的心灵。女性作家现在需要去拨动粗弦。

我所看到的一部分女作家，她们极为优秀。她们已经震动了人们的心灵。法国有个女作家叫尤瑟纳尔，有一支如椽巨笔，在她那儿简直就没有性别之分。其实真正优秀的女作家性别意识总是很弱的。中国也有女性意识很弱的女作家，她们天然大气。她们将会创造出前无古人的女性杰作也说不定。

写作的苦闷

许多人问到了写作生活的寂寞与苦闷。不是一点没有——任何工作都会有。但总的来说，写作是快乐的。正是这快乐使这种生活有了无穷的魅力。写作是情感最高层次的投入与产出。雨果说过类似的话：一个在月球上行走过的人，给他个县长他就不会做了——他的意思是，他已经领略过如此的境界，有过大陶醉了，于是世俗公认的价值和欢乐也就失去了吸引力。没有在月球上行走过的人，他当然不会有那种体验。作家，这里是指真正意义上的作家，都是在月球上行走过的人，他们拥有非凡的、不为人知的巨大快乐。

至于文学的意义，我们在《爱因斯坦文集》中可以看到这样一个段落：有人问他，最有意义的工作是什么，如果让他选择？他说出了几个最有意义的行当，其中就有文学。因为文学使整个社会的素质在提高，它的审美意识，思想的承载，浪漫的情怀，都是人类生命智慧最综合最神奇的一种展示。它的伟大之处尤其区别于技术。而科学容易走向技术主义，容易与商业社会结合，其一望而知的实用性弄不好就会把人类的前途毁掉。科学是把双刃剑，可以造福人类，也可以毁灭人类。只有人文精神可以用来平衡一个倾斜的世界，使人类避免自毁的命运。

伟大而崇高的使命感，其事业的道德基础，这是构成文学家快乐的最重要的源泉。

前期与后期

许多人认为作家们的作品，大多是前期好，而后期的质量总是在下降。这个问题需要从几个角度来考虑。有的作家其实并没有退步，那只是时代的误解。而真正由于自身原因而后退的作家又分两种情况：一是因为他的生命力减弱了——开始时他的作品虽然不够成熟，但是情感力度很强，情绪饱满；而生命力一旦减退，没有感情了，再成熟的作品也不受读者喜爱，因为不动人。二是因为情感的变化——当一个人刚开始干一件事情时，由于并没有成功，所以仍旧处于奋斗状态，这样做出的事情就会很有生气。一个人在具有压抑感的时候，在处于底层的时候，总是很有力量的。而一旦所谓的成功来临，情感就会飘忽，就会自觉不自觉地与大多数人脱节。那时候无论做什么事情都不会完美，不会有大的成功。

人性大半就是如此。这是一个规律。

前边说过，也有对作家的误解，这往往是时代性的误解。当然，这除非是真正优秀的作家才能遭到这种误解。比如，如果一个作家能够始终坚持自己的立场，一直执着于自己的发现，像一条巨河一样往前流动，他也会遭到不同程度的误解。因为一般人的认识是要跟随时代风气的，他们对于独立寒秋式的思想与艺术根本没有能力理解。这时候，这样的情形，那个作家会是很了不起的。所以这时候不是作家后退了，而是读者跟不上了——他们已经失去了与巨人同行的能力。在文学和精神的历史上，这样的现象简直太多了。

(1999.12.2，济南市实验中学对话录，标题为整理时所加。)

生存方式

新世纪的寄语与展望

面对“全球经济一体化”的浪潮，新的世纪更需要一个民族的文化自觉。如此，就会是一个清醒的民族，一个真正走入现代的民族。

想一想，不过是如上两句话。

作家以什么方式生活

我只是一个专业写作者，我还不能说是一个作家。我的主要时间都用来读书和写作，这是我的快乐，劳动的快乐。有了自己喜爱的劳动方式，人就有幸福感。我不知道还有什么比从事自己喜爱的劳动更好、更充实。

写作者的最大行为就是写作。他的作品既可以是“喧闹”和“浮华”的，又极可能是安静的。一切都由作者的资质决定着。

在物欲充斥的现实中

人有物欲是自然的。但人与动物的主要区别就是他所具有的思想的力量。人类的成长进步也就是不断显示和加强这种区别。

没有思想，物质就得不到有效的积累，这也是令那些物质主义者后怕的一个事实。思想者的理想很高，但基本的一条，就是让大多数人的起码物欲得到保证和满足。至于他们自己，在现实中得到的大概已经够多了——起码直到今天，他们的思想还没有“下岗”。

目光投射在哪里

这的确是一个新的时代，因为我们正在走进的是一个数字化的社会。这个时期也令人担心。我害怕技术主义淹没了一切，现实生活将进一步削弱道德伦理内容。在这样的时期，人哪里还会有幸福可言。所以，今天我们非常需要区别科学与技术、技术与技术主义，对其有所分析；我们需要比以往任何时候都更加关注全社会的人文素质状况。

生活方式的异同

每个人都有自己的专业或主业，这一点上大多数人都没有什么不同。说到写作，那么一个真正的写作者并不以物质收益为重，这在一个时代里，特别是今天，可能要与一些人不同。

我最想做的事还是写作，是有自己的时间和空间，能够读和写。写作和其他劳动不同，这种劳动的权利是很容易被剥夺的。如果重新选择，也还是一样：从事写作。因为我觉得这是人类最重要、也是最艰难的工作之一。

下个世纪的预测和期待

这些都难以回答。因为这些问题太大了。一个民族的走向谁也难以预料。我们面临的实际上是一种两难状态：不发展不行，发展又会带来诸多麻烦。西方的标准，他们的游戏规则，是发展中国家在竞争中不得不接受的东西。可这其中哪些才是健康的、生机勃勃的部分？选择对于一个民族来说太重要了。简单的模仿，瞎起哄，一个饱受创伤的民族再也做不起了。

（1999.12.7，答《山东青年报》。）

有一个梦想

杜甫在当年有两个悲叹让我难忘，因为他看到和感到的哀伤愁苦都是人世间最基本最常见的东西。一是他的“朱门酒肉臭，路有冻死骨”，二是他的“布衾多年冷似铁，娇儿恶卧踏里裂……安得广厦千万间，大庇天下寒士俱欢颜”。

一千二百多年过去了，杜甫的悲叹如今仍在人们耳畔震响。一边是炫目的网络和智识阶层的扯淡，一边是诗圣濡湿千年的长泪。鲁迅先生当年说要“睁了眼看”，就是不回避，有真心，能牵挂。这已经成了世纪末的难事。因为任何人，只要想分得一杯羹，就不能冲了欢喜和吉庆。现在许多人都学得乖巧聪明，连最基本的梦都不敢做了。

将朱门多得快要烂掉臭掉的酒肉分出一点，让路边冻饿濒死的人活命，这似乎不难。让无一床像样的被子、无一间房屋遮风避雨的人得以苟活，这好像也不难。

可是看上去不难的事从来都是最难的。好像难到谁也做不到。因为从古到今，任何时候都会有人振振有词地“看主流”、“成绩是主要的”——这样说着千年不变的鬼话套话，以维持千年不变的“杜甫之悲”。

我看过不少富庶之地，那里伟大的“开拓”真是空前绝后，已经学得很像欧美。我也看过更多的边地远野，那里的贫寒之象让人不忍卒读。无论从这一极到那一端，到处都有食不果腹者，有在雨水和寒风中嗦嗦打抖者。还有，伴随这些的，到处都有成行的进口车，成排的盛宴和欢庆，一掷千金不眨眼的官场。

这些就是千古不变的风景？这些就是人类的命运？

一个人会因为害怕自己的“茅屋为秋风所破”，为了逃避本该属于自己的那床“冷似铁”的“布衾”，为了免做“路倒”，不得不小心谨慎，精明再精明。这样的结果就是两个字：逃出。可是一旦逃出险境，逃出所谓的人生哀难的险途，立刻变得尖牙利齿了。他们一朝得意，再无心肝，连起码的怜悯也没有。无论是谁，逃出一个算一个，几乎很难找到例外。

智识阶级逃出了，于是他们学得油嘴滑舌，卖了良心，合伙鼓噪。小官人逃出了，于是他们仗势欺人，横行乡里。真的没有个例外吗？不，应该有个例外。我们曾经寻找着例外。

有谁敢于统计，一个发达或不发达地区一夜的公费挥霍到底是多少？又有谁敢于统计，这同一地区大面积贫民一夜的衣食住行所需花销总值仅是多少？更有谁敢于统计，走马灯般的轮换升迁背后藏下了多少罪恶？还有谁敢于统计，那些得意者一个个是怎样逃出了贫困，背叛了祖先？要知道他们的祖先大多是穷人，他们自己是一朝“胜出”，愈加后怕。祖先痛苦的经验累积心头，正是又凉又沉呢。

这些就是千古不变的风景？这些就是人类的命运？

“阶级斗争，一些阶级胜利了，一些阶级失败了，这就是历史，这就是几千年的文明史。”毛泽东如此概括，简洁扼要。“胜利”之后呢？还有，一个阶级是如此，那么一个人呢？一个人所谓的“胜利”之后呢？

一个人难道真的不可以有人道和怜悯吗？最基本的东西难道真是不可企求，是人世间最大的高调吗？最基本的，即最低调的——“低调进取”还不行吗？

不，这仅仅是一个梦想。在新世纪开始之初，这也仍旧是一个梦想。现在如果因为高科技和发展的喧哗嗡嗡震响，因为总是一味梦想移民太空，因为不能即时追赶现代繁华而忧愁，那也不过是患了一种现代昏胀症。我们的现实告诉我们：一切远不是那么回事。

智识阶级讲体面，讲风度，下笔之前只是惦记三坟五典，西洋拉美，已经厌恶人间烟火。这是可悲的。这种悲其实也连着当年杜甫之悲的源头。智识阶级的背叛与另一些人的背叛在本质上是完全一样的。背叛的智识阶级眼里没有焦灼，没有激愤，也没有什么真正紧迫的问题。他们正忙于无耻的拜金时代所交给的一切。

“全球经济一体化”的甜饵挂在那儿，于是无论地方小官人和庙堂小书生，一个个都学会了几句时髦。辫子刚刚剪去，洋文三三两两，人也足够聪明，就是没有良心。

话说到了这里，我们都会问一句怎么办？宏论已经太多，先是应该打住，然后去大街上，去寒风里，扶起垃圾堆旁摇摇晃晃的饥汉，给无衣无被漏屋破锅的贫民想个办法。今冬也寒，江南落雪，中原悬冰，瑟瑟抖抖的打工者于路上挣挤，好端端的客轮在近海沉没。仅是这一幅图景就让人在大节里高兴不起来。

还是那句话：我有一个梦想，梦想在未来的世纪里，中国出现了大悲悯，真人道，把最古老的牵挂去掉，除却杜甫当年悲。

2000.2.3

悲观与喜庆之间

一

“发展”是个令人兴奋的话题，但是今后人们将不得不更多地盯住自己的生存环境，自觉不自觉地进入权衡，以判断自身的承受能力。

在这样的时刻，无论是个体还是群体，都会隐隐渴望把握当代的伦理依据，用以消除置身现代潮流中的悬空感和自卑感。下个世纪也仍然不会有什么幻想的奇迹，有的只会是劳动、喜悦、受苦、勤奋、煎熬、伤痛、欺骗、情爱，这些日常的东西。

每个时期都有一团时髦围逼过来，但其中的大部分不是解除而是加深了大众的痛苦。所以，下一代好的艺术家一如上一代，也仍旧是怀念，是自我的怜惜和自尊，是背向大大小小各色各样的啦啦队。今天，看看模仿中的滑稽和失态，再看看寒地的星星炉火，真是无言。

但是，新的时代毕竟来了，大声喧哗中的美好吟哦时有发生，人们已经在断断续续的喜庆中忘记了悲观；当然，有人认为悲观也是没用的。

二

由于智识阶层更多地居住在城里，所以他们能够敏感地体味所谓的“数字时代”、“全球经济一体化”的含意。现代传媒在使世界变得更加容易沟通的同时，也让人丧失了思考沉浸的空间和独立想象的可能。

在这种状态下，知识分子或许要警惕自己变为一个时髦群体、一个浮浅喧闹的喝彩者。恰恰是今天，我们必须一再地提到文字的作用。因为在两个世纪交替的时刻，文字理应显示自己在现代交流中的核心力量和主导性质，进一步提醒和确定自身与声像技术的区别，担负起提高一个民族文化自觉的重要责任。

任何一个时期，离开了对思潮、特别是对技术主义的批判和质疑，就会失去一个时代的伦理依据。在今天，大概比以往任何一个时期都更加需要关注和认识基层，特别是广袤乡村的边地山区——因为现实生活既可以做任何知识的化学测纸，同时也是它们的主要来源。所谓时代的伦理和时代的深刻，实际上也正是取决于我们能否深切地关心民众。

三

整整一个时代不知不觉地陷于声像麻醉，并不特别令人吃惊。也许我们会察觉一个可怕的隐忧，发现以电视传播技术为代表的现代传媒对第三世界的损害无法预计。它会远远大于第一第二世界。贫穷单调的生活，狭窄的娱乐空间，精神和文化接受能力的局限，文盲和准文盲的巨大比数，等等一切都决定了他们在现代传媒面前的悲惨境遇，即进入彻底的无抵抗状态。接受，只有接受而难以拒绝，更难以选择。

因为历史和现实的原因，也因为其他——或者还包括了一些文化方面的禁忌，第三世界与第一第二世界的文化核心人物一样，总是更多地脱离现代传媒。这就使第三世界的声像技术进一步沦为浮浅载体。与其他国家的主要传播渠道一样，它们总是分属于某一些权力集团。此乡与他乡一样，也不会有其他声音，只有来自一个方向的震天的轰鸣。当然，这里早就不存在对于声音的选择和判断，不存在这种权力。需要个性化的见解吗？这里将因为没有“见”而失去了“解”。

因为浅薄，怯懦，更因为粗鄙的物欲驱使，一个民族会在极为强大和单一的声音牵引下，走入自己命定的歧途。

四

我们慢慢接近了一个最悲观的命题。即便是再大的喜庆也不能抵消它的哀伤。我们还会发现，所有的喜庆都来自他人的需要。有人为了将这场喜庆强化得更真实，非常需要一个普遍的误解：这喜庆是自己的。

很少有人认识到：对于节令的误解会导致可怕的后果。

因为说到底，节令不过是人类关于生命意义的最大程度上的一次认识趋同。于是，利益和权势集团最乐于做的一件事，就是强迫人们接受他们制造的节令。他们为了自己的目的而制造节令，编造庆典。

在现代，要进行这一切活动就越来越离不开传媒。传媒在此是真正的同谋者，事端制造者，当然也是民众意识的扼杀者。如果有人提出对现代传媒来一次生硬而彻底的拒绝，那就一定会被指斥为当代的歇斯底里。可是，民众又会有多少选择？具体到一个人，他又会有多少选择？答案将是非常悲观的。而彻底的悲观必会产生极端的行为。

飞速发展的技术与精神的极度衰落，生成了我们这个失衡的世界。我们越来越对技术失去了控制，这就是我们悲观的根源。

五

技术的强大是因为它的自身属性，即它与精神的根本不同——技术能够有效地积累。而精神，道德伦理范畴的东西，却很难继承性地呈现线性发展。精神总是在不断的质疑和否定中，在绝望与颓丧的交错中，还有——在理解和表述的双重晦涩里，一次又一次失去。

果然，我们多少年来一直特别害怕“清谈误国”。可是我们没有能力向另一个方向伸展思维，没有问一句：丢弃了清谈的实干能否掘掉自己的未来？奇怪之极，回避“清谈”的同时却常常也在回避民众。因为我们意识中的民众往往与“实”而不是“虚”连在一起。我们差不多完全忘记了，正是那些大“清谈家”当中出实证主义者，出民粹主义者，出清新而深刻的思路，更出高屋建瓴的风范。只有真正伟大的民族才会有自己的大清谈家。

这个时刻我们不由得想到了战国时代的稷下学派。那是一大帮清谈家，时代宽容了他们，他们也恩慧了时代。没人会忽略了历史上的这个繁荣的“百花齐放”时期。

物质主义者对于其他，特别是对于思想，从来谈不上什么崇敬之情。物质主义者误认为自己才是世界的创造者。其实物质主义者的能力充其量不过是一种自然的力量，具有一种自然属性。它本身并不能创造，它只能被用来创造。而使用它的，也只能是思想家。

六

人们会问自己，人类处于一个数字时代还能做点什么？在技术称雄的神奇时代，作为一个人，似乎更加不必束手就擒。只要不是被数字缠得死紧，只要尚可以呼吸，就能够有所作为。我们如果能在深刻的悲观中进一步理解这个世界，我们也就有可能走进自己真正的喜庆。反对技术主义正是为了求证科学，正是为了推进人类的认识。没有一个繁荣的时期是被单纯的技术主义牵引出来的，也没有一个思想家会同时又是一个技术主义者。

实用主义者正因为是目光短浅的人，他们讲求效率，力倡务实，所以也就掩盖了特别有害的一面。他们的自私与狭隘是时代性的，所以他们耗损与伤害的会是整整一个民族。

这里自然又回到了“深刻的悲观”这个话题。是的，在这个新世纪之初，我们的确需要从这里起步。

2000.2.14

回顾与畅想

“亚洲百年百强小说”和“百年百部优秀中国文学图书”

现在国内国外各种评奖评选很多，让人眼花缭乱，大多没规矩，没意思。当然，或许一百年的时间可以告诉我们许多，帮助人们拨开眼障。

但是我们这次也看到了，海外评选者给予一些高雅作品以极大的肯定，可是也评出了那么多武打小说。他们评了许多古里古怪的东西，可能都在一个范围内有影响。文学就是这样，一有影响就不好说了。我们常常看到：许多作品写得的确很好，可是没有什么影响。所以有时我们并不知道评选者要的到底是好作品还是有影响的作品。它们有区别，而且这种区别很本质也很大！有人可能说二者都要兼顾，因为影响常常与品质相关。可是人们心里明白，它们还是有区别的：甄别和判断，找出种种区别，这才是评选者的任务和本分。

关于百年文学，国内与海外的两次评选质地何等不同。这当然取决于评委和专家的资质。

一百年来出现了多少优秀作品，有过多少伟大的记录和想象。我的创作比起已有的一切，应该说微不足道。

道德感非常沉重的作家／作品沉郁悲怆／社会发展必要付出的代价

我认为，作为一个写作者，不存在道德感过于沉重这类问题。能够把握一个时期的伦理依据，这将是任何一个坚持思想的人，而不仅是一个写作者面临的最重大最迫切的问题。失去了这一切，他将无以为文。正像一位伟大人物所说：在一切原则之上，总有一个更高的原则，这就是道德的原则。是的，是它在构成诗人之心。

至于其他，当然还有许多“原则”，于是也就有了其他各种各样的“心”。任何人都可以从各种角度，去比较这些“心”的质地和高度。

社会要发展，要忍受的东西就会很多，比如说忍受和容纳“诗人之心”。

对大地的切肤之爱／“大地”情结与农业文明／野地与精神归宿

一个写作者笔下流露的内容和情感，当由他的心灵性质所决定，这里面当然包括了经历、命运之类的影响。我的“大地”、“庄稼”和“自然”，只是表达我的感知，我的内容，我的审美追求。我在感受当今世界的一些迫切需求，特别是个人的生命需求。显而易见，每个人的感知都会是不同的。

“对农业文明的眷恋”，“拯救之方”等说法，都嫌简单。其实我们面临的这个世界哪有那么简单？“野地”就是“野地”，是我们熟悉和陌生的那种东西而已，它怎么会成为人类未来的理想世界？我们如果把精神归宿到“野地”，那似乎也不可理解。

大地，自然，它的永恒之美，人类永远无法脱离。即便那些习惯于“太空思维”、“数字思维”的时髦英雄，他们尽管对“农业文明”厌恶之极，可还是要赖在地上。

总之，对于作品，一切都得归入诗性诗心诗学的意义去理解，只有如此才能走进文学的意象。现在的许多文评，包括一些言之凿凿的论说，都是一些毕业不久的人弄出来的。

早期作品／80年代中期以后的变化／几大箱手稿

自己作品的变化，自己往往并不敏感。正常情况总是：一个人随着年龄的增长，感知多了，心头沉了，觉悟也就变得远了。

无是清新明丽还是忧患沉郁之类，都要真实，要朴实，不能矫情刻意，不能过于追求。写作就是人在路上，一直往前走，一直努力，就会有许多意想不到的变化。

说到底，写作这种事情，最可怕的总是时髦的侵入。永远脱离各种时髦，才会有个人的、自己的写作。刚开始写作的人往往弄不明白一个浅显的道理：他一旦跟住了时髦也就丧失了写作。这本是个简明之理，现在或者不被人理解，或者干脆给理解反了。

我发表作品之前的确写了许多。因为必须这样。一方面当时报刊极少，另一方面每个写作者都要经历漫长的、极其艰苦的训练。这种训练对于百分之九十九的人来说都是必不可少的。缺少了这种训练，关键时刻会出问题。

文化背景中的发扬和发现／传统文化精神

我们有时觉得，我们没有也不会有什么新的创造；但是从另一方面看，世界又真的在飞速变化，我们总是要不断面临崭新的东西。于是一些老话题就难免要与新东西产生碰撞。而其中真正的新东西，所谓的创造和发现，也就在这种碰撞中产生。一个人的写作如果是身心感应中的真勇之举，那么它就肯定是特别具有创造意义的。

我们在阅读中常常会发现，有些话，有些意思，似乎在传统中早就有过了——它怎么又在世纪末复活了？是谁使之复活？它真的只是一次复活？细读下去我们又会发现，不，它已经改变了，它现在真的成为一种崭新的精灵在世纪末飞舞了。

作品深沉忧郁的诗情／博爱精神和阴柔之美

“阴柔之美”还是“阳刚之美”，这在许多作家的作品中作为风格、作为生命信息，传递和表达时常常呈现出某种对立状态。但的确也有些例外，比如它们会统一在同一个作家甚至同一部作品中。

我觉得作家的深刻情感，在不同的场合和情境中，会产生不同的表达方式和表达意味。

早年的生活／影响最大的是什么

我写了许多海、海边丛林；还写了孤独，以及许多野生动物之类。因为它们给过我影响。那些出生在胶东沿海的人大概熟悉这些自然背景。

当然，更大更有意义的，是每个人很早就开始的生命深层的具体感知，比如欢乐，比如命运的悲惨和人生的险峻。这些体验在深度上每个人都不会相同，虽然每个人在童年时期都能遇到。

学习鲁迅／鲁迅给予的最大影响

我以前曾说过，鲁迅是中国所有好作家“精神的生父”。我这样讲，意思也许简单模糊了些。因为“好作家”这个概念不得了。其实我的意思是说，鲁迅的勇气足以大到这样的地步：他能够把时代的恐惧逼退。

他爱生命，爱生活，可是又不曾因一己的安危而变得唯唯诺诺。这些，我们可做不到。但我们可以感知他的精神，并在感知中成长。

从《古船》到《九月寓言》／思想的流程

依我看，从《古船》到《九月寓言》，中间当然有变化，但不能说是转向。应该说是不同作品的不同内容。二者不能简单做高下之分，也不能截然分离。后来的《柏慧》和《家族》也是这样，也不能看作又一次转向。

《九月寓言》不能过于简略或直接地诠释。它的“社会重大问题”依然如故，不过是表达方式和笔调有了变化。任何飘逸出社会之重的所谓“炫技派”，特别在当代中国，都会是无足轻重的，他们不会是什么有内容的诗人。

现在好像万事皆空，直取人生之乐才是真。谈“良知”、谈“立场”的人虽然还有，但毕竟少了。岂不知作为一个作家，这样下去只能是自我取消。我在心中常常质询自己，只希望能一直向前。我害怕在时代风气中滑脱。

我认为在大的方面，我的写作一直没有改变。如果是这样，这种“不变”才是我的意义。

《徐市（福）文化集成》／借助历史进行创作

我主编了五卷本的《徐市文化集成》。长期以来徐市（福）这个人的形象很模糊，民众不过以为他是个骗得了秦始皇的大聪明人，是个很幸运的家伙而已。其实不然。我编这卷文集的目的，不过是想揭示这种“不然”。

尽管时间过了几千年，许多史实正在湮灭，但徐市在精神方面的力度，他的了不起，你尽可感知。

当然，文集有一百多万字，其中水平差异很大。有些文字因作者的浅俗而浅俗。当时也只能如此了。

作家不是到了一定阶段才借助历史创作，而是看他一个时期的情绪和方便。有的作者在刚开始写作就“演义”起来，这样做了一辈子。

不过，写历史人物、历史事件，怕的就是“演义”。那就成了通俗小说。通俗小说属于曲艺的范畴，而非文学。言情小说和武打小说也一样，统属于曲艺大类。这样说，有人立刻会搬出《水浒》《三国演义》《西游记》等，问它们是否文学。当然是。但它们不是通俗小说，而是经文人整理的民间文学。民间文学当然是永远不会被打败的。

对九月的感情／审美取向和人生态度

“九月”是阴历的九月，是收获和总结的季节。我喜欢浓烈、丰腴和丰硕的感觉。九月的颜色是浓绿，不是翠绿和浅绿，这种颜色沉着，有力度。

人在“九月”这样的背景中活动，当是更有活力、更有表现力的。

相对于“九月”，其他季节就有些贫瘠了。在其他时刻，人会觉得干涩。“九月”在一年中很幸运也很特殊：一部分花开得很好，而果实又是主要的。就是这样一个月份，它的花与果俱在。这不是特别吸引人吗？

今后创作的打算／童言无忌般地写作

我会写得很少——这样直到更大的年纪。我设想：当一个人真的老了时，创作青春再爆发、再童言无忌般地写作，那会有多好！现在不行，现在觉得一切都不足，准备，学养，一切都太浅了。每个人在有了一定量的辛苦劳作之后常会有所觉悟，会开始知道什么是谦虚，也多少知道它的意义。

我会一笔一画地认真写下去，只求写得更有意义。我不会参与喧嚣。

(2000.2.14，答《齐鲁晚报》。)

想象的贫乏与个性的泯灭

——对世纪末文学潮流的忧思

一、中国当代文学在脱离传统

我们很难在此简单地概括出中国文学的传统。但我们可以大致做个研究，以得出初步的结论。我们主要是寻找其精神的重心，虽然也必须涉及表达的形式。大约十年前作家提出的“寻根”，就包括了对传统的考查。

中国先秦文学的诗经，诸子散文，楚辞，至为绚丽，是后来难以超越的高峰。一般而言它们执拗地入世，追求理想，倔犟，具有低层性，对物质主义保持距离，并时常呈现出警觉和进攻姿态。

至秦汉，司马迁及王充等文学家基本承续了先秦之风。王充曾有过“劝善惩恶”、“匡济薄俗”的倡议。其间虽有驳杂和分流，但自先秦以来，基本上有一条清晰的精神脉络。

今天，我们为之目眩的文学之珠仿佛仍然触手可及：诗经，楚辞，论语，庄子，史记，唐诗宋词；我们久久仰望的璀璨之星依旧排列如仪：屈原，孔子，庄周，李白，杜甫，司马迁；可更为真实的情形是，这一切已显得十分遥远，正在无可挽回地淡去。文学的宇宙同样在膨胀，其他星系正在脱离我们而去。对于过去，我们真的是既熟悉又陌生。

如果有谁愿意掀开帷幕一角，仍会惊讶这几千年来的伟大瞬间，凝视浑身披挂鲜花香草的屈原，在秋风中站立的杜甫，言说北溟的庄周，以及辨理说难的稷下先生——其中有一个叫田巴的人竟能“辩于稷下，日服千人”。是这样的一些人和情景。他们的全部行为只有一个主题，就是对应自己的时代和世界质疑驳难。这里是那种源于生命的悲悯和忧伤，是大欢欣和大热情。比起孔子一生的木车颠簸，永恒的《论语》也不过是一册微薄的纪念。

回视中国当代文学，发现她正在背离这条道路。作家想象萎缩，情感冷漠，却又能习惯性地嘲讽自己民族的文学传统，急于融进时下的世界潮流。好像一个第三世界国家的作家必然要做一个精神上的跟从者，好像也只有如此才好理解，才能够被谅解。

其实一个发展中国家的作家大可不必在强势面前表现出精神贫贱的媚顺。

冷静下来可以看到，文学领域很少有哪个时期出现这样的情形，即自觉地、不约而同地与一种潮流一种时尚，比如商品和技术时代的同调相应。作家引用自己的艺术，并且消除了道德与伦理的禁忌，对物益时势给予合作。他们开始觉得诗以言志为耻，认为嘲弄的时代来到了，彻底清算保守主义和道德家的时代来到了。可悲的是，其中的一部分还以为自己至少是在继承“五四”之风。“破字当头，立也就在其中了”，道理虽然依旧，但“破”的时代已经延续了太久。他们忘记了时代。

二、脱离传统的原因

中国当代文学对于传统的脱离，速度之快出人意料。其就近背景是经过几十年的文化与经济的禁锢封闭之后，艺术和思想领域急于冲出积蓄日久的愤懑，进而却在反拨中失去了冷静；更重要的还在于西方商业流行文化的全境压进，使中国作家丢掉了自己的思想和语言。

作家被技术和商业时代的规则、喧哗和繁荣剥夺了一切。在前所未有的快乐磨损中，没有了审美理想，没有了个性，当然也没有了想象力。以往那种散发着强烈原生气息的独自创作消失殆尽。

作为西方物质主义的消费文化，是现世与享受、发泄与纵欲的文化。飞速发展的科技与精神的萎缩，全面走向现代与彻底扬弃道德，二者之间造成了巨大的失衡。而中国当代文学在这种世纪末紊乱的文化版图中放弃了判断，盲从了时髦。

实际上禁锢和封闭下的无论是经济还是文化，最终的后果都会一样。欲望如水，满溢流泻就会冲决原来的河床；水息了，也并非要落定在原来的河床中。没有亲身经历长期封建和极“左”的精神扼制，必不会理解那种窒息的痛苦。冲毁迟早都要发生，这是一种必然；但水不仅要漫流，还要开掘自己的河道，灾难性的淹没不应该是水的归宿。

现在则是不问归宿的时代。放纵欲望和尽情享受既可以是现实生活，又可以包含未来的承诺。其实这不过是一场欺骗，是社会肌体走向空虚腐败的一个过程。

禁锢与纵泄是事物的两极。两种状态下都有自己生存的艺术和艺术的生存。我们不会忘记，即便在“文革”时期也有紧随时势的所谓“艺术”。那么现在呢？现在我们不过是处于了另一极，不过是有了现在的“艺术”而已。可惜我们没能及时追问，追随“政治”和追随“商品”的艺术，二者之间的本质差异到底在哪里？它们当然有差异，可它们的距离有我们想象的那么远吗？

至此，倒不如度量一下它们的共同点：比如都在迎和一个时期的主流话语，比如都在循着社会生活的同一流向，比如都在丧失独立的姿态。

西方流行文化，所谓的全球一体化，给予禁锢初开的中国文化界以致命的影响。中国作家几乎在全无意料的境况下面临了一个数字时代。对于相当一部分作家而言，他们无意或无力摆脱另一种窒息，挣脱数字与商品之网，而是直接去亲昵这张网。

于是我们走进了一个最现代最蛮荒的世界。诗意的蛮荒，技术的现代。悟想之树开始枯萎，我们不得不去操练另一种语言。

结果是，中国文学距离自己最辉煌的先秦文学的传统越来越远。它不再是自由和自为的，而且越来越虚脱，不再具有强大的孕育功能。

文学的自主和自为，表明的是一个民族的资质、体谅、蕴含，她的精神和文化的厚度及其贮备。经济的一度贫瘠，并不一定要表现为精神的萎靡；相反，只有此刻，她的孕育功能才开始进一步显现。由于其本土性所决定的再生的倔犟，更由于其独立自守的个性品格，她必会在获取自身尊严的同时，引领一个更好的明天。

三、不让人愉快的儒学

这种对传统的脱离，首先是从对儒学长久的、持续不断的疏远和批判开始的。儒学给予中华民族的束缚，它所塑造的畸形，已经说得太多。这里必须挖掘它的精髓，发现它与整个现代潮流而不仅仅是西方思想的对应关系。我们可以领悟，儒学说到底是收敛的、克制的，它的中庸之道是讲文化辩证法的。

儒学本身不具有虚伪性，操作儒学的过程中可以产生虚伪。

如果我们把一个民族的孱弱衰败完全归咎于她的文化之核，那么同时也应该把她全盛和辉煌的历史部分加到一起检点。这样一来问题就没有那么简单。长期形成的对儒学的批判，其原因极为复杂。其中有针对一种学术的检讨，也有民众对正统的迁怒，甚至还有流派的偏见；但这当中最为主要的，是混淆了儒学和儒学操作的结果。儒学的庙堂化过程，也是走向符号化和简单化的过程。任何批判都应该包含了梳理，但不幸的是这种持续了一百年的批判越来越走向了批判其操作结果，而不是批判儒学本身。滑稽的是，几十年来耳熟能详的一些儒学批判“话语”，已经与真正的儒学没有了任何关系。

需要指出的是，任何理论与学术都需要面对历史的挑剔，都不能享有豁免的特权。但是对于儒学的不恭以至于深恶，并不完全是一种批判活动的大面积蔓延造成的。这里面当有更为深层的人性动因。这就回到了享乐与节制、放纵与收敛的一个敏感性话题。

儒学从根本上反对抓住现世尽情享受，当然是极不让人愉快的。但它能够让我们的世界持续发展。

过度消耗，不计后果的竞争，对技术的膜拜，对商业规则的绝对服从，恰恰与儒学的要义相抵触。

今天，由于我们的作家们极其害怕沾带保守因子，急于加入世界性的对话，也就只能附在长长的物质主义啦啦队的末尾。

禁欲或纵欲，禁锢或开放，从一个极端到另一个极端，思维总在两极里碰撞。结果是，我们舍弃中庸学说，贬低不偏不倚和无过不及，完全不能进入它的辩证法的核心。子思解释中庸时强调：博学之，审问之，慎思之，明辨之，笃行之。这倒也的确是对付匆忙旋转的现代世界的良策。可怕的封建宗法势力对儒学的遮蔽和改造、嫁接与阉割，将与之对抗的知识体系纳入其中的全部过程，真像是一个可恶而高妙的故事。可悲的是至少在长达几百年的时间里，有那么多的知识分子欣然接受了这个故事。这才是真正的悲剧。

物质和技术主义者对这个世界丧失了诗性的理解。他们使用的数字逻辑生硬而冷酷地割裂了一个生气勃勃的、完整的世界。这里面没有了儒学所提倡的“诗书礼乐”，当然也不会尊诗为经。能够诗意地、真正积极地面向这个世界，正是儒学最深刻的方面。

西方文化中置“人”的利益为中心、唯一和首位，分离了人与自然万物的统一性，这种浮浅和极端化片面化的认识方法恰恰伤害了人类的根本利益，威胁了人类的明天。而儒学的“天人合一”突出的正是人与自然的共生。时下的物质主义者把一切能够稍稍进入事物的复杂性、辩证性的思维方法，一概斥之为陈词滥调。他们正是通过最为通俗和迫近的物欲享受的切口，去拆毁世纪末人类的理性思维。

四、竞争与发展的极限

现代竞争谋求和导致的发展是有极限的。这种极限往往会以两种方式表现出来：一是无止境的物欲引起自然环境与文化的双重崩溃；二是物质相对盈足之后的阶段性沮丧。极限状态的频繁出现，说到底只是精神颓败的结果。这就势必形成一种恶性循环。在这场循环中，文学与物欲世界甚至不是一种合谋关系，而是一种可耻的、不体面的跟从关系。

在现代，“发展”越来越成为“竞争”的同义语。所谓的“共同发展”只是一纸不能兑现的支票。还有，“现代化”这个概念本身也蕴含了许多问题。现代化不应有统一和固定的标准，现代化的内容只应成为一个民族心中的向往。实际上每个时代都有自己的现代化，关于它的一个至为重要的问题，应该是讨论它与平民的关系。现代化如果不能令大多数人受惠，那么它也只能是权力和财富借以转移的又一种口实。这在一个民族的内部是如此，在世界范围内的民族与国家间也是如此。强盛的民族往往不仅是现代化的率先倡行者，而且还会是这场运动的最大受益者。他们会让经济和文化都很弱小的民族自觉不自觉地接受自己的游戏规则：规则既定，胜负也就可想而知了。

能否在全球性的现代化浪潮中回避不测，极为重要的条件就是一个民族的文化自觉。一个民族巩固自我的道德伦理优势，培植和强化自己的个性，就会成为现代狂涛中不沉的岛屿。文化的繁生性曾经使一个民族丰腴起来，最终也能够挽救和改写一个民族衰变的历史。现代化运动的盲目跟进，一旦失去了精神的支持，发展的极限化状态就会濒临发生，给整个社会造成巨大的懊丧。

对于时尚和潮流、物质主义，精神如果失去了对抗性也就不成其为精神。知识分子，尤其是作家，今天已不能与富人和某些特别阶层一起去做一场新的游戏了。在这场说到底是他人的“发展”运动中，我们只有回到质疑的立场。面对越来越多的灌输和许诺，比如用丰盈的物质来解决一切的思想与结论，必须予以揭露。丰盈是他们的丰盈，时间是他们的时间。他们需要的是赢得和保持一段宝贵时间的氛围：足够的昏乱与迷狂，足够的热度。

这种氛围的形成，需要作家和知识分子的参与：参与制造或至少是认可这种发泄和纵欲的文化。

这期间的现代传媒扮演了最不光彩的角色。它们基本上在追随西方主流话语，支持一场物质的狂欢，传达特权阶层的志趣、跟踪他们的兴奋点。平民在五颜六色的网与屏面前先是麻醉，然后是沮丧和绝望。它反复告诉大多数人的不过是：那枚永远吃不到的果子究竟有多么甜。

正是由于现代传媒的通俗性，它才可以无限制地扩张。通俗性常常是对理性最好的覆盖手段。通俗性具有模糊和笼罩的特征，这正是它与特权集团结合的重要条件。

五、不仅是文学的出路

当代文学的精神重心既已偏移，它的表达也就只能走向末路：追求粗鄙，裸露和发泄，绝望和无聊，千篇一律的油滑，失去善意的嘲讽，不一而足。也只有这样，才与它的世纪性内容相匹配。

它的从未存在的道德根据，就是有人一度言称的对于极左和禁锢主义的“解构”。但实际上“文革”时代以及与之相联的某种传统，骨子里就是一种粗鄙和裸露。至美至深的诗意被丑化，并简略成低劣的口号，结果只能是粗鄙直登庙堂。胸无点墨者手著雄文，信口雌黄者气势炎炎。那种毫无遮掩的势利与献媚，也真是足够裸露。这就是另一个时代的时髦。作为一种传统，它现在正以稍稍改变了的形态得到了延续，进入了世纪末的文化格局。

卑贱者既不一定高贵也不一定聪明。如果势与焰能够改变卑贱的本质，那么高贵也就毫不足惜了。高贵当然不必取决于一般意义上的血脉，但她的确要取决于一种精神上的血脉。

封建与极左专制对于思想的粗暴威锐外在，而商品经济之流的淹没却是一次从内到外的浸渍和涤荡。所以今天的艺术对于物质主义的唱和，对于放纵和发泄的推动，无节制地剔除自己的道德与伦理内容，必会走向一种更为可悲的时代性依附。

我们所说的个性，是对应时代和思潮、世界和民族而言；我们所说的想象，是指超越时尚和体制的能力。“全球一体化”最终意味和包含了什么？如果它越来越笼罩了审美、覆盖了想象，甚至取代了传统，肆无忌惮地溢出应有的疆界，摧毁和破坏不同的文明，那么结局就只能是一场灾难。在完美的未来世界（假若她真的存在的话）的综合之中，缺失了不同的文化基因，也只能塑造出一个畸形。

事实上文学之路与生存之路在今天变得如此的一致，这就是独立思考，全面激活生命的勇敢。我们已经不能失去这个机会，不能在无头无脑的竞相模仿中快意地死亡。

当代西方的经济和文化的发展之路不可一味效法。发达国家在追求现代化的过程中已经难以挽回地毁坏了环境；而它的文化正在刺激而不是扼制了消费主义。总之人类没有在西方主流意识的指引下变得更安全和更愉快。所以东方只能寻求和采纳西方最鲜活最有力、充满了生机的部分。这说到底不是个自尊问题，而是个生存问题。

不同文明的融合，即是首先让现实、进而让历史倾听不同的声音。面对滚滚的现代化西方化潮流，不妨稍稍回到中庸之道：先是博学，而后审问，再是慎思，进而明辨，最后笃行——这样一来我们就会发现，诸多关于共同发展的许诺不对了。穷乡僻地和八亿农民，触目惊心的命运，无可回避的现实，这一切正无情地碰碎了一个神话。我们被逼进了一种怪圈，在发展与否的问题上陷入了两难的窘境。我们还完全没有过这样困难的选择，于是这种选择更加需要中庸的精神：介乎莽撞与胆怯之间的正是勇敢。原来世纪之交考验的是一个民族的勇气。

每一种文明都有自己的基础。我们现在强化一种声音，以备未来的综合。我们的文学和发展都离不开自己文明的基础，正像生命离不开自己的土地。如果在拙劣的复制和东施效颦之流中，有人能回到质朴的自己，这也的确需要一种至大的勇气。

作为对应一个时代的当代文学，她至少不能降至现代传媒的境地，那样将是一次自我取消。的确，古老而永恒的文学在这个世界上，无权像现代传媒那样，做一场毁灭性燃烧的助燃剂。因为文学与现代传媒的出身不同，她应该更有出息。

(2000.3.9，在法国国家图书馆的演讲。)

自由：选择的权利，优雅的姿态

一

今天的世界正逐步走入技术的时代，实际上也是数字专制的时代。人类开始丧失原有的自由——精神的自由，丧失了想象的能力和选择的权利。声像传播技术的突飞猛进，使偌大一个世界无不笼罩在它的阴影之下。作为一个人，他的独立自为的余地和可能性越来越少。技术主义的粗暴和专横特征表现得空前强大，而且难以扼制。

世界如此演进下去，将只有艺术生产而没有艺术，只有文化工业而没有文化。

我们似乎已经看到了技术的魔怪在一个角落里狞笑。

在这样的情势之下尤其需要探讨作家和诗人的意义。因为这样的技术专横时代，对技术的膜拜时代，以前还没有过。梦想是难以数字化的，所以唯有真正意义上的作家的劳动，才会警醒这个时代，才会具有一定的冲决性。这种需要比任何时候都较为迫切。这种迫切感历史上好像还没有过。人类的未来决不可以被数字分割，整个社会决不可以变为一个大车间，人也决不可以变成现代庞大机器上的零部件。

冲破数字之网的唯有想象的无拘无束，唯有飞舞的诗的精灵。

这个世界之所以让人有一种窒息感，是因为现代科技不仅走向了进一步的发现，而且还走向了进一步的遮蔽。它遮蔽的是人的生命中最为宝贵的东西。人类的视野变得越来越狭窄，人类生活的空间越来越仄逼。想象能力日渐一日的耗损，就是自由的慢慢丧失。

二

现代文明所表现出的特征，从某些方面看正在走向文明的反面，即走向另一种野蛮。它挤掉了诗意空间，使每个人都坐上当代世界这部庞大机器的流水线旁，或被迫或自觉地成为它的附庸，成为受制者。人类走入这样的处境，于是再无优雅可言。现在需要的只是速度，是效率，是商业规则，是统领一切规定一切的数字逻辑。在生活中，人类个体已经处于被镶嵌的状态。而作家的总体思维指向，他们的劳动，就是挣脱，是梦想和幻想，是在坚硬冰冷的物质世界开凿缺口。

伴随现代西方的所谓知识经济，产生了另一种生活方式。这种生活方式所遵循的理念，相对于中国传统文化中的“仁义礼智信”，相对于“天人合一”的境界，显然是粗野和鲁莽的。传统文化意义上的中华，面对着要求开放的商业扩张的西方，一方面显得相对贫穷，另一方面又感到野蛮的袭来。可惜这并非一则当代笑话，而确乎是一种有着深刻的文明和哲学背景的认识。

当代技术主义者所尊崇的教义，他们所表现出来的欲望扩张性格，在很大程度上背离了西方的传统文化；至于说距离五千年的古老中华文明，就更是遥远。东西方文化中一切具有宗教意义的东西，比如人们心中的节令和仪式，都开始在数字逻辑下被消解。这个过程不是消解了迷信，而是扫空了诗意。人类优雅的生活风度，说到底是来自一种生命的自由，一种对于自身生活空间的充分感悟和把握力，也来自对于客观世界的一种浪漫情怀。

中华文化所固执提倡的“诗书礼乐”，不仅是当时的士大夫境界，而是一种人生境界的理想追求。而今的唯效率是重、唯商业利益是重的所谓“全球经济一体化”时代，人类将变得越来越匆忙和偏执，必将从根本上告别优雅的生活姿态。这是非常不幸的。

三

平行和贯穿于信息社会的现代艺术思潮，其实是腐败的。因为信息社会的经济和商业竞争，破坏了人类（当然包括作家）生存所必需的伦理关系。

极为个性化的思维，生命的本能想象，烂漫的天性，会对抗坚硬的现代数字逻辑，让当代社会的伦理关系有一个自然舒缓的发展过程。作家的工作很大程度上是一种回顾和怀念，是追溯和留恋。他们飘逸的思维对于这个世界而言，比神奇的电脑更可信赖。而电脑和数字时代，伴随它的文化艺术工业衍生出来的世界观念，是过分的简单明快了；它对于情感，对于复杂的人心，都简化为利益得失和直接的算计。这种文化不仅是简单的，也是裸露的——使世界到处呈现出赤裸裸的一种换算结果。这就极大地改变了我们的日常生活准则，也突变式地改变了我们的伦理关系。

我们的认识逻辑，当代社会所培育的思想框架，其实有着极大的局限和缺陷。人与人，人与周围的一切，其间的关系远没有那么简约和直白。它所蕴含的丰富性被数字方式搞得贫瘠了。这种现代文明由于将一切引向简单和简略，人类的总体活动也就不可避免地走入盲目，于是在对未来的探求上，人类将失去宝贵的时间和机会。我们的文明将出现大幅度的倒退。

在这样的情势之下，艺术已不再是一部分专门家的事情。它必要属于每一个人，以进行真正有效的抵抗。一切的艺术活动，一切的诗，都具有顽强的抵抗属性。这种抵抗有时好像是软弱的，被覆盖的，但本质上却是强大的，因而也是必须的——看起来单薄的诗心难以平衡这个极为倾斜的世界，但实际上呢，自由的诗心又无处不在，她就在地表和天空，在我们的呼唤中飞翔和生长。

(2000.3.12，在法国作家协会的演讲。)

文学泰山下

讲到文学的自尊自爱，就不能不讲到它的本土性。这里是泰山脚下，不是别的地方。文学既然出生在这里，就必有这种气质。这是没有办法的事。土地决定了一切，其他的决定力比起它来都少而又少。如果意气之下想把这里的文学搬到黄浦江边长安大道，那既是荒唐可笑又是劳而无功。

泰山与其他山比较起来有什么区别，人们早就知道了。泰山不奇，不秀，不绝，不险，不俏。泰山甚至有些“笨”和“土”。泰山很沉默。可是泰山似乎又包含了所有。生为一个山下作家是很幸运的，这时候不是你爱不爱这片土地的问题，而是这片土地必要决定你。

周遭的山如果替泰山急，泰山也不会急。泰山脚下的人如果自己急起来，泰山也不会急。如果有人爬了几次其他的山，回头就让泰山谦虚一些，泰山也没有反应。如果有人让泰山变成黄山或九华山，咒它说：不变就是小土堆，泰山也不会急。泰山总是沉默如一。

不是哪一个胆大的山下作家会痴狂到自比泰山的地步，而是全体作家加在一起，就有了泰山的性格。山下作家可能一无是处，但是他们命好，生在了泰山脚下。生在了这儿，有什么办法？出生之前谁也没有商量他们，也没有征得他们的同意。人一生下来也就很难改变出生地了，即便移动了，移到了山南海北，也还是这里的根。这点得体谅他们。山下作家可能一无是处，但也就是这些作家了。有什么办法？这点还是得体谅他们。有些外地作家有令人惊叹的优点，可他们不是山下作家。“山下作家要向外地作家学习呀”，那当然；不过这就像说“泰山要向九华山学习”，等于没说。

是的，我们平时总是难免要说一些废话。这是人之常情。不过废话说过了，泰山还是泰山。泰山很沉默，它就那样笨重，又迂又傻，可是巍巍然。

2000.9.11

焦虑的马拉松

——对当代文学的一种描述

一

一个人的文学道路是漫长的，一个民族的文学道路也是漫长的。这儿仅仅在说的新时期以来的文学，也有二十五年的历史了。

我认识的一些外国的汉学家，他们都热情地谈论中国新时期文学，认为这个时期的文学是很有意义的。他们真是热情，真是感人。1987 年夏末我认识了一位西欧的汉学家，他认为自己把最好的最有代表性的中国当代作家几乎全读了一遍，并将其中的一部分介绍到了西方。他在谈话中不止一次对我说：文学和文化的中心都在西方，这是谁也没有办法的一个事实，所以说必须把中国作家介绍过来。他固执地这样认为，我也没有办法，因为他是好意。他是热爱中国和东方的文学，以及这些国家的人的，所以我也没有办法。

不同民族文学和文化交流的意义，怎么估计都不过分。如果说有的作家不爱这种交流，厌弃这种交流，那可能绝大部分是不真实的。但是由于中国近半个世纪的封闭，一旦开放，作家们对于这种交流很难一下就适应起来，往往不够冷静，常常是过分地依赖这种交流，以至于不能正常地估计它的意义。

从新时期的开放到现在，中国的文学显然也在一步一步走向开放。外面的窗口打开得越大，对中国的文学越好，事情本来应该是这样。可是后来我发现不是，起码不完全是这样。一直对文学的开放欢呼雀跃的我，这时觉得有点不对劲了。因为什么？因为中国作家透过一个世界文学的大窗口，看到了商业社会中堆积如山的文学，看到了书籍的崇山峻岭。这种情境让其中的许多人产生了焦虑。我没有产生吗？我敢于理直气壮地说这么一句吗？好像难说。

东方的相当一部分作家已经自觉不自觉地认同了一个说法，这就是那位西欧的汉学家早就说过的：文学的中心在西方。把自己呕心沥血的创作界定在中心之外，这怎会不让人焦虑。向往中心，向着中心进发，日夜兼程，好像再也没有比这个更易于理解和无可厚非的事情了。

其实呢，冷静下来想一想，文学可从来不是这样的事业。文学是自己的事业，民族的事业，一种语言的事业，个人生存和自救的事业。如果说它有力量，那也是通过对心灵的慰藉产生的。它的中心在哪里？它会在遥远的西方吗？西方文学的中心为什么不在遥远的东方呢？难道这个地球是这样怪异，哪里有钱，文学和精神的中心就在哪里吗？

我现在四十多岁了，我可不愿意让自己对于文学的理解像一个高中生那样简单。

二

我这里不是说因为中国的汉语是一个大语种，中国作家就不需要那种焦虑了，完全不是。哪怕是一个极少的民族，哪怕这个民族仅剩下一个人，他的文学与所谓的“中心”的关系也不会有另一种理解。这在我看来，其中的道理都是一样的。

诚然，文学需要受众，受众越多，创作的目的性和娱悦感似乎也就越强。这看起来好像是如此，实际上却未必。细究起来我们会发现：一个人在文学方面的强烈的责任，首先不是因为他对外部的强烈愿望而实现的。一个人与文学是这样地分不开，他热爱它，没有缘由地热爱，他的作品也就真正感人了。这时候，他的文学的中心只是他自己，是他的心。

推而论之，一个民族的文学的中心，也就在这个民族自身。再扩而大之，一种文化艺术的中心，也不会逃逸到这种文化的范畴之外。现在我在日本，就想谈点我对日本文学的感受。这里要说明的是我只是一个蹩脚的理解者，因为我不能直接读日本文学。但是我相信自己所读过的这些译作，相信我对它们的理解和喜爱是真实的。从《源氏物语》读下来，许多现当代作家的作品我都读了。我相信正是深深的日本文化的浸渍，才使这些作品无论在怎样巨大的差异下都显出了惊人的一致性。美丽的日本口吻，舒缓动人。日本的小说和散文与欧洲的区别如此的明显。这是东方写意艺术的伟大分枝。

如此的日本文学怎么向西方寻找中心？日本文学呼应的仅是自己的这片土地。它在这里发生发展，这里才是它的根，是它的原生地。

大概对于文学有了类似的理解，作家就可以轻松许多了。每个民族的文学的精华，都建立在这样的一种轻松之上，这点我深信不疑。而说到中国的或整个东方文学的伟大，那是另一个话题。现在我想说的，只是它近三十年来的不轻松的一面，是它的焦虑。焦虑就不好，因为路还长呢，这等于是一场焦虑的马拉松。很累很累的远途，想想看，这对于东方作家会有多么不利，诸位想想也就可以知道了。焦虑，就没有从容；而不从容，也就可以想见文字的呆板。

让我们回到新时期初期的中国文学，这样比较来谈方便多了。那时的文学有许多毛病，比如它的直露，它的过于强烈的目的性，它的局限。但是这个时期仍然让许多人至今留恋，觉得在许多方面好像比今天还要好——这个判断一直是留在心里的，一时又找不到理由。那只是一种真实的感觉，而不是一种理性的推论。现在好好想想，似乎能明白一点什么。新时期初期的中国文学有再大的缺陷，但有一个根本性的优点是明显的，这就是从民族文学的角度来讲，它的自主自为性。这个时期的文学响彻的基本上还是自己民族自发的声音，较为朴素，文化上的原生性比现在强得多。也就是说，从文学的本质意义上看，那个时期的文学还是有力量的，自信的。

一个民族的文学表达方式，它的愤怒和狂喜的方式，在主要的方面，都应该是这个民族自己的。如果连感情和感情的表达都要模仿所谓的“中心”，那真是再糟也没有的事了。

三

说到焦虑这个倒霉的词儿，身为东方作家的一员，我本来是有许多体会要说一说的。可是我对自己的例举不会太多，因为我现在等于是拿了一把手电筒，只照外不照内。说得更好听一点，我现在应该有开阔的视野。我在这儿还是说说普遍的现象吧。

不知从什么时候开始，一些东方作家对于西方作家作品的惟妙惟肖的模仿就受到了推崇。后来，越是随着时间的延续，这种推崇就越是厉害。弄到最后，好像只有外国气味、特别是西方气味的作品才是比较高级的东西。这个过程糟就糟在直到现在还没有结束。没有可能结束，因为现在是什么时候？是正闹“全球一体化”的时候。听说日本许久以来就有一部分人有“脱亚入欧”

的焦虑心情。这样的时候文学当然也要一体化了——英语化世界化，要有刺鼻的欧美气味。不知对当代文学的这种描述是否有点唐突？

现在有人要夸赞东方的好作家，往往先把他叫成一个外国作家的名字，前边只加该国的国名作为限制词。当然这仅是一部分人的理解方式，但也颇有些代表性。我们与西方的经济发展、文化的人种的区别、历史的现实的种种差异是多么大。可是我们有人就是自觉不自觉地寻找了与西方的文学对应。这真像是一场文学的对号入座。“垮掉派”、“嚎叫派”、“脱派”、“达达主义”、“波希米亚方式”、“文学达利”……以及其他各派，都有中国式东方式的翻版。这种斑驳陆离是一次进步吗？是不是有点乱成了一锅粥？

问题在于，这是一种焦虑的结果。

只要这种焦虑一天不能消除，东方的文学就一天没有大的希望。这是谁也没有办法的事情。今年早些时候我和几个朋友去欧洲参加一个文学会议，感触很深。许多汉学家，特别是定居在西方的东方学者，他们研究中国当代文学有些怪招，其主要题目之一，就是研究哪些作家像西方的谁和谁——越像，他们越高兴。谈到这些外国作家的中国翻版，他们立刻兴奋起来。可见，这已经不是在研究比较文学了，这简直是不健康的心态了。这种对于文学本质性的曲解，是热爱自己专业的人士所不能忍受的，更不要说其他方面的不能忍受了。

西方漫长的资本积累时期形成的独特的痛苦，特别是艺术家的波希米亚式的生活方式，现在一部分东方国家的写作者学得再像也没有了。起码是神似。而且他们自认为这才是真正的超越——超越了什么？什么险峻他们就自认为超越了什么。其实这种小孩子般的招数本来是不难识别的，可是却在一个奇特的时期受到了不适当的鼓励。

一种朴素然而是真实的精神生活，现在并不那么行市了。但是我们知道，如果一个人从他的年轻时代起就迷恋于精神的拙劣表演，迷恋于简单的直接的模仿，那将是毫无出息的。

四

语言实际上是水和土做成的。文学也是水和土做成的。由于自然进化等各种原因，水和土也要变。这从语言文字，特别是艺术的改变上就看得出来。我们中国的先秦文学，诸子散文，唐诗宋词，是很了不起的。那是我们的水土最早做成的文学，是我们的民族引以为傲的明珠。很可惜并且有些滑稽的是，当代的一大批中国（也包括许多东方的写作者）作家，今天对于西方翻译作品，要比对自己的古典熟悉得多。

有人是不止一次真实地表达过对于自己这方水土的厌恶了。但是厌恶又不能脱离，即便定居西方也难以脱离。他还是要用自己的水土来做自己的文学。这就矛盾重重了。这种矛盾有可能毁掉了他们的事业。比较起来，他们是最焦虑的一代，因为从文学马拉松的第一步开始，就有了如此的焦虑。而比他们更早的作家，如更早出现的那些“老一点”的作家，若有焦虑，还算是一步一步走向焦虑的呢。

我不论阅读中国还是日本印度文学，发现其中最优秀、最能从文化的意义上给我快感的，都是非常具有文化自信的作品。这样的作品无论是愤怒是激烈还是其他风格，都有一种文化上的自为性格。我所担心的那种焦虑，在这样的书中是绝对没有的。

中国的《红楼梦》，日本的《源氏物语》，其中有不得接近“中心”的焦虑吗？当然没有。不仅没有，而且这些书的创作者是民族长河里最优秀的畅游者，他们在一路搏浪而行。他们的不朽，就在于他们来自一方水土，最终又化入这方水土之中。

有人可能指出，说他们这些文学的老英雄，正处于一个不开放的时期，那时还没有全球一体化呢，他们哪知道世界上的事情，当然不会有那种焦虑了。可是仅仅这样说是不能成立的。因为现代化无法当成一个内涵固定的概念，每个时代都有自己的现代化。再说早在中国的唐代，中国就与西域广为往来。日本与中国交流密切。中国和日本当时对于世界并不陌生。说到这里有人必要指出：曹雪芹的中国可不是第三世界，他们不必也不可能向往所谓的“西方中心”。这就有了一个在文化上放松的可能。

如果由此来推断，一个民族只有在经济上强盛了之后才能免除文化焦虑吗？当然不是。这一来世界上的许多作家岂不是天生就要悲观。答案当然不应该是这样。因为经济与文化是两回事，文化的积累比经济的积累需要的时间不知要长上多少倍。作为一个作家，他如果没有历史感，没有文化上的超然眼光，也就不可能最终成长起来。

现在文学上的亦步亦趋，面向西方，起码是忽略了一个可怕的身份问题：他自己、他是谁、他在哪里。长此以往，东方作家大概就会不自觉地充当了西方文学的陪练员，而且还需要幸运才行。

我这样描述中国和东方的文学太悲观了吗？其实不是。因为这样一来，这个不算短暂的文学历史就有了其他的解释，有了又一种精神轮廓。它是这样的：先是开放之初单纯的自主自为，然后是随着对外开放的扩大走向了焦虑；这也正是现在的、自然的情形。这种焦虑在我看来是已经达到了顶点的，那么继续往前呢？如果再往前，它是必要走回来的。作家们仍然要用自己的水土做自己的文学，舍此将没有他途。对我们中国作家而言，屈原和杜甫李白他们走过的路，是必要延伸过来的。中国文学的前途也就在这里，必在这里。

我们这个国家的大多数文学写作者终有一天会在文化上放松

下来。到了那时，一旦没有了我上面所说的焦虑，再加上放眼世界的气度，真正的希望也就来了。

当然，我这样讲并不一定是全面的道理，而只是我自己的一种描述方法。离开“焦虑”这两个字，也许对中国乃至东方的当代文学会有更好更准确的表达。不过这只能留待以后，留待别人了。

(2000.11，在日本九州博多西南学院大学的演讲。)

自尊与确定

人的思维和倾向不是完全独立于客观世界的，每个时期都必然会与外界有个对应。我现在痛感需要好好阅读中国的典籍。这样说，就想到了五四前后的那场文化之辩，想到了历史的嘲讽。历史嘲讽了谁？我们今天需要新的眼光，历史的眼光。

港台处于中华文化的边缘，典籍的影响历来薄弱，在长期的外来文化、商业文化的覆盖下生长出了一些文化怪胎。然而我们也要看到，港台在长达半个世纪的时间里，汇集了众多学者，并没有经历接二连三的传统文化大扫除，有可能继承中华典籍，使文化传承没有中断。这方面要远远好于大陆。

所以我们今天在学习这些地区好的坚守的同时，理解其意义的同时，也要看到其局限性。港台这许多年来的大众娱乐文化，其低俗的走向、物质主义气息，实在不足为训。

中国寄希望于其他文化的时间不短了，可是我们学来学去，总是留下了异地文化中最坏的东西。原因可能是我们没有记住、也没有分辨中国传统文化中什么才是最好的。西方文化源远流长，不可轻言。西方文化不完全是、更不等于是我们今天的一大批时髦人物迷于其中的消费文化。看来要有放眼世界的气度，先得自己有根。

有人开口就是外国如何如何，一心向往它的消费主义，多么浅薄。

从五四以来批了许久的四书五经之类，今天还得从头好好学起。我们或许明白：没有从此地走出来的文化人，一切的夸夸其谈都是可疑的。我们一开口就乐于夹杂的那三五句外语，似乎大可不必。能够口吐洋物，原本是好的——它们是有用或有大用——当然要获得这个技能也须熬下苦功；可是它们不能代替一切，尤其不能取代深长悠远的民族传统。

我个人所面临的大问题也许与人不同。我现在最需要做的事情六个字即可概括：读古典，下农村。

这六个字既是我的任务，也是对自己的警醒。我希望自己能够有勇气，不倦地寻找真实。

2000.11.22

痛苦和美丽

翻动这本书，我像听到了一个涉世不深的少年在歌唱。在他忘情的热烈的声音里，我甚至顾不得去进行一些技术性的辨析。我只是被一种热情所感染，不想哲学不想主义，尽管这本书里有人一再地提醒我。

这是一本多么好读的书，我相信它会寻到大批的读者。不错，它是关于爱情的。没有爱情就没有生活，也没有书。问题是你在表达一种什么样的生活，什么样的爱情。书架上，那些甜蜜的或辛酸的故事太多了。永久的怅惘，永久的渴望，一代又一代的寻觅。于是就不断有人打扮成最有魅力的情人，讲叙着他津津有味又破破烂烂的故事。有不少人真的流下了泪水，用素花手帕擦眼。不过这一次摆在我们面前的不是这样的一本书。这在有人看来可能也算个小小的遗憾。

一个健康的、蓬蓬勃勃的生命与我们渐渐相通。他是完全正常的、未被扭曲的那类心灵。所以他能自然而然地保留了对生活的敏感和新奇，显示了少见的率真和勇气。生命力的强悍使他的歌充满了真正意义上的野性，个性毕露。字行像血脉一样滚烫流动，让你去经历一次并不陌生却是惊心动魄的回顾与展望。

读这样的作品，人们会不由得去想：写一部书原来是这样容易。是的，一个人最质朴的流露、毫无顾忌的自我剖示、真正的渴求和痛苦的相告，也许就会形成人世间动人的篇章。然而这一切又恰恰是最难的。因为矫饰也成了人的本能，规矩框束着我们的手足。还有，青春正在离我们远去，我们再也不敢消耗自己的血性，而更多地依赖和仰仗一种技术、一种惯性去维持“体面”的劳动。长文失去生命，彩衣博得欢欣，好像这越来越成为了一种普遍的自然现象。

我羡慕作者让青春的誓言化作了行动。看来真情激荡的叙说也来自真正的健康与朴素，来自一种活力。这些，远远不是作文的老辣手段可以取代的。他的书必然排斥巧妙的设局和夺人的情节，一吐为快，恣意汪洋。他干得很痛快。我怎么也看不出一个人即将著书而带来的心障和拘谨，下笔如此坦然。然而由此而焕发出的美丽，反而遮去和抵消了另一些缺憾。

与此相反的是，时下流行的那些巧弄玄妙，却是正常人无法领略的东西。失去了心灵的洁美和健康，有人可以走得更远。比如不断地显示自己的渺小，自己的欺骗和邪恶。没有力量、没有真情，唯一依靠的和自夸的就是道德的沦丧和狂妄的呓语。任何纯真的、忠诚的、正义的，在那里都成了嘲弄的对象。带着露珠的鲜花被粗暴地践踏，绿茵变成了荒漠。无论是欢愉的歌和悲伤的歌，都听不到。听到的只是阴险的诅咒。所以，在这样的不幸的时刻里，我没法不加倍地喜欢这位年轻伙伴动情的吟唱。他的迷惘、痛心疾首，他的求索和一次又一次的失望，对于我都非常珍贵。作为一个读者，我尊重并且感激他的信任：以心相诉。我又一次感到了眼前的世界是那么宽广。

在这个变得越来越炎热的星球上，我们每个人都并非时时感到温暖。任何时候都需要寻找心上的朋友。这个朋友如果在远方，那么他的话语就可能化为一部书传到我们手中。打开一本书，即看到一颗心灵。他在诉说，不停地质问，不停地议论，循环往复。这使我们想到单纯的心不可欺辱，面对少年要永远忠诚。一个被理想和信念的火焰烘烤得周身灼热的青年就站立在我们面前：头发蓬乱、神情执拗，还带着这个年代一部分年轻人特有的一点落魄气。他谈吐放肆，语惊四座，说不定一会儿就要浪迹天涯。他心灵上最隐秘的角落也向我们敞开了，因为他要抵挡巨大的悲哀和痛苦。我只能默默地向这个又熟悉又陌生的人祝福，祝他在遥远的旅途上心身安康、尽可能地顺利。

春天来了，一时间鲜花遍地。可这只是一个季节，一个独特的使人留恋的光阴。她毕竟要枯萎，然后余下绿色的茎叶。我们只得记住她的颜色，她的清香，让这一切来安慰人心。这是生命的一个纪念。

1988.5.19

附录　散文总目

1982 年

文学讨论会

谈谈诗与真

东北行

秋夜四章

我的开始

惋惜和同情

1983 年

肯定与否定之间

让我寻找

那条河

开拓和寻找

一部作品

古朴之美

文学七聊

1984 年

讨论浪漫

批评与灵性

情绪

不同的小说

它像磁石

你的树

大自然使人真正地激动

午夜思

贺三百

像写信一样

长篇估

为了那片可爱的绿色

忆老得

她为什么喊“大刀唻”

山路

瑰丽·阳光·六月

三致

1985 年

杨枫·回手·红叶

冷静思

开端

短篇难写

一辈子的寻找

明天的笔
一种特别的健康
你的坚韧和顽强
读者有三种
案头工作
文思
羞涩和温柔
心中的文学
维护
再写芦青河
南山的诱惑
童年三忆

1986 年
男人的歌唱
水手
现实的真诚
烟台有肖平
但愿文学能够
遥远的动力
作家分两类
倾听自语
作家的温柔
心中的黄河
失去的朋友
冷与热
缺少自省精神
沉默悟彻
大师的排斥力
关怀巨大的事物
苦恼
面对汹涌的
大学的文学
从文学到电影
沉浸到艺术之中
激动和畅想
生命的流淌和保存
别把音乐停下来

1987 年
忧虑的，不通俗的
艺术拒绝轰动
危机潜入盲角
艺术是战斗
梦一样的莱茵河
默默挺立
利口酒
去看阿尔卑斯山
安于回忆
低语
葡萄园畅谈录
周末对话

1988 年
自己的秩序
人体艺术
缺少稳定的情感
缺少说教

缺少不宽容
缺少行动
缺少保守主义
寂寞营建
尊长
芦青河之歌
午夜采访
痛苦和美丽
绿色遥思
史可
开始以后

1989 年
盼雪
人生麦茬地
第二次选择
激情的延续
选择的痛苦
关于乡土
读者的迷失
读在泰山
酒窝
必然写到的女性
田野的故事

1990 年
深入及突破
诗意
写散文
十年诉说
文友

1991 年
记者与作家
望海手记
插图艺术
第一本书的故事

1992 年
校园的琴声
纪实文学
长篇的气与力
一本书的形成
纯美的注视
融入野地
难忘的诗意和真实
谈不沦为匠
致友人

1993 年
诗人，你为什么不愤怒
心灵和物质的对话
坚持写作的意义
散文及其他
精神的魅力
青春的印记
生命的刻记
忧愤的归途

九三年的操守
心洁手灵
心事浩茫
冬天的阅读
怀疑与信赖
你是艺术家，只要你不沉睡
文学是生命的呼吸
文学周答辞
我的忧虑和感奋
期待回答的声音
仍然生长的树
一个人，一首长诗
南方与北方之间
冬令絮语
同一类声音
儒学与变革
独语

1994年
夜思
倾向和积累
域外作家小记
时代：阅读与仿制
非职业的写作
八月手记
存在的执拗
感动的能力
语言：品格与魅力
纯粹的人与艺术
激动人心的真实
再读沂蒙
风雨北郊路
说“虚无”
冬月访谈
珍品荐：手
守望的意义
感谢
朋友与书与出版社

1995年
心上的痕迹
诗人
春天的阅读
我喜欢的小说
伟大而自由的民间文学
“多元”与学习鲁迅
荒漠之爱
土地，慨叹之余
文学马拉松
劳动与安宁
童年之梦
丝绺三章
一份实践草图
不合时宜的书
激扬出新的活力
一些怀念和感慨
更多的忆想
我的偏爱

心中的交响
不能丧失的
战胜遗忘
莱山之夜

1996 年
诗性的源流
感动与欣悦
尤凤伟的故事
批评的个人情境
作家及其他
唯有写作
凝望
深爱之章
诗之源
学习马一浮

1997 年
读书致远
书的魅力
真挚的诗声
超越俗见
智者之思
有书的长旅
走出梦呓
自画像
窗前
兼谈
薄薄一册
昨日里程
反思与怀旧
阅读的烦恼

1998 年
关于重复
"幽默"之类
散文非作文
倾吐和记录
心灵之果
流动的短章
感激之余
术与悟
回眸三页
徐福在日本
一条有树的路
八位作家待过的地方
怀念
马颂
闪烁的星光
走得遥远和阔大
家园之书
运河谈片
当代文学的精神走向

1999 年
欣悦，遗憾和希望
新春十问
龙口访谈

关于四个短篇
楚辞笔记
小城春月
台港小记
有个依岛
关于唯美（外一篇）
存在与品质
冷寂之余
做人如做树
小说：区别和判断
中学生与文学
生存方式
犄角：人事与地理
做什么，不做什么
把自己准备好
秋天漫谈
柏慧—蘑菇
对应什么，保存什么
大地及其他
外省及其他
到处都是外省
还有玫瑰花
还是“不要慌”
情豪及其他
远逝的风景——域外画家小记

2000 年

有一个梦想
悲观与喜庆之间
想象的贫乏与个性的泯灭
自由：选择的权利，优雅的姿态
文学泰山下
焦虑的马拉松
自尊与确定
世纪梦想
评点中学生作文
猜悟使命
我跋涉的茫野
回顾与畅想
采访：生活不在别处

2001 年

从传统到现代
心灵的飞翔
临场的真实
精神的去处
从“辞语的冰到二元的皮”
校园忆
纸与笔的温情
责任，理性和浪漫
交流的期待和欲望
作家的出场方式
在时髦的边缘
白驹过隙

2002 年

文学的兄长——悼王润滋

树路今生漫长

矜持与足信

中年的阅读

爱与同情

三次同行小记

人的用具

北国的安逸

筑万松浦记

解开缆绳

艺术与友谊的悲悼

读本，新作及其他

远河—蘑菇

对世界的感情

方式和内心需要

你在哪里

文学的现代性

世界与你的角落

遥远的我

文学三极

文学的自我提醒

冬夜笔记

2003 年

从创作到批评

煮蛋及其他

精神的背景

从国际艺术村谈起

书院的思与在

课堂：文学的盛宴

地方文化与地方老人

勤奋与敬畏

济南的泉、钟楼和山

我与档案馆

万松浦书院开坛

美丽的万松浦

经典小记二题

奔跑女神的由来

匆促的长旅

最大的诱惑和传奇

在滔滔汇流之中

半岛的灵性

面对全部的欣悦和痛苦

一颗童心画吉祥

2004 年

一个激越不安的灵魂

再思鲁迅

智慧的快意

方言与转译

“乖孩子”及其作品

从沙龙到小屋

穿行于夜色的松林

万松浦纪事

谈简朴生活

再说“简朴”

品咂时光的声音

它们
作家的不同房间
城市与现代疾患
仅有一个旅途
诗意及其背景
翱翔于云端的精灵
因为绝望而哭泣
纯文学的当代境遇
山水情结

2005 年
时间的检验和鉴别
诗歌时段
马耳山文谈
精神背景之争
文学写作的神秘性
伦理内容与形式意味

2006 年
写得更多更久而已
不绝如缕的诗声
阅读的理想
关于个性和想象力
少年的读与写
写作，办杂志和行走
文苑三探
今天的慨叹和遗憾
民族的不幸与狂欢
那个时代的名著
想象·功课·气象

2007 年
把文字唤醒
沉迷与超越
言说的细部
丛林秘史或野地悲歌
在半岛上游走
阅读：忍耐或陶醉
二十年的演变
小说状态：预测和感想
民间文学：视而不见的海洋
文学散谈四题
选择记忆中的大感动
天府之吟
写作：80 年代以来
散文写作问答
齐文化及其他
时代之蛊与东夷之风

2008 年
远和静，环境和文学
东部：美城之链
济南：泉水和垂杨
写作，我们这一代
告诉我书的消息
芳心似火
谁读齐国老顽耿
青春的力量和真诚

大物与大言之间
茂长的大陆
书院随谈

2009 年
圆融·思辨·质朴
纵情言说的野心
岁月的一层荧光
独一无二的文化背景
坚信强大的人道力量
上路和远行
与全球化逆行的文学写作
三十年文学小结
行走之书
岱下文谈
学习的旺季

2010 年
人迹罕至的大路
纯良的面容
事事簇新
狮子山下鸣尺八
十年琐记
风会试着摧毁他
写作和行走的心情
大地负载之物
充耳不闻的状态
从春天到冬天
渴望更大的劳动
文学的当代选择
站在谁的一边
穿越理性的筛子
好书的归宿
谈自然写作
地理空间与心理空间
阅读是一种珍惜
小说与动物
写作是一场远行
心史与人的坚持
小说坊八讲
大自然，城市和文学
在文学的绿地上
潮流，媒体和我们
更清新的面孔
留心作家的行迹
午夜来獾
消失的“分号”
小说家和散文
时代的阅读深度
书香何来
时下的阅读和出版
对经典的最后背离
文学：21 世纪的印象和展望

2011 年
时代的思与诗
送德华
每个村庄和工厂都有文学

他们一旦长大
求学今昔谈
阿雅承诺的故事
高原感言
太多的不安和喜悦
遥远灿烂的星空
线性时间观及其他
文学属于有阅历的人
第三种选择
行者的迷宫
半岛札记
我们需要的大陆
文化环境与自然环境
读《卡彭塔历亚湾》
不同的志向
回眸二十年
数字时代的语言艺术
国学热的联想

2012 年
古镇随想
难忘观澜
诗心和童心
安静的故事
另一种资源
谈谈公民写作
谈谈语言
倾听和感动
经历粗粝的生活
美鹿和骏马
明亮的窗口
诉说往事
七议
用深入的阅读改造自己
疏离的神情

2013 年
即时表达
必须迎接的考验
蜕化、演化和进步
基本选择
一旦凝固成“主义”
就像一团火光
展读五章
西双版纳笔记
从十年想到百年
两片文学的沃土
齐文化与中国文学
童年看到了什么
十三岁的诗章
谈《行者的迷宫》
未能终结的人文之辩
思想、故事、浪漫及其他
也说李白与杜甫
描花的日子

（截至 2013 年年底）

图书在版编目（CIP）数据

有一个梦想 / 张炜 著. -- 北京 ：作家出版社，
2014. 11（2016. 6重印）
（张炜文集）
ISBN 978-7-5063-7619-8

Ⅰ. ①有… Ⅱ. ①张… Ⅲ. ①散文集 – 中国 – 当代
Ⅳ. ①I267

中国版本图书馆CIP数据核字（2014）第227283号

有一个梦想

作　　者： 张　炜
责任编辑： 田小爽
装帧设计： 合和工作室 JOY+BONE
责任印制： 李大庆　李卫东
出版发行： 作家出版社
社　　址： 北京农展馆南里10号　　**邮　　编：** 100125
电话传真： 86-10-65930756（出版发行部）
86-10-65004079（总编室）
86-10-65015116（邮购部）
E-mail:zuojia@zuojia.net.cn
http://www.haozuojia.com（作家在线）
印　　刷： 北京中科印刷有限公司
成品尺寸： 152×230
字　　数： 283千
印　　张： 22.25
版　　次： 2014年11月第1版
印　　次： 2016年6月第2次印刷
ISBN 978-7-5063-7619-8
定　　价： 35.00元